ars vivendi
Krimi

Angela Eßer (Hrsg.)

Nicht nur der Hund begraben …

Die Anthologie zur Criminale Nürnberg-Fürth

ars vivendi

Personen und Handlungen sind frei erfunden.
Ähnlichkeiten mit lebenden oder toten Personen sind rein zufällig.

Originalausgabe

Erste Auflage Mai 2014

www.arsvivendi.com

Lektorat: Eva Elisabeth Wagner
Umschlaggestaltung: ars vivendi verlag nach einem Foto von
© plainpicture/neuebildanstalt/Bilderbergwerk
Druck: Appel & Klinger Druck und Medien GmbH,
Schneckenlohe
Gedruckt auf holzfreiem Werkdruckpapier der Papierfabrik Schleipen.
Das eingesetzte Material stammt aus ökologisch und sozial
verantwortungsvoller Forstwirtschaft.
Printed in Germany

ISBN 978-3-86913-415-4

Nicht nur der Hund begraben ...

Inhalt

Kirsten Püttjer & Volker Bleeck

Wallensteins Wiederkehr

Mit unaufdringlicher, rhythmischer Melodie meldete sich sein Mobiltelefon. Der Mann ging ran, hörte konzentriert zu, sagte ein paar knappe Worte und legte auf. Auch jetzt noch behielt er das Wallensteinhaus fest im Blick. Sein Cappuccino war unberührt. Dann bezahlte er und ging. Lässig schlenderte er vorbei an dem historischen Haus mit der Aufschrift »Foto Wiech«.

Drinnen legte Bente Everts die örtliche Lokalzeitung *Der Bote* zurück auf den Tisch und ihr angebissenes Brötchen auf den Teller. Gerade hatte sie einen Artikel über Brandstiftung und den Fund einer stark verkohlten Leiche in einem niedergebrannten Fachwerkhaus an der Türkeistraße gelesen, nicht weit von hier. Jetzt war ihr ein bisschen schlecht und sie fühlte sich unwohl an ihrem dritten Tag allein in Altdorf.

Vor nicht mal einer Woche hatte Antje, ihre alte Freundin aus gemeinsamen Hamburger Tagen, sie angerufen und um Hilfe gebeten. Antjes kleiner Sohn Felix hatte für die gesamte Familie eine vierzehntägige Kreuzfahrt gewonnen, die aber – das war der Haken daran – sehr kurzfristig anzutreten war. Also brauchte Antje jemanden, der sie im Fotogeschäft und Gewürzladen im historischen »Wallensteinhaus« in Altdorf vertreten konnte – und das möglichst gleich.

Antjes »Notruf« kam genau im richtigen Moment. Bente hatte die letzten Jahre auf einer nordfriesischen Hallig verbracht, der Liebe wegen. Doch nun war alles aus, und sie hatte spontan zugesagt, für die nächsten Wochen die Geschäfte und die drei Windhunde zu übernehmen. Als gelernte Fotografin war sie gewissermaßen die ideale Besetzung. Gleich nach ihrer Ankunft hatte sie im Schnelldurchgang alle notwendigen Informationen bekommen, inklusive Tour durch das denkmalgeschützte Haus, von den voll Wasser gelaufenen Tiefkellern bis hinauf zu dem höchsten der vier Speicherböden. »Wallenstein« – bei dem Namen hatte sie an Schule und ihren Geschichtsunterricht denken müssen: Dreißigjähriger Krieg, irgendwas mit den Schweden, Westfälischer Friede und so. Hier aber erfuhr sie, dass die Verbindung zu Albrecht von Wallenstein auf dessen relativ kurze und nicht sehr intensive Studienzeit in Altdorf um 1600 zurückging. Also, intensiv schon, aber eher in Bezug aufs Feiern und Trinken als aufs Studieren.

Um Punkt neun Uhr öffnete Bente den Laden. Es lief gleich gut, gerade bei den Gewürzen. Speziell die Mischung »Sex Korn« war gefragt, die entweder von kichernden Frauengruppen oder betont belanglos dreinschauenden Männern gekauft wurde. Und immer wieder erkundigten sich Leute nach dem Wallensteinhaus und waren verblüfft, wenn man ihnen sagte, dass sie es bereits betreten hatten. Irgendwie blieb das Haus für manche wie unsichtbar. Dabei lag es mitten im Herzen von Altdorf am Oberen Markt, in einer Reihe mittelalterlicher Fassaden. Es war eher schmal und hoch, innen ziemlich verwinkelt mit einem engen, langen Innenhof, der bis zur hinteren Straße reichte. Dort, in der einstigen Garage, war das Fotostudio untergebracht.

Am Nachmittag stand plötzlich ein Mann mit Anzug und Aktentasche im Laden. Er zeigte ihr kurz seinen Lichtbildausweis, zog eine Visitenkarte aus seiner Brusttasche und hielt sie ihr entgegen. Bente sah auf die Karte. »Amt für Denkmalschutz, Hornberger«, stellte er sich vor. »Frau Wiech?«

»Äh, nein, Everts«, antwortete Bente, die fieberhaft überlegte, ob Antje erwähnt hatte, dass jemand vom Denkmalschutzamt vorbeischauen wollte. Sie wusste es nicht. Sie konnte sich nur daran erinnern, dass Antje nicht schlecht geschimpft hatte auf diese Behörde. Es ging unter anderem um den Treppenhausturm, dessen Stufen ausgetreten und morsch waren und restauriert werden sollten. Da man entsprechend altes Holz verwenden musste, würde das teuer werden. Der im Hof gelegene Turm war ein architektonisches Highlight, die Spindel in der Mitte aus dem Stamm einer einzigen gewaltigen Eiche gearbeitet. Trotzdem musste man auf dem Weg nach oben zu den Speichern genau darauf achten, wohin man trat, und ging am besten nur an der Innenseite entlang.

Herr Hornberger vom Denkmalschutz wirkte ziemlich verärgert, als er hörte, dass Antje nicht da sei. »Ich hatte Frau Wiech über meinen Besuch informiert«, sagte er in gereiztem Ton, »es geht ja lediglich darum, ein paar Fotos zu machen und ein, zwei Dinge zu protokollieren.« Er klopfte auf seine ausgebeulte Aktentasche. In diesem Moment betrat eine größere Reisegruppe das Geschäft und steuerte zielstrebig das Regal mit den Salzlampen an. Bente sah ihr Gegenüber hilflos an und zuckte mit den Schultern. Er seufzte. »Ich weiß ja, wo ich hin muss.« Sie nickte dankbar und wandte sich den Kunden zu, während er in den Hof ging. Gerade konnte sie noch verhindern, dass eine chinesische Touristin an einer Salzlampe leckte.

Etwa eine Dreiviertelstunde später war der Mann wieder da, staubig und mit nassen Hosenbeinen. »Wo haben Sie sich denn herumgetrieben?«, wollte Bente wissen und deutete auf seine nassen Hosenbeine. »Mussten Sie etwa in den Tiefkeller?«

Verlegen gestand er ihr, dass er wohl falsch abgebogen und dann ausgerutscht sei. Wo, das ließ er offen, es war ihm ganz offensichtlich peinlich. Bente lachte nur und lud ihn auf einen

Kaffee ein. Im weiteren Gespräch stellte sich heraus, dass der Denkmalschutzbeauftragte Hornberger durchaus einen Sinn für die von Gesetzesauflagen gebeutelten Hausbesitzer hatte. »Einige Sachen sind wirklich übertrieben«, sagte er und stellte seine Tasse ab. »Ich kann der Frau Wiech da noch ein paar Tipps geben, ich kenne einen guten Holzhändler im Grunewald.« Dann verabschiedete er sich. Netter Typ, dachte Bente, so viel zum Thema Vorurteile. Sie befestigte die Visitenkarte an der Pinnwand hinter dem Tresen.

Als sie gegen Abend beim Bäcker Riedner ein Krustenbrot kaufte, fiel ihr ein älterer Mann mit Schiebermütze auf, der hinter ihr stand. Sie war sich sicher, ihn am Nachmittag bereits vor dem Fotoladen gesehen zu haben. Vielleicht nicht ungewöhnlich in einem überschaubaren Ort wie Altdorf, aber er wirkte seltsam ertappt, als er ihren Blick bemerkte, drehte sich abrupt um und verschwand in Richtung Untere Brauhausstraße. Der Kunde vor ihr hatte ihre Verwunderung offensichtlich bemerkt und lächelte sie aufmunternd an, während er sein Brot entgegennahm. Dann klingelte sein Mobiltelefon mit einer rhythmischen Melodie. Telefonierend verließ der Mann den Laden.

Mitten in der Nacht wurde Bente wach. Irgendein Geräusch hatte sie geweckt. Sie lauschte, doch jetzt war es still. Hatte sie vielleicht nur geträumt? Einer der Hunde sah sie interessiert im Schein des Lichts an, das vom Oberen Markt ins Zimmer drang. Hatte er auch etwas gehört? Und woher konnte das Geräusch gekommen sein? Irgendwie unheimlich war ihr das alte Haus ja schon, so groß, verwinkelt und unübersichtlich. Überall knarzte und knackte es. Und Windhunde, das wusste sie inzwischen, hatten nun ganz und gar nichts von Wachhunden, so zutraulich wie die waren, zu jedem. Die fürchteten sich jetzt wahrscheinlich mehr als sie selbst.

Da war es wieder, diesmal von draußen. Und jetzt hatte der Hund es auch gehört. Bentes Herz klopfte, dann stand sie auf, ging ans Fenster, öffnete es und blickte hinunter. Nichts, da war niemand zu sehen auf dem Platz zwischen Laurentiuskirche und Kultur-Rathaus. Sie setzte sich wieder auf ihr Bett und lauschte in die Dunkelheit. Es knackte erneut irgendwo. Sie beobachtete den Hund, der sich jetzt wieder vor ihrem Bett auf seinen Platz legte. Sie versuchte, sich zu beruhigen. Sei nicht albern, redete sie sich zu, es ist ein altes Haus, hier rumort es an allen Ecken und Enden. Bente nahm ihren MP3-Player vom Nachttisch, setzte die Kopfhörer auf und lauschte Mozarts kleiner Nachtmusik.

Am nächsten Tag war sie früh wach und fühlte sich nicht gut. Nachdem sie in der Nacht endlich wieder eingeschlafen war, hatte sie davon geträumt, dass unheimliche Subjekte sie durch das ganze Haus verfolgten. In ihrem Traum war sie schließlich auf die Straße gelaufen und hatte plötzlich vor einem Scheiterhaufen gestanden, den düstere Gestalten in Brand steckten. Sie hatte Feuerwehrsirenen gehört, ganz deutlich, aber kein Löschfahrzeug entdecken können. Das Feuer war immer weiter zu ihr emporgekrochen, die Hitze unerträglich geworden und dann hatte ihr jemand aufreizend einen Humpen Bier entgegengehalten. Sie hatte versucht, ihn zu fassen zu bekommen, ihn aber nicht erreicht und ins Leere gegriffen. Dann war sie aufgewacht. Was für ein Quatsch. Kopfschüttelnd stellte Bente die zu zwei Drittel leere Flasche Rotwein in den Kühlschrank und kümmerte sich ums Frühstück für Mensch und Tier.

Später am Tag unternahm sie einen längeren Spaziergang mit den Hunden. Am Rossweiher ärgerte sie sich noch über achtlos hineingeworfene Getränkebecher einer

Fastfood-Kette, als sie merkte, dass einer der Hunde weg war. Sie ging ein Stück zurück, suchte hinter der Böschung, bei den Bäumen – nichts. Sie pfiff, doch es blieben weiterhin nur zwei Hunde, die sie erwartungsvoll ansahen. Wahrscheinlich hofften sie auf ein neues Spiel. Als sie schon merkte, wie sie leichte Panik ergriff, kam ein Mann um die Ecke, den Hund am Halsband.

»Die büxt wohl gern mal aus«, sagte er lächelnd, während er dem Hund über den Kopf streichelte, »Sie sollten sie besser an die Leine nehmen.« Bente stand dem Fremden etwas verlegen gegenüber, der ihr jetzt die Hand entgegenstreckte. »Sie müssen Antjes Freundin sein. Freut mich. Ich bin Wolf.« Er grinste verschmitzt.

Bente musste zugeben, dass sie seine direkte Art mochte und auch den Typen auf Anhieb sympathisch fand. Aber dennoch war sie überrascht, dass dieser Fremde sie einfach so ansprach. Und woher wusste er überhaupt, wer sie war? Irgendwie kam ihr der Typ bekannt vor.

Er lachte. »Sorry, ich wollte Sie nicht so überfahren. Ich kenne Antje von früher, aus Schulzeiten. Ich bin auch aus Altdorf, lebe aber jetzt in der Stadt, also in Nürnberg.« Er zeigte mit dem Kopf vage in eine Richtung. »Aber ich komme manchmal hierher, als einer von den Kahlfressern.« Er sah ihr fragendes Gesicht und lachte wieder. »So heißen hier die Leute aus Nürnberg, die übers Wochenende nach Altdorf kommen und alles kahl fressen, weil das Essen hier preisgünstiger ist.« Er sah auf sein Mobiltelefon. »Oh, ich muss los. Aber wie sieht's bei Ihnen heute Abend aus? Ich meine, wenn Sie die da ins Bett gebracht haben?« Er streichelte dem Hund, der noch immer zwischen ihnen stand, über den Kopf. »Wir könnten doch etwas essen gehen. Ich kann zwar nicht alles empfehlen, aber eine ordentliche Mahlzeit kriegt man schon.«

Bente nickte spontan, und sie verabredeten sich beim Italiener mit dem einladenden Namen *Ben Venuti*.

Es wurde ein netter und feuchtfröhlicher Abend. Wolf erzählte peinliche Teenageranekdoten und jede Menge lustiger Storys aus aller Welt, anscheinend kam er ganz gut rum. Auch über die Geschichte Altdorfs und Frankens wusste er einiges zu berichten, nachdem er ihr kategorisch verboten hatte, weiterhin irgendjemanden in der näheren Umgebung als »Bayer« zu bezeichnen.

Bente konterte nicht ganz ernst gemeint, dass für sie alles unterhalb von Bremen sowieso Ruhrgebiet und ab Koblenz quasi Süddeutschland und damit Bayern war.

Wolf empörte sich gespielt, und sie bekam einen Crashkurs in fränkischer Historie, samt Volksheiliger – »St. Kilian und St. Martin, ja, der mit den Laternen« – und grausamer Begebenheiten. Dass beispielsweise die Laurentiuskirche gegenüber vom Wallensteinhaus dem heiligen Laurentius geweiht sei, der auf einem glühenden Rost zu Tode gefoltert worden war, weshalb seine Standbilder ihn noch heute mit einer Art Grillrost zeigten.

Bente fand das pervers, dass die Form der Hinrichtung zu einer Art Markenzeichen werden sollte. Allerdings war die Sache bei Jesus Christus und seinem Kreuz ja eigentlich auch nichts anders.

Wolf dozierte weiter. »Die letzte öffentliche Enthauptung in Altdorf ist übrigens keine zweihundert Jahre her. Die hat erst im zweiten Anlauf geklappt, da musste der Henker selbst noch mal ran, weil sein Geselle nicht richtig zugehauen hatte …«

Bente verzog das Gesicht und bestellte noch ein Stromerbier. In diesem Moment meldete sich Wolfs Mobiltelefon mit einer rhythmischen Melodie. Er zog eine entschuldigende Grimasse und ging vor die Tür.

Als er wieder da war, schrieb er sich kurz ihre Telefonnummer auf und verabschiedete sich dann ziemlich überstürzt und ohne Erklärung. Schade, dachte Bente, als sie über den menschenleeren Markt nach Hause schlenderte, und ich hab nicht mal seine Nummer. Verträumt und ein bisschen angeheitert wollte sie gerade die Ladentür aufschließen, als sie im Fensterglas das Spiegelbild des älteren Mannes entdeckte. Das Herz schlug ihr bis zum Hals. Für den Bruchteil einer Sekunde überlegte sie noch, was sie tun sollte, dann drehte sie sich abrupt um, doch der Typ war verschwunden. Sie verriegelte die Tür von innen mit allen nur verfügbaren Schlössern und schlüpfte gleich ins Bett, nachdem sie sich davon überzeugt hatte, dass es den Hunden gut ging.

Kaum eingeschlafen, wurde sie durch ein dumpfes Poltern wieder geweckt. Sie setzte sich auf und horchte. Kam es aus dem Haus? Oder von der Straße? Sie stand auf, ging zur Wohnungstür, öffnete sie und schaltete das Licht im Turm ein. Sie lauschte in die Nacht, aber jetzt war nichts mehr zu hören. Als sie die Tür gerade schließen wollte, gab es wieder ein Geräusch, lauter und scheppernder, und gleich hinter ihr. Sie zuckte zusammen und drehte sich um. Hündin Amra, die ihr gefolgt war, hatte den wackeligen Dielentisch samt der Ritterburg darauf umgeworfen. Nun war es still.

In der Nacht träumte sie wieder wild: Ein Henker mit Hundekopf schwang ein Schwert über einem goldenen Grillrost, auf dem Nürnberger Rostbratwürstchen lagen. Drumherum lief ein Laternenumzug, dessen Teilnehmer sich bei näherem Hinsehen als kleinwüchsige Horrorgestalten entpuppten. In ihrem Kopf pochte es, als sie aufwachte.

Im Laden fand sie am nächsten Morgen eine unter der Tür durchgeschobene Postkarte mit einer Nachricht von Wolf:

»Sorry wegen des plötzlichen Aufbruchs. Wie wäre es mit einem Kaffee im neu eröffneten Biergarten am Waschweiher? So gegen zwölf?« Bente drehte die Karte herum, dort stand in großen bunten Lettern im Grunde gleich die Antwort: »Bassd scho!« Sie hängte die Postkarte an die Pinnwand.

Gerade als sie sich zum Treffpunkt aufmachen wollte, sah sie den älteren Mann schon wieder vor dem Geschäft. Er stand, die Mütze tief ins Gesicht gezogen, vor der Tür und verschwand, als sie auf die Straße trat, in Richtung Sparkasse, wo er höchst interessiert das im Vorraum ausgestellte Stück »Altdorfer Marmor« betrachtete.

Bente hatte keine Ahnung, was er von ihr wollte, aber inzwischen war er ihr unheimlich. Als sie Wolf davon berichtete, beruhigte er sie: »Zeig mir den Typ beim nächsten Mal, vielleicht kenn ich ihn sogar. Aber wahrscheinlich ist das nichts als Zufall, Altdorf ist ja wirklich nicht so groß.«

Bente war nicht überzeugt. »Deshalb ja. Ich dachte immer, in einem Ort wie diesem ist alles in Ordnung, jeder kennt jeden. Aber kaum bin ich da, wird eine Leiche gefunden, brennt ein Haus nieder, und vom Täter fehlt jede Spur, so steht es jedenfalls in der Zeitung. Ein Mann beobachtet mich, auch nachts, und im Wallensteinhaus rumpelt und pocht es, dass ich kaum schlafen kann.« Sie lächelte. »Sorry, aber ich bin so angespannt, das Haus ist echt unheimlich. Und unübersichtlich – selbst der Denkmalschutzbeamte hat sich im Keller verlaufen …« Sie brach ab, weil sie merkte, dass Wolf nur noch mit halbem Ohr zuhörte, anscheinend hatte er eine Nachricht bekommen. Er entschuldigte sich kurz und deutete auf sein Telefon: »Tut mir leid, aber das ist echt wichtig.«

Am Abend kramte Bente ihr eigenes Mobiltelefon heraus. Zwar hatte sie Antje versprochen, das Ding nur in dringenden Fällen zu benutzen, und sie war nicht mal sicher, ob es auf dem Kreuzfahrtschiff so etwas wie ein Netz gab, aber sei's drum. So kurz und knapp wie möglich berichtete sie ihr in einer SMS über den verpassten Termin mit dem Mann vom Denkmalschutz, und dass sie ein paarmal mit Wolf, Antjes altem Schulfreund, unterwegs gewesen sei, »ein echt netter Typ«. Dann schlief sie ein und träumte von Altdorfer Marmorkuchen.

Am nächsten Morgen hatte sie noch vor Ladenöffnung einen Fotojob im Studio hinten im Hof, und auch danach ging die Ladentür nicht mehr zu. Die Leute kauften Gewürze, als gäbe es kein Morgen mehr, dazu Bilderrahmen und Salzlampen. Ihr Handy piepste. Sie drückte auf die Tasten und las die gerade eingegangene Mitteilung: »Zeit, Pause zu machen.« Im nächsten Moment betrat Wolf den Laden, mit einer verführerisch duftenden Tüte von der Metzgerei Nießbeck. »Dich schickt der Himmel«, strahlte sie und warf das Handy auf die Sitzbank, »ich muss eh grad mit den Hunden raus.« Sie griff nach den Hundeleinen, ihrem Schlüssel und sah ihn dann erwartungsvoll an: »Und? Können wir los?«

Als Antwort zeigte er nur wortlos auf seine Postkarte an der Pinnwand: »Bassd scho!«

Sie gingen, und Bente bekam nicht mehr mit, dass ihr Telefon hinter ein Polster gerutscht war und jetzt nutzlos vor sich hin blinkte: eine neue Nachricht. Von Antje. »Wieso Denkmalschutz? Der Termin ist nächsten Monat. LG Antje. PS: Ich kenne keinen Wolf.«

An das Handy dachte Bente nicht mehr. Sie hatte den gesamten Nachmittag mit Wolf verbracht und fühlte sich in seiner Gegenwart unbeschwert und sicher. Sie war froh, als Wolf darauf bestand, noch auf ein Glas Wein mit ins

Wallensteinhaus zu kommen. Denn noch immer musste sie an den älteren Typen denken, dem sie auch heute wieder begegnet war und der sie aus irgendeinem Grund beobachtete. Und nicht nur das machte ihr Angst.

Wolf zog gerade am Korkenzieher, als ein dumpfes Pochen aus der Tiefe des Hauses zu hören war. Beide schwiegen und lauschten. Nichts.

Als Bente ihr Glas entgegennehmen wollte, war es erneut zu vernehmen. Sie zitterte und griff nach Wolfs Hand: »Da! Genau wie neulich, hörst du?« Ein dumpfes Hämmern, einmal, zweimal, dreimal, dann war wieder Ruhe.

Wolf drückte beruhigend ihre Hand, stand auf und blickte in den Hof.

»Was ist das?«, fragte Bente.

Wolf zuckte mit den Schultern und nahm die Taschenlampe, die auf Antjes Küchentisch lag. »Ich werde mal nachsehen«, sagte er und knipste die Lampe kurz an. Er steckte sein Handy ein und schlich hinunter in den Hof. Alles war still.

Bente bemerkte, wie Angst in ihr aufstieg. Wer war da unten, und wo war Wolf hin? Dann fiel ihr ein, dass ihr Telefon immer noch irgendwo im Laden liegen musste, wo sie es zuletzt gesehen hatte. Sie kletterte die steile Treppe im Innern des Hauses hinunter und tapste im Dunkeln durch den Laden. Das Handy hatte sie schnell gefunden, doch als sie zur Tür sah, schrak sie zusammen und duckte sich an die Wand. Stand da nicht jemand und blickte in den Laden? Mit eiskalten Fingern suchte sie den richtigen Knopf an ihrem Handy, um die Tastensperre zu lösen. Ihr Blick ging erneut zur Tür, doch wer auch immer da gestanden hatte, war jetzt verschwunden. Was wollte der nur? Dann sah sie, dass sie eine Nachricht von Antje hatte.

Wolf ging durch den hinteren Teil des Ladens zum Kellereingang. Das dumpfe Hämmern hatte wieder eingesetzt. So leise wie möglich stieg er die Treppe hinunter. Im hinteren Teil des Kellers, der zur rechten Seite abknickte, war ein Lichtschein zu sehen, als würde jemand eine Taschenlampe mit der Hand abdecken. Wolf schlich weiter, bis er zu dem Mauervorsprung kam, hinter dem es in den tiefer liegenden Keller ging. Vorsichtig ließ er kurz seine Lampe aufblitzen und trat um die Ecke.

Bente blickte ungläubig auf das Handydisplay. Wieso kannte Antje Wolf nicht? Kann man einen Freund aus Schultagen einfach so vergessen? Oder hatte er ihr Unsinn erzählt? Aber warum? Ihre Gedanken überschlugen sich: Wenn Antje ihn nicht kannte, wer um Himmels willen war dieser Typ, der jetzt mit ihr hier im Wallensteinhaus war? Von dem sie außerdem nicht mal wusste, wo genau er sich jetzt aufhielt? Sie merkte, wie sich ihr Hals zuschnürte, sie hatte Angst, eindeutig. Ich muss etwas tun, ratterte es ihr immer wieder durch den Kopf. Ich muss etwas tun, nur was?

Mit weichen Knien ging sie in den hinteren Teil des Ladens. Die Tür zum Keller stand offen. War Wolf da drin? Warum? Er würde ihr ein paar Fragen beantworten müssen, wenn er wieder auftauchte. Gerade als sie nach der Klinke der Kellertür greifen wollte, flog diese auf und eine schwarze Gestalt stürmte heraus. Bente verharrte für einen Moment und konnte sich nicht rühren. Dadurch verstellte sie dem Eindringling den Weg. Er stieß sie brutal zur Seite, sodass sie mit dem Kopf gegen die Wand prallte und unsanft in einer Ecke neben dem Schreibtisch landete. Ein PC-Bildschirm und ein Becher mit Stiften fielen krachend zu Boden. Benommen rappelte sie sich auf und suchte ihr Telefon, um die Polizei zu rufen, doch dann hörte sie ein Geräusch aus dem Keller. War das Wolf? Bentes Herz raste. Sie stieg die Kellertreppe hinab und sah ihn auf dem Boden liegen. Er war bewusstlos, und an seiner Schläfe war Blut. »Wolf?«, rüttelte sie ihn sanft, »Wolf, wach auf. Bitte!«

Dreißig Sekunden später war Wolf wieder bei sich und sah sie leicht verwirrt an. Dann berappelte er sich, versuchte aufzustehen und taumelte zur Treppe. »Wo ist er hin?«, fragte er, während er die Kellertreppe hinaufstieg.

Bente folgte ihm und zeigte in Richtung Turm: »Da rüber. Aber was ist hier eigentlich los? Wer war das? Und was wollte der hier?«

Wolf schüttelte nur den Kopf. »Später. Ich glaube, ich weiß, wo er hin will. Vom vorderen Keller führt ein geheimer Gang bis hinter die Stadtmauer.« Er schnappte sich Antjes alte Schwalbe, die im Hof stand, und startete das Moped mit ohrenbetäubendem Lärm.

Wolf gab kurz Gas, drückte Bente seine Taschenlampe in die Hand und brauste davon in die Nacht, wobei sich kurz seine Jacke zur Seite schob und den Blick auf ein Pistolenhalfter freigab. War Wolf etwa Polizist? Allmählich würde sie gerne mal wissen wollen, was hier eigentlich los war.

Sie ging zurück in den Hof, die Taschenlampe fest umklammert. Jetzt war es still. Unter der Tür, die zum vorderen Keller führte, war immer noch Licht zu erkennen. Sie nahm die ersten Treppenstufen im Turm, um an den Lichtschalter zu gelangen. Plötzlich glaubte sie eine Bewegung hinter sich zu spüren. Sie drehte sich um.

Im Licht der ziemlich funzeligen Treppenhausbeleuchtung stand die schwarze Gestalt von eben vor der halboffenen Tür zum vorderen Keller. Und diesmal erkannte sie ihn. Im selben

Moment, in dem auch ihm dies klar wurde, machte er hastig einen Schritt auf sie zu.

Bente reagierte wie auf Autopilot. Sie schleuderte ihm die Taschenlampe entgegen, drehte sich um und rannte den Turm hoch, immer zwei Treppenstufen auf einmal nehmend.

Insgeheim hatte sie gehofft, auf Höhe der Wohnung einen Vorsprung zu haben, um schnell hineinschlüpfen und hinter sich abschließen zu können. Aber als sie im zweiten Stock ankam, war die Tür zu und der Typ gleich hinter ihr. Sie lief weiter, automatisch, ohne wirklich zu wissen, was sie oben eigentlich machen sollte. Sie betete, dass der Speicher nicht versperrt war – und dass die morschen Stufen hielten.

Als sie oben war, hatte sie ihren Verfolger ein Stück abgehängt, gerade hörte sie im Stockwerk unter sich ein Krachen und Fluchen, anscheinend war der deutlich schwerere Mann in eine Stufe eingebrochen. Aber er ließ sich nicht aufhalten. Bente hörte, wie er sich wieder aufrappelte.

Sie betrat den ersten Speicher und verkeilte die Tür mit einem Besenstiel. Das würde ihn hoffentlich ein bisschen aufhalten. Sie rannte die nächste Treppe hoch, dann noch eine und noch eine. Der oberste Speicherboden war unbeleuchtet. Nur durch die Ritzen der Dachziegel fiel noch ein wenig Mondlicht auf den Fußboden.

Bente erinnerte sich an Antjes Worte, hier nur auf den breiteren Längsbalken zu gehen, alles andere sei zu gefährlich. Also huschte sie an der Längsseite entlang und suchte sich ein Versteck hinter ein paar alten Möbeln, kroch in die hinterste, dunkelste Ecke. Atemlos horchte sie noch einmal in die Nacht. Sie kramte ihr Mobiltelefon heraus und wollte den Notruf wählen. Dann hörte sie ihren Verfolger im unter ihr liegenden Speicherboden. Ihre Zeit zum Handeln war knapp. Schnell und fieberhaft überlegte sie, dass es viel zu lange dauern würde, bis sie der Polizei erklärt hatte, wo sie war und worum es ging. Wer auch immer Wolf war, er musste ihr jetzt helfen. Sie drückte auf Wolfs Nummer in ihrem Eingangsordner und wartete. Doch statt eines Klingeltons sprang gleich Wolfs Mailbox an. Schier endlos schien die Ansage zu dauern.

Mittlerweile hatte ihr Verfolger die verbarrikadierte Speichertür überwunden und war auf dem Weg nach oben. Hastig begann sie zu flüstern: »Wolf, ich bin hier oben auf dem Speicher, er ist hier, er ist hinter mir her. Komm schnell!« Sie trennte die Verbindung, weil sie hörte, dass der Mann den obersten Speicherboden erreicht hatte. Sie konnte nur hoffen, dass Wolf seine Mailbox abhörte und alles verstanden hatte. Dann kauerte sie sich in ihr Versteck.

Wolf war zurück auf dem Weg durch die Neubaugasse zum Garagentor, als sich sein Mobiltelefon bemerkbar machte. Er hatte eine neue Nachricht auf der Mailbox, offensichtlich war sein Telefon noch auf lautlos geschaltet. Während er das Gerät an sein Ohr hielt, stieß er vor der Tür auf den älteren Mann mit Schiebermütze.

Wolf wusste sofort, dass das der Typ sein musste, der Bente immer beobachtet hatte. Der Mann erklärte hastig, er sei ein Nachbar der Wiechs, die ihn vor ihrer Abreise informiert hatten, dass Bente allein im Haus sein würde. Daher habe er »immer mal nach dem Rechten gesehen«, wie er es nannte. Jetzt aber hatte er seltsame Geräusche gehört. Wolf wollte den übereifrigen und fraglos neugierigen Nachbarn schon wegschicken, als er endlich Bentes Nachricht hörte. Wolf stieß den Mann zur Seite und rannte los.

Bente sah, wie ihr Verfolger langsam und vorsichtig in die Mitte des Raumes ging. In der Hand hatte er die Taschenlampe, die sie ihm entgegengeschleudert hatte, und leuchtete damit jetzt die dunklen Ecken aus. Gleich würde er sie entdeckt haben, ihr Versteck war ein Witz. Sie tastete um sich herum, ob da vielleicht irgendetwas war, das sie als Waffe benutzen konnte, aber sie fand nur ein paar Steinchen und Putzbrocken. Ihr kam eine Idee.

Als der Mann schon ein gutes Stück auf ihre Ecke zugekommen war, warf sie ein kleines Steinchen an die gegenüberliegende Wand, so hoch, dass es erst gegen die Wand prallte und dann mit einem Klacken zu Boden fiel. Leise, aber laut genug, dass er sich abrupt herumdrehte und in die Richtung leuchtete.

Bente warf noch ein zweites Steinchen in die hinterste Ecke, und als der Mann sich in Bewegung setzte, schlich sie so lautlos wie möglich in die andere Richtung, zur Tür. Ihr Puls raste. Kurz bevor sie das Treppenhaus erreicht hatte, knarrte eine Diele unter ihr, nahezu ohrenbetäubend, wie ihr vorkam. Dann ging alles sehr schnell – der Mann drehte sich um, sah sie und lief los, Bente ebenfalls.

Sie erreichte die Tür, riss sie auf und stand Wolf gegenüber, der mit gezogener Waffe vor ihr stand. »Vorsicht!«, rief er und zog sie zur Seite. Der Verfolger stürmte auf die beiden zu, doch dann gab es einen gewaltigen Krach – und weg war er. Mit ungeheurer Durchschlagskraft krachte der falsche Denkmalschutzbeauftragte Andreas Hornberger durch drei Etagen und landete mit gebrochenem Genick auf dem untersten Speicherboden.

Nachdem er sich mehrfach versichert hatte, dass es Bente gut ging, und er sie außerdem mit einem großen Glas Rotwein versorgt hatte, nahm Wolf sich selbst auch eines und berichtete. Er war tatsächlich eine Art Polizist, allerdings bei einer

Sondereinheit, die sich vor allem mit Kunstraub und dem illegalen Handel mit wertvollen historischen Gegenständen und Dokumenten befasste. »Da geht es um Summen, die du dir gar nicht vorstellen kannst, Drogenschmuggel ist ein müder Witz dagegen.« Er nippte am Wein.

Seine Jagd auf der Schwalbe durch die Nacht hatte ihn zu dem Parkplatz hinter der Polizeiwache geführt, der jenseits der historischen Stadtmauer lag. »Es hieß schon immer, dass es eine geheime Tunnelverbindung vom Wallensteinhaus bis hinter die damalige Stadtmauer gibt. Nur waren die Keller geflutet, die Gänge auch. Hineingekommen ist Hornberger mit seiner Taucherausrüstung, so wollte er auch wieder raus. Auf dem Parkplatz stand sein Fluchtwagen bereit. Meine Kollegen sind noch dabei, Spuren zu sichern. Aber dann muss ihm klar geworden sein, dass wir ihn auf der anderen Seite erwarten.«

»Aber was wollte der eigentlich hier?«, unterbrach ihn Bente, als Wolfs Handy wieder melodisch-rhythmisch klingelte. Er drückte auf einen Knopf, sagte aber nichts, hörte nur kurz zu. Dann pfiff er halblaut und fragte: »Habt ihr's schon aufgemacht?« Nach der kurzen Antwort beendete er die Verbindung. Er hob sein Glas und sah sie an. »Hast du schon mal was von Wallensteins Tagebüchern gehört?«

Bente konnte kaum glauben, was sie im Folgenden erfuhr. Der Täter hatte im voll gelaufenen Tiefkeller nach einem Fass gesucht, in dem sich Aufzeichnungen befanden, die der Feldherr Wallenstein während des Dreißigjährigen Krieges gemacht und im Keller versteckt hatte. Bente stutzte. »Aber Wallenstein war doch viel früher hier, als Student, mit gerade mal sechzehn oder so.«

Wolf nickte. »Das stimmt. Aber es gibt Berichte, also eher Vermutungen, dass er später noch einmal hier war. Tilly lag im Dreißigjährigen Krieg auch nicht weit von Altdorf entfernt. Und Wallenstein hat's hier ganz schön krachen lassen.« Er trank. »Vielleicht hielt er den Keller auch einfach nur für ein gutes Versteck. Jedenfalls wäre der Fund von Wallensteins Tagebüchern eine historische Sensation.«

Bente grinste. »Das hatten wir doch schon mal, da sollten weite Teile der deutschen Geschichte neu geschrieben werden …«

Wolf lächelte verstehend.

»Woher wusste er überhaupt von der Existenz der Bücher?«

»Unser Freund hatte einen Komplizen, einen Historiker. Die beiden haben hier in Altdorf intensiv im Stadtarchiv zur Stadtgeschichte geforscht und sind auf etwas gestoßen …«

Bente nippte an ihrem Rotwein und hörte aufmerksam zu.

»Wir haben in diesem Zusammenhang etliche Personen befragt, und sowohl der Archivar Herr Dannhorn als auch Herr Rösch von den Altstadtfreunden erinnerten sich an ihn – und auch an einen zweiten Mann.«

Bente war gespannt. »Und dann?«

Wolf goss Wein nach. »Na ja, die Akten, die beide einsehen wollten, waren sehr speziell. Sie hatten behauptet, für einen historischen Krimi zu recherchieren, der in Altdorf spielt.«

Sie trank einen Schluck. »Aber was wollte er mit den Tagebüchern? Solch ein Fund lässt sich doch gar nicht so einfach verkaufen.«

»Er hatte einen Auftraggeber. Einen Sammler, Schwede, irgendein schwerreicher Möbelfabrikant.«

Bente sah ihn spöttisch an. »Schwede?«

Wolf lachte. »Der Typ sammelt wohl alles aus dem Dreißigjährigen Krieg. Und zahlt so gut wie jeden Preis. Der Komplize ist übrigens wahrscheinlich unser unbekannter Toter aus dem Haus in der Türkeistraße.«

Bente verzog den Mund. »Und welche Rolle spielst du bei der ganzen Sache?«

Wolf hob entschuldigend die Arme. »Tut mir leid, ich war wohl nicht ganz ehrlich mit dir. Wie gesagt arbeite ich für eine Sondereinheit, die sich auf Kunstraub spezialisiert hat. Wir haben Hinweise von Kollegen aus Schweden und aus Tschechien bekommen, da hatten die beiden zuvor – wie soll ich sagen? – geforscht. Zunächst wollten wir einfach abwarten, ob sie wirklich was finden. Aber dann kamst du ihm in die Quere – und uns.«

Bente richtete sich empört auf. »In die Quere? Was soll das denn heißen?

Wolf legte ihr beruhigend die Hand auf den Arm. »Du warst nicht eingeplant. Du hast alles durcheinandergebracht. Inzwischen wissen wir, dass sogar der Kreuzfahrtgewinn fingiert war. Familie Wiech sollte aus dem Haus sein, damit die beiden Zeit und Ruhe hatten, die Keller zu durchsuchen.«

»Ja und?« Bente wurde ungeduldig.

»Aber dann warst du da, und ihnen lief die Zeit davon, der Schwede wollte Ergebnisse sehen. Es kam wohl zu einem Streit, weil der andere sich weigerte, das Risiko einzugehen, nach dem Schatz zu suchen, während jemand im Haus war.«

»Du glaubst, dass er seinen Komplizen umgebracht hat?« Bente lief ein Schauer über den Rücken bei dem Gedanken, dass der Typ sie angefasst hatte.

Wolf nickte nur. »Verraten hat er sich auch mit einer seiner falschen Identitäten. Auf seiner Visitenkarte an deiner Pinnwand stand Andreas Hornberger. Wer sich ein bisschen in Altdorfer Geschichte auskennt, weiß, dass so der Scharfrichtergeselle hieß, der die letzte Hinrichtung hier in Altdorf so, äh, verbockt hat.«

»Tja, so viel zum Vorteil soliden Heimatgeschichtswissens.« Bente griff nach ihrem Handy, um nachzusehen, wie spät es war, und in diesem Moment fiel ihr Antjes SMS wieder ein. Sie sah Wolf scharf an. »Wo wir schon bei Namen sind: Antje schreibt, sie kennt keinen Wolf. Dann war das alles gelogen mit alter Schulfreund und so?«

Man konnte sehen, dass Wolf diese Frage mehr als unangenehm war, er rutschte ein wenig hin und her auf dem Sofa. Dann sah er sie an. »Das stimmt, sie kennt keinen Wolf. Ich hieß damals anders …« Verlegen griff er nach seinem Glas und zeigte auf Bentes Handy. »Wenn du Antje geschrieben hättest, du bist mit Hardy unterwegs, hätte sie's gewusst.«

»Wieso Hardy?« Bente sah ihn ratlos an.

»Wenn man auf den klangvollen Namen Wolfhart getauft ist, hat man für die Mitschüler lieber eine Alternative parat.«

Sie nickte, war aber noch nicht überzeugt. »Und warum nicht damals schon Wolf?«

Er zuckte die Achseln. »Keine Ahnung, bei Spitznamen weiß man das doch nie. Irgendwie blieb Hardy hängen, vielleicht auch wegen Hardy Krüger – und als ich zu Antje in die Klasse kam, wusste gar keiner mehr, dass ich einen ganz anderen Vornamen hab …«

Sein Handy meldete sich, jetzt erkannte Bente auch den rhythmisch-melodischen Klingelton, *Take Five* von Dave Brubeck. Wolf stellte ein paar Fragen, hörte zu und legte dann auf. »Ich muss weg, die Kollegen warten. Sie wollen das Fass abtransportieren.«

»Warum eigentlich Fass?«, fragte Bente.

»So hat man damals oft Sachen transportiert oder gelagert, die nicht beschädigt oder nass werden sollten. Solche Fässer waren von innen mit Pech ausgekleidet und hatten manchmal sogar mehrere Böden. Eigentlich sehr raffiniert. Und unser

Exemplar hier lag auch nicht im Wasser, es stand in einem zugemauerten Durchgang, warm und trocken. Die Chancen sind ziemlich gut, dass auch jetzt noch erhalten ist, was auch immer darin versteckt wurde.«

Er stand auf, nahm sein Handy und sah sie an. »Äh, ich könnte dich nachher noch anrufen. Nur falls du wissen willst, was in dem Fass ist.« Er stockte und wandte sich fast ein bisschen verlegen zur Tür.

Sie schwieg erst, dann nickte sie lächelnd und gähnte. Erst jetzt merkte sie, wie verdammt müde sie war. »Ruf an, wenn du weißt, was drin ist.«

Wolf nickte und warf ihr eine Kusshand zu, aber da war sie schon auf dem Sofa zur Seite gesunken und eingeschlafen.

Viel später weckte sie das Klingeln ihres Handys. Völlig verschlafen ging sie ran. »Und, was steht in den Tagebüchern?«

Wolf lachte kurz und trocken. »Das weiß nur Wallenstein allein.« Man hörte Geräusche im Hintergrund. »In *dem* Fass waren jedenfalls keine Tagebücher.«

Bente war jetzt wach. »Was dann?«

Wolf lachte wieder, und diesmal klang es belustigt. »Hopfen. Gut getrockneter, uralter Hopfen. Ganz hübsch, ich schicke dir ein Foto.« Sie verabredeten sich für den nächsten Abend und Bente legte auf. Kurz danach piepte es, sie blickte aufs Display – eine neue Nachricht. Wolfs Nummer erkannte sie sofort, musste aber grinsen, als sie den Absender las. Da stand: »W. Allenstein«.

Roland Krause

Erholungsurlaub

Der Kies knirscht unter ihren Schritten, als ob die Steine miteinander tuschelten. Die blonde Frau und ihr Begleiter haben es nicht eilig. Lustwandeln im Ansbacher Hofgarten ist für die Frau eine Wohltat. Als wäre sie aus der Zeit gefallen und auf einer grünen Insel aus Beständigkeit gelandet.

Die Einladung ihres Bruders Sebastian, ihn im Frankenland zu besuchen, war Sandra Wiesner gerade recht gekommen. Raus aus dem Großstadt-Wahnsinn, all dem Beziehungswirrwarr – und dazu die Arbeitsproben von Gevatter Tod, mit denen sie sich als Münchner Mordermittlerin herumschlagen muss. Sie wirft ihrem Bruder einen warmen Blick zu. Gezähmt scheinen sie ihn zu haben, das ruhige Ansbach und sein täglich Brot im Amt für ländliche Entwicklung. Apropos Brot, seine runden Bäckchen sprechen für die Qualität des Kantinenessens.

Bevor sie die physiognomischen Überlegungen vertiefen kann, bemerkt ihr reiseführender Bruder, dass weiter vorn ein Denkmal für Johann Peter Uz stehe.

»Uz, muss man den kennen?«

»Allzu jung taugt nur zum Spielen. Fleischig sei sie anzufühlen, und gewölbt die weiße Brust …«

»Wusste gar nicht, dass dir fleischige Lyrik schmeckt.«

»Bin ja kein Vegetarier.«

Dass nicht weit von hier der Kaspar Hauser abgestochen wurde, referiert er weiter. Das sei auch ein armer Hund gewesen. Aktuell als überdimensionierter Zinnsoldat ausgestellt, weil die hehre Kunst vor niemandem Halt macht. Madre mia! Gibt es denn in ihrem Hirn keine Sofaecke, in die sie sich zurückziehen kann, Beine hoch, Kaminfeuer und Rotwein? Nichts hören will sie von Mord und Totschlag. Sie seufzt und widmet den Alleen ausgehöhlter Linden ihre Aufmerksamkeit, die den Dohlen Wohnraum und den Gärtnern Kopfzerbrechen bereiten.

Ein Schrei reißt die Parkidylle in Fetzen.

»Helfen Sie mir!« Die Stimme gleicht dem Krächzen einer altersschwachen Krähe. »Oh Gott, oh Gott!«

Zwischen den Büschen erscheint eine Gestalt. Eine Seniorin, mühsam voranhastend, das Gesicht verzerrt vor Entsetzen. »Da vorn«, kreischt sie, während sie in die Richtung deutet, aus der sie gekommen ist. »Beim Uz-Denkmal!«

Die beiden Geschwister laufen ihr entgegen.

»Da liegt eine!«, ächzt die Alte und sackt in Sebastians Armen zusammen. Seine Schwester sprintet los. Sie schaltet in den Polizeimodus, Regungen werden ausgeblendet, es geht nur ums Handeln. Sie umrundet eine Sträuchergruppe, hastet den Weg weiter, bis zu einer Rechtskurve. Direkt unter der Denkmalsäule wird sie fündig. Das darf nicht wahr sein!

Die Gestalt auf den steinernen Stufen rührt sich nicht. Sie liegt auf dem Bauch. Jeans, Trekkingstiefel, schwarzes Kapuzenshirt. Die Wiesner geht neben ihr in die Knie, greift zu. Der Leib ist warm. Eine Blutlache hat sich unter ihm gebildet. Die Polizistin dreht den Körper langsam auf den Rücken. Jetzt erkennt sie, dass es sich tatsächlich um eine Frau handelt. Ihr Blick saugt sich an erstarrten braunen Iriden fest. Ihr Smartphone aus der Tasche fummelnd, tritt sie zurück auf den Weg. Nichts Verdächtiges zu sehen. Ihr Bruder müht sich, die geschockte Seniorin aufrecht zu halten. Es beginnt zu regnen. Die Wiesner reckt den Kopf und lässt erste Tropfen auf ihrem Gesicht zerplatzen. Nach Ansbach ist der Tod mitgekommen. Für ihn ist es eine Dienstreise.

Die Ansbacher Kollegen sind fix am Tatort. Keine acht Minuten, bis ein BMW auftaucht und den geschäftigen Trupp des Kriminaldauerdienstes ausspuckt. Bald werden sich die Kripobeamten, Arzt und Spurensicherung dazugesellen. Für diesen sonntäglichen Zeitvertreib zahlst du keine Vergnügungssteuer. Ein junger, attraktiver Ermittler mit strahlendblauen Augen und feingliedrigen Händen nimmt sich ihrer an. Abseits des Denkmals hat er einen Schirm aufgespannt, in grünweißen Stadtfarben. Sein ständiges »Aha« klingt, als sauge er aus ihrer kargen Aussage entscheidende Erkenntnisse. Bis ihr Bruder anmerkt, dass der Beamte eine leibhaftige Oberkommissarin der Münchner Mordkommission vor Augen habe. Da wird aus dem »Aha« ein »Oha«.

»Zur Erholung hier, die bucklige Verwandtschaft besuchen«, meint sie, Sebastian einen genervten Blick zuwerfend.

»Ja, Ansbach hat viel zu bieten«, behauptet ihr Gegenüber.

»Scheint so.«

»Wir haben bestimmt weniger Gewalttaten als Sie in München. Es ist halt eine Kleinstadt. Wir haben andere Geschichten wegen der A6 – geklaute Baumaschinen und so weiter.«

»Schon gut«, meint die Wiesner in verständnisvollem Tonfall.

Er weist mit dem Kinn Richtung Gedenkstein, die Augen werden groß. »Das ist was Besonderes – heut.«

»Ich brauch nix Besonderes«, sagt die Münchnerin. »Dankeschön. Nur keine Umstände. Schlossmuseum und Bratwürscht hätten es für mich auch getan.« Ihre Laune hat sich in die Rezat gestürzt und ist im Flusswasser abgesoffen.

Die alte Dame ist zwischenzeitlich von Sanitätern zum Krankenwagen verfrachtet worden, weigert sich aber vehement, einzusteigen. Aus dem nahegelegenen *Orangerie-Café* schlendern Schaulustige herbei. Mit forschen Schritten pflügt ein dickleibiger Vierziger im braunen Dreiteiler durch den Menschenauflauf wie die Wildsau durchs Maisfeld.

»Was ist mit meiner Mutter?«, blökt er schon von Weitem, bahnt sich unbeirrt seinen Weg zu der alten Frau.

»Johann!«, ruft die, und »Mama!«, schallt es dröhnend zurück.

»Aha«, sagt der Blauäugige, mit Betonung auf dem ersten A.

»Muss man den kennen?«, will die Wiesner wissen.

»Doktor Johann Schlager. Als Ansbacher kennt man ihn. Kommender Mann in der Regierung von Mittelfranken. Noch stellvertretender Bereichsleiter. Da ist Vorsicht angesagt.«

»Weit weg kann der nicht gewesen sein«, murmelt die Wiesner.

Während sich ihr Ansbacher Kollege mit einer Entschuldigung wieder ins bunte Treiben einreiht, beobachtet die Wiesner das Zusammentreffen von Mutter und Sohn. Die Aufregung hat Schlager den Schädel rot eingefärbt. So wie er seine Mutter anstarrt, wird es ihm bald die Augen aus den Höhlen treiben, oder der Schlaganfall schaut auf einen Sprung vorbei. Die alte Dame sieht gefasster aus. Sie legt ihrem Sohn die Hand auf den Arm. Den zieht er weg, als wären ihre Finger glühende Zangen.

Inzwischen haben sich annähernd so viele Leute hinter der Absperrung aus rotweißem Plastikband versammelt wie beim Großviehmarkt in der Rezathalle. Der Wiesner fällt eine Gestalt auf. Dunkel gekleidet, Dreitagebart und Schiebermütze sorgen für einen verwegenen Anstrich. Zuckende Mundwinkel, die Hände zu Fäusten geballt, offensichtlich gärt in ihm ein Gebräu aus Verwirrung und Wut. Angespannt, wie der Bogen vor dem Schuss. Wie zufällig schlendert die Wiesner in seine Richtung. Ihre Augen treffen sich, Blicke verhaken sich für einen Moment, bevor er zu Boden schaut. Sie ist sicher, der Zufall hat ihn nicht hier auftauchen lassen. Abrupt wendet er sich ab. »Einen Moment«, sagt sie. Der Mann zieht die Schultern hoch und schreitet aus, weg vom Tatort, in Richtung Parkausgang.

»Warten Sie!«, brüllt die Wiesner, um die Ansbacher Kollegen aufmerksam zu machen. Die reagieren prompt. Der Mann rennt los. Mehrere Uniformierte und der blauäugige Kriminaler hetzen hinter ihm her. Dienstmützen fliegen auf den Rasen. »Stehen bleiben!«, schreit ein vielstimmiger Polizeichor. Fünfzig Meter weiter bringt die Meute ihr Wild zur Strecke. Es bildet sich ein Knäuel aus rangelnden Leibern. Schließlich wird der Kerl weggeschleift und im blauen Transporter verräumt. Für die Wiesner Zeit, den Schauplatz zu verlassen. Sie nimmt ihren widerstrebenden Bruder beim Arm. Mit einem knappen Gruß an die Ermittlercrew machen sie sich auf den Weg.

»Meinst du, der Typ ist es gewesen? Täter zieht es manchmal zum Tatort zurück, oder?«

»Keine Ahnung, schon möglich.«

»Möchtest du nicht herausfinden, ob der es gewesen ist?«

»Nein.«

»Aber du …«

»Nein.«

Die Sonne hatte ein Einsehen und sich wieder hervorgewagt. Sie sind durch die sonntagsträge Innenstadt geschlendert. Vorbei an der Gumbertuskirche und der unscheinbaren Synagoge. Der Münchnerin gefallen die schlichten Werke der kurfürstlichen Baumeister, die Türmchen und rustikalen Innenhöfe. »Glitzernd aufgebrezelt, gleich Aladins Rumpelkammer, findest du in Ansbach nichts.« Sebastian hatte sie am Schluss zum angeblich besten Biergarten der Stadt geführt, an der »Riviera«, wo man den perfekten Sonnenuntergang erleben könne.

Jetzt stiert die Wiesner auf ihren Teller. Sie kann das Erlebnis nicht abschütteln. Ein stacheliges Detail schleicht durch ihren Schädel, sie kann es fühlen, aber nicht packen.

»Erzähl mir von der Stadt. Wie sind die Leut hier so drauf?«

»Also ganz generell sind sie ziemlich …« Ihr Bruder unterbricht sich und starrt unvermittelt einen Neuankömmling an, der seinen Blick über die Tische wandern lässt, um einen freien Platz zu finden. Der »Aha«-Kommissar. Als er sie entdeckt, nähert er sich zielstrebig.

»Darf ich?« Eifriges Nicken ihres Bruders.

»Aha«, seufzt die Wiesner, »schon Feierabend?«

»Wo denken Sie hin, Frau Kollegin, Essen fassen und weiter. Feierabend fällt aus. Da beißen wir uns rein, Tag und Nacht.«

Die Wiesner beißt in ihre Quiche. Jedem das Seine.

»Schon eine Spur?«, will ihr Bruder wissen.

Der Ermittler zögert kurz. Dann platzt es doch aus ihm heraus.

»Die Tote war eine Bordsteinschwalbe, ordentlich registriert.«

»Aus Ansbach?«, fragt die Wiesner mit vollem Mund, »gibt's etwa ein Rotlichtviertel in der Stadt?«

Der Mann schüttelt das kurzrasierte Haupt. »Nein! Wir sind durch die A6 erschlossen, über Nürnberg bis nach Tschechien.«

»Und der finstere Typ?«

»Tja, Sie haben es gleich gerochen. Kompliment. Das Opfer hat ihn oft angerufen, sagt die Handyauswertung. Kommt aus Nürnberg. Milieu. Sicher ihr Zuhälter. Er schweigt, aber …«

»Dann scheint ja alles klar.«

»Motiv werden wir noch finden. Sieht gut aus.«

»Bestimmt.«

Die Stirn des Polizisten wirft Falten. »Ist irgendwas?«

Stumm schüttelt die Münchnerin den Kopf.

Die beiden Männer vertiefen sich ins Gespräch. Dass ausgerechnet Doktor Schlagers Mutter die Tote habe finden müssen. Da seien für die Zeitungsschreiber Extrazeilen drin. Die Wiesner bezweifelt, dass in München ein ranghoher Beamter als Prominenz durchginge.

»Das ist hier anders«, erläutert ihr Bruder, »hier hast du es mit der geballten Macht des Beamtentums zu tun. Du meinst, der Kurfürst stolziert umher, und das nicht nur bei den Festspielen.«

»Sauber. Und den Platz an der Sonne muss man sich erkämpfen.«

»Eine erhoffte Beförderung würd ich als Motiv hier nie ausschließen«, meint der Polizist grinsend.

»In meinem Amt ist der Sonnenplatz nicht wichtig«, bekundet Sebastian, »wir haben sogar eine beheizbare Außentreppe.«

Die Sonne ist nicht beleidigt, macht ihren Job und geht postkartenmäßig unter. Nachdem der Ansbacher Ermittler sich getrollt hat, lassen die Geschwister den Abend mit süffigem Rotwein im *Café Klatsch* ausklingen.

Der Montagmorgen ist seit jeher ein unbeliebter Geselle. Heute besonders, weil die Wiesner kaum geschlafen hat. Sie ist gedanklich durch den Hofgarten gepirscht, bis die Erschöpfung sie überwältigt hat. Schweißgebadet fährt sie hoch. Ihren Bruder hört sie in der Küche rumoren. Es riecht nach frischem Kaffee. Geträumt hat sie, all die metallenen Kaspar Hausers marschierten hinter ihr her, schweigend, beharrlich, die Schritte klapperten unermüdlich aufs Pflaster. Klick-klack, klick-klack. Und als die Kerlchen sie in der Gumbertuskirche gestellt hatten, spitzten sie die Lippen und pfiffen Tarantinos Kill-Bill-Melodie. Grausiger Albtraum! Sie hatte vorgehabt, sich die Residenz anzuschauen. Aber schon unter der Dusche weiß sie, dass es nichts werden wird mit kulturellem Input. Die Gedanken an das gestrige Geschehen umklammern sie. Nein, sie ist nicht zuständig. Aber diese Erkenntnis hilft nichts. Kein Auskommen, keine Ausflucht. Sie hat den Tod in den Augen des Mädchens gesehen und will Gewissheit. Einen Kaffee hat sie sich gegönnt und dabei ihren verdutzten Bruder nach der Adresse des Johann Schlager gefragt. Einer seiner wichtigen Facebook-Kontakte wusste prompt die Antwort. Seine naheliegende Frage nach dem »Warum« quittierte die Polizistin mit beredtem Schweigen.

Jetzt ist sie in ihrem Peugeot unterwegs. Allein. Sie hätte es den Kollegen mitteilen können, aber ein Bauchgefühl ist kein Fundament, auf das du einen soliden Verdacht mauern kannst.

Westlich Richtung Leutershausen geht es stadtauswärts. Die Navistimme leitet sie zu einem alleinstehenden, zweistöckigen Haus. Eine mannshohe Hecke umringt das Grundstück. Hier lebt also der Doktor Johann Schlager allein mit seiner Mutter.

Die Wiesner öffnet die hölzerne Pforte und läutet. Nichts. Sie will gerade erneut läuten, da hört sie ein Geräusch vom hinteren Teil des Grundstücks. Sie umrundet auf steinernen Platten das Gemäuer. Überraschung.

Die Hausherrin ist damit beschäftigt, Unkraut auszumerzen. Mit derben Gummistiefeln und Arbeitshandschuhen ausgerüstet, hat sie sich über das Grünzeug gebeugt, um es beidhändig aus der Erde zu zerren.

»Grüß Gott«, sagt die Polizistin.

Die Alte hält inne und richtet sich auf.

»Ich wollte schauen, wie es Ihnen geht«, meint die Wiesner.

Die Angesprochene fährt sich über die Stirn, als müsse sie überlegen, wohin sie die blonde Frau einsortieren soll. »Danke«, murmelt sie und beugt sich wieder über ihr Gesträuch. Die Audienz scheint beendet.

»Idyllisch hier«, sagt die Münchnerin und tritt näher heran.

Frau Schlager wirkt irritiert. »Was wollen Sie denn noch?«

»Nur eine Frage. Im Hofgarten haben Sie gerufen, dahinten würde ›eine‹ liegen. Haben Sie gewusst, dass es eine Frau war? Ich hab das nicht erkennen können, ohne sie umzudrehen.«

»So?«, die Alte zuckt die Schultern. Ihre Rückenmuskeln spannen sich leicht. »Vielleicht hab ich gespürt, es muss eine Frau sein. Was weiß ich, was ich rief, ich war unter Schock.«

Die Polizistin betrachtet ihr Gegenüber, wartet still. Ein professionelles Lächeln hat sie ausgepackt.

»Glauben Sie, ich hätte was mit dem Mord zu tun?«, insistiert die Alte. »Lächerlich.« Mit einem Ruck macht sie dem Gesträuch den Garaus. Sie wirft es ächzend beiseite und wendet sich dem nächsten rankenden Gegner zu.

»Haben Sie gewusst, wer dort in seinem Blut liegt?«, fragt die Wiesner. Die Alte fährt in die Höhe.

»Blanker Unsinn! Ich werde mit dem Polizeirat sprechen. Wer sind Sie überhaupt, dass Sie so unverschämt auftreten?«

»Oberkommissarin Wiesner. Ja, ich denk, Sie haben es gewusst.«

»Was Sie denken, interessiert mich nicht!«

Die Contenance wird vom Platz gescheucht, weicht heißer Wut.

»Sie werden den Namen Schlager nicht in einem Atemzug mit dieser Tat nennen!«, ereifert sich die Alte. »Sie haben keine

Ahnung! Wie die Geier von der Presse auf alles einhacken. Wir haben … mein Sohn hat für seine Karriere geracker und Opfer gebracht. Das machen Sie nicht kaputt! Schlimm genug, dass ich das Weib finden musste. Woher sollt ich dieses Flittchen …«

Die Frauen kreuzen scharfe Blicke. Die Wiesner nickt.

»Kennen? Ja, woher bloß?«

»Äh … Man hat mir gesagt, sie soll eine Prostituierte sein«, nuschelt die Alte und beugt sich wieder über ihre Pflanzen. Die Wiesner geht nicht darauf ein. Sie hat genug gehört.

»Gesagt, aha. Sie leben hier mit Ihrem Sohn? Ist er da?«

Frau Schlager sieht auf, ihre Miene eine steinerne Maske.

»Der ist krank. Und jetzt verlassen Sie mein Grundstück!«

»Der Zuhälter von dem toten Mädchen hat Ihren Sohn gekannt.«

»Das ist eine Lüge! Verleumdung!«

Es ist keine Lüge gewesen, höchstens eine unbewiesene Behauptung.

»Und jetzt reden Sie meinetwegen mit dem Polizeirat«, sagt die Wiesner und dreht sich um. »Wird nix nützen – nicht mehr.«

Optimistischer Spruch. Vielleicht ja doch. Die Stadt ist klein. Die Schlager wird auf ihre Beziehungen setzen, auf die Kommunikation, all die Wege und Pfade, die nur die Eingeweihten beschreiten, um zum Ziel zu kommen. Von außen siehst du nur undurchdringliches Dickicht. Sie selbst hat lediglich ihre Vermutungen. Das wird kaum reichen, um …

Wamp! Der Schlag trifft die Wiesner völlig unvermittelt. Schwärze. Keine Zeit, Schmerz zu fühlen. Nur ein letzter Gedankenfitzel vor der Dunkelheit: »Wie blöd …«

»Mama, was hast du gemacht!« Der Schrei kommt von weit her. Was gemacht? Als stünde sie am Ende eines Tunnels. Aber sie liegt hier, wie weggeworfen, als habe die alte Gärtnerin den Begriff »Unkraut« neu definiert. Eine Schmerzenswoge rauscht durch ihren Schädel. Fühlt sich an, als wäre der voll von Nägeln. Die Hexe muss mit der Schaufel zugeschlagen haben. Sie muss aufstehen, hier weg, sie darf nicht …

»Mama, hör auf, ich lass das nicht zu!« Das wird der Sohnemann sein. Er quiekt gleich einem abgestochenen Ferkel. Dabei geht es um ihre Haut. Mein Gott, will man sie hier begraben? Sie kann die Arme nicht bewegen. Die sind auf den Rücken geschnürt. Sie zwingt sich, die Augen aufzureißen. Nur verschwommen kann sie die Umgebung wahrnehmen. Die Alte ragt über ihr auf. Sie hat die Schaufel erhoben und schnauft schwer. Ihr Blick ist kalt wie ein sibirischer Eiszapfen. Irrsinn und Entschlossenheit liegen darin, die perfekte Mixtur, um zu töten. »Du erzählst deinen Schmarrn niemandem«, faucht sie.

»Alles wegen Ihnen, oder?«, krächzt die Wiesner. Sie versucht den Kopf zu drehen, um Doktor Schlager anzusehen. Die Qual treibt ihr Tränen in die Augen.

Die Alte wirft ihrem Ableger einen verächtlichen Blick zu.

»Du bist nur im Weg, leg dich wieder hin!«

Der Doktor schüttelt das Haupt und beißt in die Faust. Er gibt wohl nur die Schmeißfliege im Spinnennetz seiner Mama.

»Tun S' was!«, maunzt die Wiesner, »die ist komplett gaga!«

Eine Schaufel voll Erde landet auf ihrem Gesicht. Sie hustet und spuckt. »Sei still«, sagt die Alte, »du neunmalkluges Weibsstück.« Wieder regnen Erdbrocken auf sie nieder. Kurz bäumt sie sich auf, dann schließt es ihr die Augen. Keine Kraft mehr. Stille.

»Aufhören«, bellt eine Stimme durch den Garten. »Sofort!« Es dauert eine Weile, bis die Wiesner registriert, dass sie sich bewegen kann. Über sie hat sich ein Mann gebeugt, blaue Augen mustern sie besorgt. Sie liegt auf einer Trage, ihr Schädel ist mit Mull bekränzt. Wie im Kino, denkt sie, fehlt noch das dümmliche Begleitlächeln.

»Wo kommen Sie denn her?«, ächzt sie stattdessen.

»Frau Kollegin, Sie unterschätzen die Ansbacher Polizei, kann das sein?«, meint ihr Retter tadelnd.

»’tschuldigung – ab jetzt nie mehr.« Sie beißt sich auf die Lippen.

»Ihr Bruder hat gesagt, Sie wären hier. Er hat sich Sorgen gemacht und mich angerufen, weil Ihr Smartphone tot war.«

»Noch lange kein Grund, mir nachzufahren.«

»Ich hab an unser Gespräch im Biergarten gedacht.«

»Was hab ich denn so Erhellendes gesagt?«

»Erinnern Sie sich? Wir haben über Beförderungen gesprochen. Das ging mir nicht aus dem Kopf. Das Motiv. Warum zum Kuckuck fährt sie da hin, hab ich mir gedacht. Warum?«

»Und jetzt wissen Sie es?«

»Der Sohn hat gerade gestanden.«

»Was, den Mord?«

»Nein, Erpressung. Es war eine abgekartete Sache. Die Ermordete hatte seine Mutter erpresst. Sie hat ihr einen Brief geschrieben, mit dem Treffpunkt. Old Style – kommt wieder in Mode. Ihr Filius sei Stammgast in ihrem Etablissement gewesen. Sie habe DVDs von Orgien, mit Koks und weiß der Geier. Was die Alte nicht ahnte: Ihr Sohnemann hat den Plan mit ausgeheckt. Fünfzigtausend wollten die beiden kassieren. Der selbstlose Herr Schlager wollte dem Mädel helfen, aus dem bösen Milieu auszusteigen – und hatte kein Kapital. Nur Spielschulden.«

»Aha. Pech im Spiel und nicht abgenabelt von der Mama. Die alte Leier.«

»Ja. Aber Geld hätte er nie gesehen. Warum war der Zuhälter wohl auch in Ansbach? Natürlich schweigt der. Er und seine Hübsche hätten dem naiven Schlager das Fell abgezogen. Und die Alte, die hatte Angst. Ihr Sohn wäre in Ansbach unten durch, wenn sein Lotterleben ans Licht käme. Nichts mit Beförderung, nichts mit gesellschaftlichem Leben – alles aus. Mit einem Schlag. Das Mädel musste weg! Und wer verdächtigt schon eine alte Frau?«

»Danke«, sagt die Wiesner. Einen Moment schweigen beide.

»Keine Ursache – wollen Sie eigentlich länger in Ansbach bleiben?«, will der Ermittler dann wissen.

»Heute Abend bin ich noch da.«

Der Mann nickt. Seine Augen scheinen noch blauer zu leuchten, oder die Wiesner hat den Schaufelschlag noch nicht verdaut.

»Aha«, hört sie ihn sagen, mit langgezogenem zweiten A.

Später schauen sie zu, wie Familie Schlager in den Dienstwagen geschichtet wird.

»*Unendliches verdankt die Welt den Müttern*«, murmelt der Kriminaler, »hat der Uz aufgeschrieben.«

»Was so anfängt, braucht ein Ende«, meint die Wiesner.

Jeff Röckelein
Freie Männer

»Das kann ich ganz besonders leiden«, knurrte Karlheinz Zellner und zerrte an dem Klebeband herum, mit dem das Päckchen mehrmals der Länge und der Breite nach umwickelt war. Es wurde ihm schnell zu dumm. Er holte sich vom Frühstückstablett auf dem Fußboden das Käsemesser, stach in die Verpackung und schlitzte sie auf. Mit beiden Händen griff er in die Öffnung und riss sie auseinander. Durch die zum Vorschein kommende Blisterfolie erkannte er das, womit er als Verleger vertraut war: ein DIN-A4-Manuskript, mindestens dreihundert Seiten.

»Das kann ich ganz besonders leiden«, wiederholte er beim Zerfetzen der zweiten Hülle, »wenn mir die Leute gleich ihren kompletten Schrott schicken statt Exposé und Leseprobe. Da«, sagte er und hielt seiner Frau das Begleitschreiben hin, »lies mir mal vor. Ich muss erst meine Brille holen.«

Er legte den Papierstoß auf den Teppichboden, rollte sich aus dem Bett, zog sich die blauweiß gestreifte Schlafanzughose über den behaarten Bauch und ging barfuß hinüber ins Bad. Seine Frau legte das Blatt auf ihre Decke, nahm sich vom Nachttisch eine Zigarette, zündete sie an und blätterte weiter in der *Vogue*. Herr Zellner gurgelte vernehmlich mit einem grünen Mundwasser, spuckte es aus und schaufelte sich kaltes Wasser ins Gesicht. Am Vorabend war er ziemlich spät aus Leipzig zurückgekommen und hatte sich vor dem Fernseher noch eine Flasche Domina gegönnt. Er schwenkte den Rasierspiegel heran, fuhr sich übers Kinn und schob ihn wieder zurück.

»Und?«, rief er in Richtung Schlafzimmer, »was steht drin? Von wem ist es?«

Elsa Zellner legte die Zigarette in den Aschenbecher auf der Gästeritze und las vor.

»Von einem Peter Meier aus Greimersdorf. ›Sehr geehrter‹ und so weiter … ›ich bin vor einigen Tagen aus dem Gefängnis entlassen worden, wo ich eine dreieinhalbjährige Strafe wegen Betrugs verbüßt habe …‹, ja, da schau her, das klingt doch schon mal interessant … ›Ich habe in dieser Zeit sowohl meine teilweise kriminelle Biografie als auch meine Hafterlebnisse zu einem Roman umgeschrieben. Ich finde, mein Text mit dem Titel *Leben und leben lassen* passt gut ins Programm eines Verlags, der sich *LebensLust* nennt …‹ und so weiter ›… würde ich mich freuen, bald von Ihnen zu hören. Mit freundlichen …‹.«

»Ein Knastpoet«, sagte Herr Zellner, trat ins Schlafzimmer und wischte sich mit einem Handtuch die Achselhöhlen. »Von hier? Wie heißt der noch mal?«

»Peter Meier.«

»Kennst du den?«

»Nie gehört.«

»Vielleicht hat er ja früher woanders gewohnt und hieß ganz anders.«

Herr Zellner machte kehrt, warf vom Flur aus das Handtuch in die Wanne und schlappte in sein Arbeitszimmer. Mit einer vor seiner nackten Brust baumelnden Lesebrille und einer Flasche *Anna Heilwasser* kam er zurück. Er setzte sich im Bett ans Kopfende, nahm das Manuskript vom Boden und balancierte es auf seinen Oberschenkeln. Er trank ausgiebig, schob die Brille auf die Nase und begann die erste Textseite laut zu lesen.

»*Es war ein wunderschöner Maitag. Die Sonne fiel durch die hohen Bogenfenster, und draußen sangen und zwitscherten die Vögel um die Wette, als mich Richter Holzki im Namen des Volkes für fünf Jahre hinter Gitter schickte und gleich im Gerichtssaal abführen ließ.* – Grauenhaft. ›*Sangen und zwitscherten um die Wette.*‹ Dem sollte man gleich noch mal fünf Jahre aufbrummen.«

»Aber wenigstens kann er Deutsch«, kommentierte Frau Zellner anerkennend, angelte sich ihre Kaffeetasse und blätterte weiter in der *Vogue*.

Herr Zellner sah lustlos die ersten fünfzig Seiten durch und nahm sich eine neue Textstelle vor.

»*Vor meinem Besuch hatte ich sie angerufen und sie gebeten, auf mein Klingelzeichen hin die Wohnungstür zu öffnen, sich dann aber aufs Sofa zu legen und die Augen zu schließen, damit ich sie, meine Prinzessin, quasi wachküssen konnte.* – ›*Quasi*‹*!*«, stöhnte der Verleger. »Und das in aller Früh! Den muss man direkt dem Komitee gegen Folter melden.«

»Von dem könnte der eine oder andere Mann durchaus was lernen«, gab ihm seine Frau Bescheid.

Herr Zellner griff die Anregung nicht auf und besah sich das nächste Blatt. »Und jetzt kommt's: *Die Flasche Dom Pérignon, die ich in einer Kühlmanschette mitgebracht und die uns gemundet und hochgestimmt hatte, war fast leer. Sie legte ihren Kopf an meine Schulter, und ich fuhr ihr zärtlich über den Rücken und flüsterte ihr ins Ohr:* ›*Wie schön du bist.*‹ – ›*Gemundet und hochgestimmt*‹*!* Da rollen sich einem ja die Fußnägel auf. Ich geh duschen, bevor ich in Wallung gerate.«

»Bevor du was?«, fragte Frau Zellner.

Herr Zellner schmiss die Papiere zusammen und schob sie von sich weg. Er warf die Brille aufs Nachtkästchen, wälzte sich wieder aus dem Bett, löste die Schlaufe der Pyjamahose und schlenkerte das hinabgerutschte Teil aus dem Fußgelenk in Richtung Wäschepuff. Frau Zellner ließ die Illustrierte auf die Bettdecke sinken und holte sich den Manuskriptstapel.

»Was wirst du mit dem Meier-Text machen?«, fragte sie beim Mittagessen. Sie hatte sich die Haare notdürftig hochgesteckt und das Make-up auf den Abend verschoben. Sie saß im dunkelblauen Morgenmantel schräg auf dem Küchenstuhl, hatte die Beine übereinander gelegt und löffelte ein Joghurt. Herr Zellner, in grauer Trainingshose und grauem Unterhemd, hatte den Sportteil der Regionalzeitung auf dem Tisch ausgebreitet und zerschnitt seine vierte Bratwurst in mundgerechte Stücke. »Die Sporcher haben schon wieder gewonnen«, sagte er. »Wenn die so weitermachen, steigen sie womöglich noch auf.« Er nahm sich einen Löffel Sauerkraut aus der Schüssel. »Nix. Was soll ich mit dem Schwachsinn schon machen?«

»Ich hab die ersten drei Kapitel überflogen und find den Text gar nicht so schlecht«, warf Frau Zellner ein. »Er muss ein lebenslustiger Mensch gewesen sein, wenn das alles stimmt. Ich wusste gar nicht, dass Hochstapelei und Heiratsschwindel für sich genommen gar keine juristischen Tatbestände sind.«

Herr Zellner schmatzte und fuhr mit der Messerspitze ins Senfglas.

»Weshalb ist er dann verurteilt worden?«, fragte er.

»Unter anderem deswegen, weil er einer reichen Witwe hunderttausend Euro abgeschwätzt hat. Angeblich brauchte seine arme Mutter eine extrem teure Krebsbehandlung. Und einmal hat er sich als Psychotherapeut mit Doktortitel ausgegeben.«

»Das passt«, stieß ihr Mann zwischen zwei Bissen hervor. »Doktor Sigmund Freudenspender. Penis miraculix.«

»Miraculis«, korrigierte seine Frau.

»Du musst es ja wissen«, konterte er verstimmt.

Was hatte Karlheinz Zellner in den fast dreißig Jahren als Verleger nicht schon alles über sich ergehen lassen müssen: einen

Blitzschlag in die Lagerscheune in Gonnersdorf, wobei zum Glück nur der größte Teil der Backlist verbrannte; einen Übersetzer, der die Lektorin zu Weinkrämpfen getrieben hatte, weil er gerichtlich die Frage klären lassen wollte, ob »fuck« im Deutschen mit dem F- oder mit dem V-Wort wiedergegeben werden müsse; eine Oberstudienrätin, die ihn so lange mit wogendem Busen bedrängte, ihre grottigen Kurzgeschichten zu verlegen, bis er sie hinauswarf, woraufhin drei Tage später sein Irischer Wolfshund »Paddy« vergiftet auf dem Rasen des Verlegerbungalows neben dem Aussichtsturm lag; einen Praktikanten, der im Glühweinrausch während der Weihnachtsfeier auf die Straße rannte und die Burg anschrie, er habe »seine Gattin, die Elisabeth, umgebracht in ihrem Bett«, woraufhin er mit dem Shakespeare in der Hand in den eiskalten Bauhofweiher sprang; und dann noch den sechzigjährigen pferdeschwänzigen Nachwuchsdichter, der Liebeslyrik im mittelfränkischen Dialekt als Marktlücke entdeckt hatte, unbedingt einen Gedichtband mit dem Titel *Mei Waggerla* veröffentlichen wollte und nur dadurch zu beruhigen war, dass Zellner ihm einen Zwanziger in die Jackentasche stopfte, damit er im *Goldenen Reichsapfel* seine Studien fortsetzen konnte.

»Der tät doch gut ins *LebensLust*-Programm passen«, insistierte Frau Zellner. »Außerdem könntet ihr euch werbewirksam profilieren, weil ihr einem ehemaligen Strafgefangenen bei der Resozialisierung helft.«

Das hatte ihm noch gefehlt, dass jetzt seine eigene Frau daherkam und ihm dreihundert Seiten Resozialisierungsschmarrn aufs Brot schmieren wollte.

»Ich schau's mir vielleicht noch mal an«, log er, weil er seine Ruhe haben wollte. »Inzwischen kannst du's ja zu Ende lesen.«

Herr Zellner trank das Bier aus, nahm die Zeitung und stand auf. Er schlurfte in sein Arbeitszimmer und warf sich auf die Couch. Fünf Minuten Feuilleton lesen, danach Mittagsschlaf; schließlich war Sonntag.

Wenn der nur ein Mal das Geschirr in die Spülmaschine räumen würde, dachte Frau Zellner und sammelte auf dem Küchentisch Teller, Besteck und Glas ein. Ein fauler Sack ist er geworden, dachte sie, lässt sich gehen und wird immer fetter. Und ich bin ihm so was von egal. Ich könnte genauso gut tot sein. Oder mit dem nächstbesten Knackarsch durchbrennen. Mit dem Spiros vom Griechen, zum Beispiel. Er würd's nicht mal merken.

Sie raffte ihren Morgenmantel vor der Brust zusammen und band ihn zu. Sie war eine hochgewachsene schlanke Frau in den späten Vierzigern und verbrachte ihre Tage in sorgenfreier, lasziver Trägheit. Das Nikotin hatte ihr zwar zu einer sündigen Amanda-Lear-Stimme verholfen, zugleich aber auch ihre Haut gegerbt. Sie machte sich einen Espresso und trug ihn ins Wohnzimmer. Sie holte sich Manuskript, Zigaretten und Aschenbecher aus dem Schlafzimmer und legte sich in den Fernsehsessel.

Andererseits, sinnierte sie, was soll man schon erwarten nach zwanzig Jahren Ehe? Ich bin ja auch nicht mehr die Jüngste, und mit uns Frauen geht die Schwerkraft besonders niederträchtig um. Er ist wenigstens berechenbar, dachte sie, schafft die Moneten heran, und ich brauch nicht zu arbeiten. Er säuft, aber prügelt nicht, und allein in Urlaub fliegen darf ich auch.

Sie zündete sich eine Marlboro an, nahm das vierte Kapitel und ließ sich mit der Lehne nach hinten kippen.

Während Frau Zellner das einzige Kind eines Nürnberger Architektenpaares war, verbrachte ihr Mann Kindheit und Schulzeit als einer von drei Buben in einem Schreinereibetrieb in Wilhermsdorf. Der älteste Sohn ging nach der Gesellenprüfung drei Jahre auf die Walz und sollte eines Tages die Firma weiterführen; der zweite ließ sich von seinem Onkel zum Jurastudium überreden, um danach in dessen Kanzlei einzutreten, und Karlheinz als der jüngste durfte sich nach der Mittleren Reife frei entscheiden. Er absolvierte eine Buchhändlerlehre in Erlangen. Als ihm aber die vergammelten und arroganten Studenten, die linke Töne spuckten, in Marloffstein soffen und mit unfassbarer Dreistigkeit die teuersten Fachbücher klauten, mehr und mehr auf den Geist gingen und ihm seine Welt überhaupt zu eng wurde, beschloss er, etwas völlig anderes zu machen. Er meldete sich mit zwanzig für acht Jahre zur Marine und ließ sich zum Kampfschwimmer ausbilden. Mit den Übergangsgeldern vom Bund kaufte er sich in den Achtzigerjahren in Fürth als Mitgesellschafter bei einem verbitterten Buchhändler ein, der zwei Jahre später an Magenkrebs starb. Karlheinz Zellner veräußerte den Laden an eine Kette und gründete seinen eigenen Verlag. Bei der Dichterlesung eines Nürnberger Lokalmatadors in der Bauhofscheune lernte er Elsa kennen, die sich mit ihrem damaligen Gemahl, einem unfrohen Erlanger Germanisten, dorthin verirrt hatte. Elsa gab ihrem trockenen Schleicher den Laufpass und stürzte sich kompromisslos auf den fast eins neunzig großen und damals gut aussehenden Verleger, der zwar zwölf Jahre älter war, aber für sie eine gelungene Mischung von Geist und Körper darstellte.

Tja, dachte sie jetzt, gerne der Zeiten gedenk ich.

Sie setzte ihre Lektüre der Lebensgeschichte eines elternlos und in Heimen aufgewachsenen attraktiven Hallodris fort, der – als er diesen Text schrieb – schon auf die vierzig zuging, mehrfach mit der Justiz in Konflikt geraten war und nun partout nichts bereuen wollte. Nicht die Affäre mit seiner zehn Jahre älteren Religionslehrerin am Gymnasium in Klagenfurt, die er geschwängert hatte, um gleich darauf in Deutschland abzutauchen; nicht die Geschichte mit der schwedischen Band, in der er Sänger und Keyboarder gewesen und kurz vor Ende der Tournee mit der gemeinsamen Kasse durchgebrannt war; auch nicht die Sache mit dem ungedeckten Scheck, mit dem er in München einen Jaguar angezahlt hatte, den er sofort in die Ukraine verkaufte.

So ging das immer weiter, durchaus witzig und selbstironisch geschrieben. An keiner Stelle überzog er seine Opfer mit Häme von der Art: Selbst schuld, wenn die so bescheuert sind. Er mochte all die Frauen, die er getäuscht, betrogen und ausgenommen hatte, und als Autor verstand er etwas vom Handwerk des Geschichtenerzählens. Die Faszination der bösen Tat und der immer neuen, auch exotischen Figuren und Schauplätze garnierte er mit gut platzierten erotischen Zwischenspielen, nicht immer jugendfrei, aber nie vulgärer Selbstzweck, sondern durchaus folgerichtig aus der jeweiligen Episode entwickelt.

Wie zum Beispiel in dem Kapitel mit den beiden vierzigjährigen Freundinnen auf Mallorca, die er an der Bar einer Wellness-Finca nordöstlich von Palma kennengelernt hatte. *»Ellen mit der rauchigen Altstimme«* und *»Gisi mit dem naturroten Kurzhaarschnitt«* hatten ihre Männer in Deutschland gelassen und sich durchaus aufgeschlossen gezeigt, mit einem jüngeren und gut gebauten *»Ski- und Gleitschirmlehrer aus dem Allgäu«* nicht nur am Pool zu schäkern, sondern auch die Nächte zu dritt zu genießen und sich von ihm nach allen Regeln abend- und morgenländischer Künste verwöhnen zu lassen. Zwar hatte dieser sie belauscht, wie sie hinter seinem Rücken kurz die Frage diskutierten, ob sie es mit einem Gigolo zu tun hatten, denn sie waren es, die – vom ersten Abend abgesehen – alles bezahlten. Sie beschlossen jedoch, dass ihnen das egal war, solange er weiterhin tadellose Gegenleistungen erbrachte (Ellen: *»ein richtiger Energieriegel«*) und sie den Spaß hatten (Gisi: *»Mach mir den Hengst, Toni!«*), auf den sie in der Heimat schon längst nicht mehr hoffen konnten.

»Wir lagen in ihrem Zimmer auf dem Doppelbett, und durch die geöffnete Balkontür goss der Vollmond sein gleißendes Silber über unsere Körper aus. Während Gisi geräuschvoll an mir herumspielte und mir kichernd Champagner in den Bauchnabel goss, liebkoste ich Ellens prachtvollen Busen und glitt mit meiner Zungenspitze über die Rose auf ihrer linken Brust.«

Frau Zellner stutzte, ließ das Blatt sinken und schaute in die Luft. Nach zehn Sekunden las sie weiter.

»›Untersteh dich, aufzuhören!‹, stöhnte Ellen und drückte meinen Kopf fester gegen ihre Brüste. ›Allmächtiger‹, staunte die temperamentvolle Gisi, als sie versuchte, sich rittlings auf mich zu setzen, was zu einem liebestollen Gerangel führte, wobei die zappelnde Ellen mit dem Fuß das Champagnerglas vom Nachttisch fegte.«

Allmächtiger? Allmächd? Elsa Zellner überflog die nächsten Absätze und hielt an der Stelle inne, wo sich eines Morgens am Pool das iPhone vom *Toni* meldete und er plötzlich ganz erschrocken *»was?«*, *»wo?«*, *»wann?«* stotterte, *»wie ist das passiert?«* fragte und eine halbe Minute entgeistert lauschte. Dann fuhr er sich durch die blonden Haare, reckte das Kinn vor und teilte dem Anrufer entschlossen mit: *»Ich nehm den nächsten Flug. Sobald ich in München bin, ruf ich dich an. Kannst du mich abholen?«* Anschließend erklärte er den *»Mädels«*, dass ihn seine Tante informiert habe, sein Bruder sei in den Dolomiten abgestürzt und liege in der Klinik in Murnau. Er habe komplizierte Brüche und eine schwere Gehirnerschütterung. Er, *Toni*, wolle nach dem Rechten sehen, weil er sich *»mit dem*

Beppi immer super verstanden« habe, und müsse deshalb gleich zum Flughafen. Ob sie ihn nicht mit ihrem Mietwagen nach Palma fahren und ihm fünfzehnhundert Euro leihen könnten. Seine Kreditkarte gebe jetzt kurz vor Monatsende nicht so viel her, und Flüge ohne Vorausbuchung seien teuer. Er werde, wenn es der Zustand seines Bruders erlaube, entweder in zwei Tagen selbst wieder herkommen oder ihnen das Geld telegrafisch anweisen. *»Als Sicherheit lass ich euch meine Rolex da. Hier, bitte sehr. Die ist fünfmal so viel wert. Und ich ruf euch in jedem Fall aus Murnau an.«*

Natürlich blieb er verschwunden, und mit ihm das Geld. Die Rolex erwies sich als Fälschung aus China, wie überhaupt der ganze Typ falsch war. Die Tante gab es genauso wenig wie den Bruder. Nur das Rosentattoo war echt. Und das naturrote Haar. Und die rauchige Altstimme.

Beim Abendessen vor dem Fernseher sagte Frau Zellner zu ihrem Mann:

»Du, ich glaub, du hast recht mit dem Manuskript. Das taugt doch nicht so viel, wie ich anfangs gedacht hatte. Der Stil wird immer schwülstiger, und den Mangel an Substanz versucht er mit schmuddeligen Sexszenen zu kompensieren. Und was er über seine Erlebnisse im Knast schreibt, ist einfach nur widerlich.«

Herr Zellner nickte, nahm sich einen aufgespießten Käsewürfel von der Platte und machte eine Kopfbewegung zu Kommissar Batic hin. »Guck mal, der Ivo wird auch immer depperter«, sagte er kauend. »Und der Leitmayr immer magenkränker.« Er holte sich eine Olive aus dem Schälchen und ließ sie in seinen Martini fallen. »Morgen sag ich der Jette, sie soll dem Meier schreiben, dass wir sein interessantes Werk wegen anderer Projekte im Moment leider nicht realisieren können.«

»Morgen ist sowieso die grüne Tonne dran. Soll ich's mit entsorgen?«, erbot sich seine Frau.

»Nein«, sagte Herr Zellner. »Das sind Kopien von einem Typoskript. Vielleicht will er die wiederhaben. Leg's auf meinen Schreibtisch.« Er schüttete sich eine Handvoll Erdnüsse in den Mund. »Der hat vermutlich keinen Computer, weil er auch keine E-Mail-Adresse angibt. Und auch keine Telefonnummer. Offenbar ist er tatsächlich erst seit Kurzem draußen. Möchte mal wissen, wieso der gerade in Greimersdorf landet. Und wovon so einer jetzt lebt.«

Zwei Wochen nach der schriftlichen Absage steckte Jette Jensen ihren Kopf mit den aufsässigen blonden Stacheln durch die Tür. Karlheinz Zellner verhandelte am Telefon gerade mit der tschechischen Druckerei. Die Assistentin signalisierte ihm durch Gesten, dass er auf der anderen Leitung verlangt werde. Ihr Schnullermund formte das Wort »dringend«, die hochgezogenen Brauen fungierten als Ausrufezeichen. Herr Zellner wedelte ungeduldig mit der Hand und teilte in Gebärdensprache mit, dass er zurückrufe. Anschließend ließ er sich in der Praxis von Dr. Rüdiger Haderlein in Zirndorf einen Labortermin geben.

Eine halbe Stunde später wurde er im Lektorat informiert, dass ihn ein Peter Meier aus Greimersdorf zu sprechen wünschte, »in einer sehr wichtigen Angelegenheit«, und dass dieser es »am späten Nachmittag« noch einmal versuchen wolle.

»Der hat geklungen, wie wenn er von einer Öffentlichen aus telefoniert«, sagte Jette. »Und dann hat er gesagt, es geht um ein Kapitel in seinem Manuskript, das sich ›der Herr Verleger doch bitte mal genauer ansehen möchte‹.«

»Das sagen alle, die eine Absage kriegen«, raunzte Herr Zellner, steckte den Zeigefinger in den Topf mit dem Alpenveilchen und befahl einer unsichtbaren Sklavin: »Das muss gegossen werden!«

Die aus dem Norden stammende Assistentin schien mit den Hierarchien fränkischer Verlage nicht vertraut zu sein. Stattdessen rief sie ihrem davoneilenden Chef mit dramatischem Tremolo nach: »Der klang aber sehr bestimmt, Herr Zellner. So, als wäre es in Ihrem eigenen Interesse.«

»Hat er gesagt, welches Kapitel?«, fragte Herr Zellner über die Schulter zurück.

»Das sechste, glaube ich.«

»Ich will nicht wissen, was du glaubst, Jette, sondern welches Kapitel.«

»Das sechs-te«, intonierte sie patzig, schnitt ihrem Chef eine Grimasse hinterdrein und stöckelte hüftschwingend und absatzknallend an ihren Platz zurück.

Zehn vor fünf verließ der Verleger sein Büro und fuhr zur Tafelhalle nach Nürnberg. Er wollte die Vorbereitungen zur Verleihung des Fränkischen Krimipreises überwachen, die an diesem Abend anstand. Und wie das bei solchen Veranstaltungen ist – man trifft diesen Redakteur und jene Autorin, den städtischen Kulturreferenten und den alten Schulfreund, und mit den Preisträgern muss man selbstverständlich auch anstoßen –, wurde es deutlich nach Mitternacht, bis er nach Hause kam. Er spendierte sich noch einen Absacker, hängte seine verräucherten Klamotten auf die Terrasse und schlich ins Schlafzimmer.

Am nächsten Morgen fand sich Herr Zellner schon um halb acht in Zirndorf ein, nüchtern, »zum Blutzapfen«, und kaum saß er eine Stunde später an seinem Schreibtisch, als er auch schon vom Düdeln des Telekom-Klingeltons begrüßt wurde. Peter Meier. Die hinterhältige Jette hatte ihm offensichtlich seine Durchwahl gegeben. Dafür würde der Fischkopp büßen.

»Einfach ist es nicht, Sie zu erreichen, Herr Zellner«, sagte eine angenehme Baritonstimme mit leicht bairischem Akzent.

»Das behauptet auch niemand, Herr Meier«, gab der Verleger ungnädig zurück und klickte auf seinem Bildschirm die Dia-Show mit den Fotos des nächsten Hundekalenders an.

»Ich vermute, Sie haben mein Manuskript gar nicht durchgelesen, sondern lesen lassen – wie in Ihrem Gewerbe üblich«, spekulierte der Autor ohne eine Spur von Sarkasmus.

»Wir leben in einem freien Land, Herr Meier. Da dürfen Sie vermuten, was immer Sie wollen.«

»Also habe ich recht«, sagte Herr Meier fröhlich. »Ich kann mir vorstellen, dass auf Ihrem Schreibtisch jede Menge Schwachsinn landet und Sie meinen Text nach der ersten oder zweiten Seite genauso eingeordnet haben.«

Herr Zellner betrachtete das März-Foto, das einen ausnehmend hässlichen Shar-Pei zeigte, der eher einer gebleichten Presswurst glich als einem Hund.

»Und, weiter?«, sagte er.

»Ich bin mir sicher, dass Sie Ihre Einschätzung überdenken werden, wenn Sie das sechste Kapitel genauer lesen. Wie wär's, wenn wir uns mal zusammensetzen? Vielleicht beim *Weinländer*? Morgen Abend um acht? Wenn Sie mir dann noch immer eine Absage erteilen – in Ordnung.«

Das April-Foto zeigte einen jener Köter, bei denen man nie weiß, wo vorn und hinten ist. Was hat sich diese Jette da bloß andrehen lassen? Ich werde sie ins Tierheim schicken, dachte Herr Zellner, damit sie von einem frustrierten Cocker in ihren Preußenarsch gebissen wird.

»Ich kann Ihnen das nicht versprechen, Meister«, sagte Herr Zellner. »Aber ich will zusehen, dass ich vorbeikomme.« Vorerst abgewimmelt.

Das sechste Kapitel war wohl jenes gewesen, das seine Frau als »schwülstig« und »schmuddelig« etikettiert hatte. Eine *Gisi* und eine *Ellen* beschissen ihre Männer und ließen sich auf Mallorca von einem Gigolo bumsen. Na und? Kommt in der Wirklichkeit jeden Tag hundertmal vor und wird in jedem Roman vom Flughafenkiosk noch viel detaillierter beschrieben. Gestöhne, Gerangel, Bettakrobatik; Unterwassergefummel, Schampus im Bauchnabel und woanders. Das war's? Herr Zellner nahm das nächste Blatt.

»Was machen denn eure Männer so?«, wollte *der Toni* wissen. *»›Der Rüdiger ist Internist in der Nähe von Nürnberg und segelt grad mit seinem Boot in Kroatien herum.‹ – ›Segelt, haha‹, machte ich. – ›Mir wurscht, was er treibt‹, sagte Gisi mit den kastanienroten Haaren, die ungefärbt und naturgegeben waren, wie ich feststellen durfte. ›Zwischen uns läuft schon lang nix mehr.‹«*

Die Frau vom Rüdiger heißt doch Lissi, nicht Gisi, überlegte Herr Zellner. Der hat ein Segelboot in Kroatien? Davon hat er noch nie erzählt. Ob das Finanzamt das weiß?

»›Meiner ist Verleger und nimmt seine Bücher mit ins Bett‹«, berichtete *Ellen* ein paar Absätze weiter. *»›Dann liest er mir irgendwelches Zeug vor und merkt überhaupt nicht, dass ich längst eingeschlafen bin.‹« Vergrämt richtete sie sich auf, lehnte sich gegen das Kopfteil und holte sich eine Marlboro. ›Und wisst ihr, was er neulich für einen Spruch losgelassen hat?‹, fragte sie und zündete die Zigarette an. ›Die Wirklichkeit ist eine Illusion, hervorgerufen durch einen Mangel an Alkohol und guten Büchern!‹ – ›Wenn man Bücher durch Sex ersetzt, hätte er direkt recht, oder?‹, stellte Gisi fest, und wir brachen in ein zustimmendes Gelächter aus.«*

Miststück!, dachte Herr Zellner, und: *›zustimmendes Gelächter‹* – wie klingt das denn? Da wollen wir doch mal sehen, wer zuletzt lacht, rumorte es in seinem Innern. Und um seine Pein noch zu steigern, las er weiter.

»›Zwei so schöne und gebildete Frauen, und ihre Männer nehmen sie nicht mehr wahr? Was sind denn das für blinde Schlappschwänze!‹, umschmeichelte ich die beiden. Wie aufs Stichwort beschäftigte sich Gisi mit dem dazu passenden Gegenstück meiner Anatomie. Die Rose, die sich Ellen auf die linke Brust hatte tätowieren lassen und mir zur Liebkosung darbot, bezeichnete sie als ›eine Jugendsünde‹. ›Aber wunderschön ist sie, und sehr erotisch‹, widersprach ich und widmete mich dem Kunstwerk intensiver.«

Herr Zellner rollte seinen Drehstuhl so weit nach hinten, dass er die Füße auf den Schreibtisch legen, aber trotzdem noch das Cognacglas erreichen konnte. Auf dem kleinen Bildschirm seines Bürofernsehers fragte dieser besonders kantige und besonders ungezogene Hauptstadtjournalist die Kanzlerin, wann sie denn ihren nächsten Minister zu entlassen gedenke – den Herrn von der CSU vielleicht? »Wegen des desolaten Zustands unserer Straßen im Westen?« Die taktlose Heute-Redaktion blendete daraufhin eine Fotogalerie der bislang von Merkel verschlissenen Herrschaften ein: Köhler und Wulff, Friedrich und Schavan, Brüderle, Röttgen und Jung. Und Guttenberg. »Guter Mann«, schnarrte Herr Zellner. »Oberfranke. Schade um den Schlingel.« Er trank einen Schluck Weinbrand, kratzte sich mit dem Kugelschreiber den kahlen Schädel und widmete sich wieder dem sechsten Kapitel.

Gisi erzählte von ihrer missratenen Tochter, die mit siebzehn ausgezogen sei und sich jetzt Gott weiß wo herumtreibe. »So schlimm war die Niki doch gar nicht«, brummte Herr Zellner. »Kiffen tun sie doch heut sowieso alle.« Und dass ihr Mann außerdem Morphinist sei und auf junge Dinger stehe.

»›Der steht wenigstens noch‹, warf Ellen trübsinnig ein. ›Seit meiner auf der Buchmesse mit einem Herzinfarkt zusammengebrochen ist, denkt er, öfter als einmal zu jedem Kirchenfest sei lebensgefährlich.‹«

Es war für Herrn Zellner weder schwierig gewesen, von der tätowierten *Ellen* auf die identisch verzierte Elsa zu schließen, noch verspürte er jetzt das Bedürfnis, sich moralisch aufzublähen. Zwar hatte er nicht geglaubt, dass seine Frau ihm ewig treu bleiben würde, besonders nicht nach diesen Operationen mit Schrittmacher und Bypässen. Und die Nebenwirkungen von Blutdrucksenkern und Alphablockern führten bei ihm durchaus zu Defiziten bei der Erfüllung seiner Pflichten, die seine Frau von Zeit zu Zeit anmahnen musste. Das Mallorca-Intermezzo dürfte vor sechs oder sieben Jahren gewesen sein; sie hatte sich die Zeit vertrieben und ihren Spaß gehabt – nicht in Ordnung, aber okay, was soll's. Doch dass sie mich mit einem solchen Windhund derartig schamlos betrügt und mich dann noch lächerlich macht, hätte ich nicht gedacht, grübelte Herr Zellner betroffen. Von ihren zwei Fehlgeburten hat sie nichts erzählt. Und dass sie danach keine Kinder mehr kriegen wollte, obwohl er sich welche gewünscht hatte, hat sie auch verschwiegen.

Allmählich durchschaute er, warum Peter Meier seine Memoiren ausgerechnet in seinem Verlag veröffentlichen wollte.

Er würde sich mit ihm treffen.

Er leerte sein Glas, schaltete den Fernseher aus und löschte das Bürolicht.

Daheim lag seine Frau auf dem Sofa und hatte augenscheinlich eine Pilcher-DVD eingelegt; gutaussehende und adrett gekleidete Menschen vor Landschaft mit Schafen in Cornwall. *»Darf ich Sie küssen?«*, drangsalierte der junge Mann gerade eine Dame mit einem dafür ungeeigneten weißen Hut. Herr Zellner gab seiner Frau einen Kuss auf die Stirn und fragte: »Magst einen Sherry?«

Während sie sich erschrocken fragte, was in ihn gefahren sein könnte, holte er, ohne ihre Antwort abzuwarten, die

Flasche und zwei Gläser aus dem Barfach. Er goss das eine halb, das andere ganz voll und reichte das erste seiner Frau. Er ließ sich in den Fernsehsessel sinken, legte die Füße auf den Schemel und sagte: »Wohlsein! Auf uns!« Er trank und stellte das Glas auf dem Couchtisch ab.

»Übermorgen treff ich mich mit dem Meier beim *Weinländer*«, sagte er.

Elsa Zellner verschluckte sich und musste husten.

»Der Typ interessiert mich. Wann hat man schon mal Gelegenheit, so einen Paradiesvogel leibhaftig zu treffen.«

Aus der Küsserei in Cornwall wurde selbstredend nichts. Eine Hausangestellte kam über die Wiese gehoppelt und rief: *»Miss Jocelyn, Miss Jocelyn. Sir Peter ist gerade gekommen.«* Miss Jocelyn raffte die Röcke und ließ den verdatterten Schmachter stehen, der offenbar nicht wusste, ob er sofort über die Klippe in die Mounts Bay springen oder doch lieber noch ein wenig warten sollte.

»Außerdem«, dachte der Verleger laut und zur Bestürzung seiner Frau, »die Memoiren des schönen Konsuls bei Goldmann liefen damals ja auch ganz gut. Vielleicht lässt sich mit dem Schlawiner doch was drehen.«

Das *Gasthaus Weinländer* am Marktplatz hat eine Sandsteinfassade mit hölzernen Sprossenfenstern und Fensterläden. Die alte Wanduhr mit Pendel hinter dem Tresen zeigte zwanzig nach acht, als Herr Zellner die Gaststube betrat.

»Grüß dich, Karlheinz«, sagte der Wirt hinter der Theke, hob und senkte wohlwollend den Kopf, wie das Wirte gern beim Anblick eines Zechers tun, der regelmäßig einen Teil seines Einkommens bei ihnen ablädt.

»'n Abend, Hans«, erwiderte Herr Zellner, und durch die Küchentür rief er der Wirtin, die gerade mit der Zubereitung ihrer legendären Krautwickel beschäftigt war, ein »Grüß dich, Christa!« zu.

»Hell oder dunkel?«, fragte Hans.

»Dunkel, bitte.«

»Geht klar.« Hier kam das Ammerndorfer Bier noch aus dem Holzfass und war genau das, was man schon immer unter einem »gepflegten« Bier verstand. Der Wirt hielt das Glas im richtigen Winkel schräg und ließ das Bier so langsam einlaufen, dass es genau das rechte Maß an Schaum entwickeln konnte.

»Dort drüben wartet jemand auf dich«, sagte er und machte eine Kopfbewegung hinüber zum Ecktisch. Hinter einer Vase mit echten Blumen und unter einem in schwungvoll verschnörkelter Handschrift beschriebenen Papierbogen, der »Rindsfiletgulasch mit zweierlei geröstetem Kloß dazu Salat« verhieß, saß ein Enddreißiger vor einer kleinen Apfelsaftschorle.

Herr Zellner ging hinüber, und der Mann, der sich daraufhin von seinem Platz erhob, war in etwa genauso groß wie der Verleger, aber von der Erscheinung her das genaue Gegenteil: schlank, drahtig, nackenlange dunkelblonde Haare mit leichtem Silbertouch und einem Mittelscheitel, gepflegter Fünftagebart. Er trug ein dunkelblaues, sportliches Sakko zu einem offenen, hellblauen Hemd und sauberen Jeans. »Peter Meier«, sagte er mit festem Händedruck und natürlichem Lächeln.

Herr Zellner kannte diesen Typ Mann. Er war ihm als Autor, Lektor, Moderator und Kritiker begegnet. Ein vorzeigbarer Frauenversteher und -verführer, kein Zweifel. Die Augen sind es, die dich verraten, dachte Herr Zellner. Der arrogante, lauernde Blick eines Mannes mit blauen Augen, der wusste, wie gut er aussah und dies auch nutzte, der aber dennoch mit dem Makel leben musste, dass sein ansprechendes Äußeres kein Verdienst, sondern bloß Vererbung war und keine Leistung darstellte, deren er sich rühmen konnte. Er war der liebste Kunde aller Sportwagenbauer. Dazu dieser Mund mit der leicht geschwungenen, fast femininen Oberlippe, aber auch mit abwärts gerichteten Kerben in den Winkeln. Der Mann, der vor ihm stand, hatte im Gefängnis weniger Sonne gesehen als zuvor. Aber er besaß das selbstsichere Auftreten von jemandem, der sich schon aus unzähligen brenzligen Situationen herauslaviert hatte, der die Eitelkeiten der Menschen kannte und selbst eitel war. Ich mag dich nicht, dachte Herr Zellner. Der Knast hat dich nur zynischer gemacht, aber nicht gebessert.

Sie nahmen Platz, und der Wirt brachte das dunkle Bier. »Zum Wohle. Was darf ich euch zu essen bringen?«, fragte er. »Einen Moment noch, Hans«, bat Herr Zellner. Sie saßen nebeneinander über Eck und sahen sich an.

»Bevor wir übers Geschäftliche reden: Wie kommen Sie eigentlich hierher nach Greimersdorf?«, begann der Verleger.

»Falls Sie meinen Text doch gelesen haben, wissen Sie, dass ich zuerst in Stadelheim war. Dann hat man mich nach Nürnberg verlegt, wo ich die letzten anderthalb Jahre abgesessen habe. Wegen guter Führung wurde ich vorzeitig entlassen, und mein Bewährungshelfer hat mir im Nachbardorf eine Unterkunft besorgt. Bei einer Frau Patzina. Ich kaufe für sie ein, kümmer mich um den Hund, bin Chauffeur und soll den Garten machen, wenn es soweit ist; dafür zahl ich eine lächerliche Miete.«

Elfriede Patzina. Brauereibesitzerswitwe mit Geld. Das Haus mit dem auffallenden Dachausschnitt am Farrnbach.

»Schon Arbeit gefunden?«

»Nein, noch nicht. Aber Herr Baumgartner verhandelt gerade mit einem Presseverlag. Ich hab ja in der Männeranstalt in der Druckerei gearbeitet. Und weil mir Nachtschicht nichts ausmacht, hab ich vielleicht gute Chancen.«

»Haben Sie schon was gegessen?«

»Nein, aber ich bin kein großer Esser, wie Sie sehen.«

»Kommen Sie schon, ich lad Sie ein. Die Speisekarte hängt an den Wänden.«

Herr Zellner konnte, wie so oft, dem Schäufele mit Kartoffelklößen nicht widerstehen; sein Gast entschied sich für die Rinderbrust mit Meerrettichsoße.

»Sie sollten mal das dunkle Bier probieren«, schlug Herr Zellner vor, als er die Bestellung aufgab.

»Ich nehm lieber ein Helles«, sagte Herr Meier. »Ich bin Alkohol nicht mehr so gewohnt und weiß nicht, was dieses Dunkle mit mir anstellt.«

Herr Zellner nickte billigend.

»Was hat Sie auf die Idee gebracht, Ihr Werk von uns verlegen zu lassen?«, fragte er, während der Wirt die Bestellung an die Küche übermittelte.

»Zwei Dinge«, antwortete Peter Meier, stützte die Ellbogen auf die Tischplatte und faltete die Hände über seinem Apfelsaft. »Der programmatische Verlagsname *LebensLust* und das sechste Kapitel.«

Wieder nickte Herr Zellner. Klang logisch.

»Und wenn ich jetzt sage, ich mach Ihren Text nicht? Ohne Begründung?«

»Dann sage ich: in Ordnung. Ihre Entscheidung.«

Das Helle traf ein, Hans wünschte erneut »Zum Wohle!«, und man stieß an. »Ahh«, machte der Autor, »das tut gut.« Er setzte das Glas ab und zog aus der Innentasche seiner Jacke ein Schreiben mit dem Briefkopf eines Münchner Verlags.

»Hier, sehen Sie mal«, sagte er und reichte es dem Verleger.

»Sehr geehrter Herr Meier«, las dieser, »wir sind an Ihrem Text interessiert … wir bieten acht Prozent vom Nettoladenpreis … Bestsellerklausel … E-Book-Vergütung …

fünftausend Euro Garantievorschuss bei Erscheinen … wir würden uns freuen, Sie persönlich kennenzulernen … Marion von Kürenberg, Cheflektorin.«

Sieh einer an, die Marion, dachte Herr Zellner. Die ich vor zehn Jahren wegen Unfähigkeit und dauernder Fehlzeiten rausgeschmissen habe. Die alte Schnapsdrossel. Die das sechste Kapitel vermutlich auch gelesen hat und jetzt eine Möglichkeit wittert, alte Rechnungen zu begleichen. Wer da auf der Buchmesse zusammengebrochen ist, wusste jeder in der Branche. Und vom Rosentattoo wusste die Marion auch; sie hatte sich selbst eine Schlange mit Apfel auf den Unterarm und – wie sie Elsa beim Kaffeeklatsch verriet – einen Cupido an anderer Stelle stechen lassen, und beide hatten diskutiert, wo man mehr aushalten musste, auf der Brust oder in der Leistengegend.

»Na, das klingt doch gut«, sagte er und gab den Brief zurück. »Warum nehmen Sie es nicht an?«

»Weil ich auf die fünftausend mindestens neun Monate warten muss und auf die mickrigen acht Prozent noch länger. Die machen für mich höchstens eins fünfzig pro verkauftes Exemplar aus und werden nur halbjährig abgerechnet.«

»Ja, und?«

»Ich hätte gern zehn Prozent und einen Vorschuss jetzt.«

»Wie hoch?«

»Zwanzigtausend«, sagte Peter Meier und sah den Verleger direkt an. »Ich brauch ja einen Grundstock, um ein neues Leben anfangen zu können. Klamotten, Bahnkarte, Internet und ab und zu was zu essen.«

Träum du nur weiter, dachte Herr Zellner und fragte: »Deswegen kommen Sie zu mir?«

»Ja.« Der Autor faltete den Brief zusammen und steckte ihn wieder ein. »Ich mache Ihnen ein Angebot: Sie geben mir zehn Prozent und zwanzigtausend, und ich entschärfe das sechste Kapitel so, dass es für Sie ungefährlich ist. Und Sie dürfen mit mir werben: ›*LebensLust* hilft Ex-Sträfling bei der Resozialisierung‹. Oder: ›Vom Knastologen zum Schriftsteller‹. Hat doch beim Burkhard Driest auch funktioniert.«

Herr Zellner verzog keine Miene.

»Und wenn ich ablehne?«

»Bleibt der Text, wie er ist, und geht nach München zu Frau von Kürenberg.«

»Und Sie haben noch immer kein Geld.«

Herr Zellner sah sich in der Gaststube um. Am Tisch an der gegenüberliegenden Wand saßen Hannes, Michel und Schorsch vom Gemeinderat und diskutierten ein Bauvorhaben. Am freistehenden Tisch in der Mitte schwätzte ein dunkelhäutiger Unrasierter auf eine junge Frau mit Brille ein, die Weizenbier trank und sich augenscheinlich gerade fragte, wie lange sie sich das Imponiergelaber noch anhören sollte.

Ihr Essen kam, und zwar gleichzeitig. Der Aufforderung »Lasst es euch schmecken!« hätte es gar nicht bedurft, denn Aussehen und Duft der Speisen hatten bereits den Speichelfluss angeregt.

»Ihrer Aussprache nach stammen Sie nicht von hier«, sagte Herr Zellner.

»Stimmt«, bestätigte Peter Meier. »Geboren bin ich in Kärnten.«

»Dann müssten Sie ja für einen guten Wein was übrig haben, oder? Hans, tätst du uns noch zwei *Sulzfelder* bringen?«

Eigentlich könnte es mir ja egal sein, befand Herr Zellner, hob mit dem Messer die rösche Kruste vom Fleisch und legte sie als finalen Leckerbissen zur Seite, ob der Text in München erscheint oder sonst wo. Es wird vielleicht ein

Skandälchen geben, doch das soll die Elsa ausbaden, und drei Monate später kräht kein Hahn mehr danach. Aber erpressen lässt sich ein Zellner nicht, dachte er. Diesen Typen gehört das Handwerk gelegt. Während unsereiner sich hochgearbeitet hat, kommt so ein Tschusch daher, ist von Beruf blond und unwiderstehlich und hat Schmarotzen als Geschäftsmodell. Zuerst krimineller Parasit und Frauenflüsterer, anschließend ein paar Jährchen auf Staatskosten, dann auch noch vorzeitig entlassen und jetzt mit den Memoiren Kohle machen. So geht das nicht, mein Freund. Von wegen Schlappschwanz. Das werden wir noch sehen. Schließlich hat man ja mal gelernt, wie man kurzen Prozess mit unangenehmen Leuten macht.

Der Tafelspitz schien Herrn Meier zu schmecken. Er zeigte sich mit dem bisherigen Verlauf des Abends und der Qualität von Speis' und Trank zufrieden. Die Kartoffelklöße waren handgerieben, und jeder Salat hatte sein individuelles Dressing statt der üblichen Einheitssoße aus der Plastikflasche. Als krönender Abschluss wurde noch ein spektakuläres Eierlikörtörtchen serviert, das sogar den – laut Autobiografie – »weltläufigen Gourmet« beeindruckte.

»Na?«, fragte Herr Zellner, wischte sich die Lippen und spülte mit dem Silvaner nach. »Wie mundet Ihnen die fränkische Kost? Hans, wir trinken noch zwei Kümmel«, rief er, bevor Peter Meier zu Ende gekaut hatte.

»Also – wir verbleiben so«, fuhr er gleich darauf fort. »Ich lass mir das übers Wochenende durch den Kopf gehen und geb Ihnen am Montag Bescheid. Wie erreich ich Sie?«

»Umgekehrt ist's besser. Ich ruf Sie wieder an. Um elf?«, sagte Peter Meier, zerdrückte die Krümel des Mürbteigbodens mit der Kuchengabel und hinterließ einen blitzblanken Teller.

»Um elf«, bestätigte der Verleger und stellte übergangslos fest: »Ich bin übrigens der Karlheinz.«

»Und ich der Peter.«

»Ist das dein richtiger Name?«

Grinsen und Schweigen. Man schüttelte sich die Hand. Der Kümmelbrand aus lokaler Brennerei kam – »Zum Wohle!« – genau rechtzeitig.

»Wohlsein, Peter.«

»Prosit, Karlheinz.«

Sie kippten die Schnäpse hinunter und atmeten tief durch. Herr Zellner wusste, dass der Autor mithalten musste, wollte er ihn als Verleger nicht verprellen, und signalisierte dem Wirt, dass zwei weitere Schoppen willkommen wären. Dann neigte er sich kumpelhaft zu seinem neuen Freund. »Erzähl mir doch mal die Geschichte mit der JVA-Beamtin in Nürnberg. Du deutest da in deinem Text was an. Hast du sie tatsächlich …? Im Knast?«

Es war kurz vor elf und zwei Schoppen und vier Schlehengeist später. Herr Zellner und Peter Meier waren die letzten Gäste.

»Hans, ich zahl mal. Alles zusammen. Und eine Spesenrechnung, bitte«, verlangte der Verleger unangebracht laut und mit sperriger Zunge. Der Tisch schrappte geräuschvoll über den Boden, als sie ihn beim Aufstehen wegschoben und sich hervorzwängten. Auf dem Weg zum Garderobenhaken blieb Peter Meier an einer Lehne hängen, stürzte mitsamt dem Stuhl zu Boden und schlug sich Kinn und Schläfe an.

»Der kann doch nimmer gehen«, erkannte der Wirt fachmännisch. »Der hätte nicht so viel trinken sollen. Und nicht so schnell. Und alles durcheinander.«

»Der ist ein freier Mann«, stellte Herr Zellner klar.

»Soll ich ihn nicht lieber fahren?«

»Ich bring ihn schon heim«, sagte Herr Zellner. »So weit hat er's ja nicht. Sonst kotzt er dir womöglich noch dein Auto voll.«

Er legte sich Peter Meiers rechten Arm über die Schulter und hielt ihn am Handgelenk fest. Mit der Linken griff er ihm unter die linke Achsel und hievte ihn in eine einigermaßen aufrechte Haltung. Der angehende Schriftsteller schaffte es noch, halbwegs kontrolliert ein Bein vors andere zu setzen, und so wankten sie in sternenklarer Nacht an der westlichen Burgmauer entlang und stolperten und rutschten den abschüssigen Heidenberg hinab. Sie bogen in die Talstraße ein, schleppten sich am Bauhofweiher vorbei und torkelten in der Straßenmitte die Gerade nach Greimersdorf entlang. Aus nicht mehr nachvollziehbaren Gründen stimmte Peter Meier *Griechischer Wein* an. Herr Zellner bestand darauf, dass es *Fränkischer Wein* heißen müsse. Sie übersprangen die Zeile und forderten gemeinsam und in erheblicher Lautstärke: *Kommt, schenkt mir ein!*, verfielen bei *Und wenn ich dann traurig werde* selbst in Depressionen und wussten nicht mehr weiter. Bei der Abzweigung nach Gonnersdorf blieb Meier plötzlich stehen.

»Halt!«, kommandierte er und warf den Arm in die Luft. »Halt!«

Er durchsuchte mit beiden Händen die Taschen seiner Jacke.

»Ich muss dir noch was zeigen« war wohl der Inhalt der Lautfolge, den Herr Zellner aus dem Gelalle rekonstruierte.

Meier holte sein iPhone heraus und fuhr mit dem Finger auf dem Display herum.

»Du hast ja doch ein Telefon«, wunderte sich der Verleger, der zwar alles andere als nüchtern, aber, da gut in Übung, weitaus klarer im Kopf war als sein Gast.

»Mein altes«, stieß dieser hervor. »Hab noch kein Geld fürn Anschluss.«

Er kniff ein Auge zu und versuchte zu erkennen, welches Symbol er berühren musste. Nach ein paar Minuten hatte er es gefunden. Herr Zellner pinkelte indessen am Straßenrand.

»Da, guck mal«, sagte Peter Meier freudig erregt und hielt ihm das beleuchtete Bild mit ausgestrecktem Arm vor die Nase. »Sieht doch geil aus, oder? Die-se Titten – ein-fach-geil! Überhaupt die ganze Frau – ein-fach-geil!«

Ein Brustbild mit einem Rosentattoo. Was zu viel ist, ist zu viel, brodelte es in Herrn Zellners Seele. Schließlich bin ich auch bloß ein Mann.

Am späten Samstagvormittag war Herr Zellner allein in seinem Verlag. Im Lektorat war das Fenster gekippt, der Drucker nicht ausgeschaltet und das Alpenveilchen noch immer trocken. »Saustall!«, fluchte er. Er legte *Leben und leben lassen* in den Schrank zu den anderen Stapeln, schraubte eine Flasche *Anna Heilwasser* auf, goss ein Glas voll und warf zwei Thomapyrin hinein. Er wartete, bis sie zerfallen waren, trank das Glas in einem Zug leer und füllte es erneut. Sein Samsung vibrierte und summte. Rüdiger Haderlein.

»Karlheinz«, sagte der Arzt, »schlechte Nachrichten. Dein PSA-Wert ist erneut gestiegen.«

»Wie viel?«, fragte der Verleger.

»Wir sind jetzt erheblich im zweistelligen Bereich.«

Herr Zellner schwieg.

»Du solltest gleich am Montag zu mir kommen. Damit wir besprechen, wie's weitergeht.«

»In Ordnung«, sagte Herr Zellner.

In den Abendnachrichten der Rundschau wurde eine unbekannte männliche Leiche mit Kopfverletzungen gemeldet, die man bei Cadolzburg aus dem Farrnbach-Mühlweiher geborgen hatte.

»Na, so was«, sagte Frau Zellner. »Schmeißen die Sporcher ihren Müll neuerdings in den Bach?«

Am Sonntag holte Herr Zellner seinen alten Heckflossen-Benz aus der Scheune und fuhr zu seinem Bruder Sepp nach Würzburg, dem inzwischen eine Anwaltspraxis mit Notariat gehörte. Sie sahen sich ein- oder zweimal im Jahr, redeten über Gott und die Welt und frischten Kindheitserinnerungen auf. Zum Dank für juristische Ratschläge lud Herr Zellner seinen Bruder und dessen Frau ins *Bürgerspital* ein. Bei seiner Rückkehr fand er in der Küche einen Zettel: »Bin zu meiner Schwester gefahren. Du sollst Erich anrufen.«

Am Montag erschien er bereits um acht in Dr. Haderleins Praxis. Eine Stunde später ging er zur Raiffeisenbank, stornierte den Dauerauftrag auf das Konto seiner Frau und löste sein eigenes Konto auf. Er gab Kredit- und EC-Karte zurück, eröffnete ein neues Konto und überwies darauf sein Guthaben. Danach fuhr er in seinen Verlag und rief seinen ehemaligen Schulfreund an. Erich Weißgerber war inzwischen Erster Hauptkommissar bei der Kriminalpolizei in Nürnberg.

Anschließend zitierte er Jette herbei und beauftragte sie, zu seiner Frau zu fahren und die gepackte Reisetasche aus seinem Arbeitszimmer zu holen. Er müsse innerhalb der nächsten Stunde weg. Frau Jensen riss die Augen auf und sagte, sie sei doch nicht das Hausmädchen.

»Dann lass es eben bleiben, blöde Kuh«, gab Herr Zellner zurück.

Der Assistentin fiel die Kinnlade herab. »Das muss ich mir nicht gefallen lassen«, behauptete sie fassungslos nach ein paar Sekunden.

»Ganz wie du meinst«, erwiderte Herr Zellner huldvoll. »Und der Entwurf für den Hundekalender ist ein Haufen Scheißdreck. Tür zu.«

Er schickte Sylvia vom Vertrieb zu seiner Frau, setzte sich an seinen Tisch, legte Meiers Manuskript und iPhone auf die Ablage und zeichnete die letzten Honorarabrechnungen ab. Er nahm die leere *Anna*-Flasche und füllte sie in der Toilette mit Wasser. Er ging hinüber ins Lektorat, ignorierte die heulende Assistentin und goss das Alpenveilchen. Dann marschierte er zurück in sein Büro, schloss die Tür und schenkte sich einen Weinbrand ein. Von »Anstand«, »Haltung« und »persönlicher Verantwortung« hatte der Bayern-Präsident vor Kurzem gesprochen und den Respekt der Kanzlerin für etwas erhalten, das eigentlich eine Selbstverständlichkeit sein sollte: dass man für das geradesteht, was man getan hat. Der Bayern-Präsident und Herr Zellner stammten aus der gleichen Generation. Man duckt sich nicht weg, hatte man ihnen beigebracht. Man stellt sich aufrecht hin und kassiert die Prügel. Man spielt nicht Opfer oder macht himmlische Mächte (»Ich weiß auch nicht, was in mich gefahren ist«), eine schlimme Kindheit (»Ich wurde immer in die Besenkammer gesperrt«) oder den Schnaps (»Ich kann mich an nichts mehr erinnern«) für irgendwas verantwortlich. Herr Zellner sah sich schon bei seinem Schlusswort vor dem Schwurgericht stehen: »Ich habe ihn umgebracht. Er hat es verdient. Ich bereue nichts.«

Er legte die Füße auf den Tisch und wartete. Zwei bis drei Jahre mit, ein halbes Jahr ohne Operation, hatte Rüdiger gesagt. Zum ersten Mal seit Ewigkeiten fühlte er sich als ein freier Mann. Um halb zwölf fuhr ein weißer BMW auf den Parkplatz vor dem Verlag, und zwei Männer stiegen aus. Herr Zellner nahm die Füße vom Tisch, erhob sich und verließ mit seiner Reisetasche das Büro.

Am späten Abend brachte ihn ein Streifenwagen wieder nach Hause. Sie hatten ihm nicht geglaubt. »Du warst betrunken, Karlheinz«, hatte sein Freund Weißgerber gesagt und ihm den Arm um die Schulter gelegt. »Der Mann hatte über zwei Promille intus, ist in seinem Rausch ins Wasser gefallen und ersoffen. Die Kopfverletzungen stammen von seinem Sturz im Gasthaus, wie uns der Wirt bestätigt hat. Warum willst du was gestehen, das du nicht getan hast? Jetzt gib Ruhe, geh heim zur Elsa und stiehl uns nicht unsere Zeit.«

Er hatte ihm die Tür aufgehalten und eine junge uniformierte Beamtin angewiesen: »Frau Frohnmüller, fahren S' den Herrn Zellner wieder nach Cadolzburg. Und hier, Karlheinz, deine Tasche.«

Zu Hause angekommen, stellte der Verleger die Tasche im Flur ab und schritt wortlos an seiner fernsehenden Frau vorbei zum Barfach. Er nahm die Flasche *Tullamore Dew*, schob die Terrassentür auf und trat hinaus auf den Rasen. An der Stelle, wo er Paddy begraben hatte, setzte er sich ins taufeuchte Gras und trank ein paar Mal aus der Flasche. Er schraubte sie wieder zu, ließ sich nach hinten fallen und betrachtete den blauschwarzen Himmel. Kassiopeia, Großer Wagen, Kleiner Wagen, der Polarstern. Vier Stunden Nachtschwimmen auf dem Rücken. Da hatte man eine Orientierung. Da wusste man, wo es langging. Da gab es noch eine Moral. Als die Nässe durch seinen Anzug drang, setzte er sich wieder auf. Er nahm einen letzten Schluck und goss den Rest des Whiskeys über der Grabstelle aus. Was sind wir doch für arme Hunde, dachte er.

Nina George

Romeo und Julia kamen nur bis Feuchtwangen

PROLOG

Die Kreuzgangspiele-Saison 2014 startet mit Musik, Liebe und Revolution – mysteriöse Todesserie weiterhin ungeklärt

geo/feuchtwangen. Am 25. Mai 2014 startet die 66. Spielzeit der Kreuzgangspiele. Zwölf Wochen später, am 16. August, fällt der Vorhang. Im Festspielsommer 2014 werden sich Stücke wie *Wilhelm Tell*, *Werther* oder *Cabaret* um das Thema Freiheit drehen.

Ein besonderes, Stammzuschauern wohl bekanntes Schmankerl ist der Klassiker *Romeo und Julia* mit dem wohl prominentesten Paar der modernen deutschen Theatergeschichte, Katharina Groß und Gustaf Schweiger. Hinter wie auch auf der Bühne ein eingespieltes Paar, werden sie zum 33. Mal in einer Sondervorstellung *Romeo und Julia* geben.

Überschattet werden die jährlichen Spiele von der mysteriösen Todesserie, die das wechselnde Ensemble unter Intendant Johannes Kaetzler und Büroleiter Daniel Asofiei seit elf Jahren heimsucht. Bisher elf ungelöste Fälle von versehentlichem Selbstmord, unglücklichen Unfällen und ungeklärter Tötung hat das ehrwürdige Freilufttheater im Benediktinerklostergarten zu verkraften. …

Aus: *Frankenreport* (Feuchtwangen)

AKT 1

Wenn ich mir Romeo so ansehe, frage ich mich, warum die Evolution sich diesen Totalausfall geleistet hat. Ein Gesicht wie weichgekochte Cannelloni. Eine Frisur wie aufgeribbelter Flokati. Und wie der schon keucht, wenn er nur mal die drei Stufen vom Kreuzgang zur Bühne hochgehen muss!

Und den soll ich ab morgen zwölf Wochen in Folge küssen. Auf diesen Mund, in den er sich jetzt den Hamburger quer reinstopft. Die Ursel hinterm Tresen vom *UKW* tut so, als würd'se nix sehen. Dabei sieht die alles und weiß auch alles. Von jedem hier. Kann aber schweigen. Eisern. Die weiß auch, dass dieser Mutanten-Romeo und ich schon längst kein Paar mehr sind. Nur nach außen hin, da spielen wir seit drei Jahrzehnten *Romeo und Julia* von Feuchtwangen. Wir fehlen bei keinem Festspiel, keiner Hochzeit der hiesigen Großgrundfamilien, wir spielen diese verdammten, bekloppten, hormonell durchgeknallten Teenager von Verona durchgängig seit über dreißig Jahren. Und auch in jedem anderen Stück, wo ein Paar auftaucht, stecken sie uns zusammen: Tristan und Isolde, Harold und Maude, die Prinzessin und der schleimige Froschkönig. Dreißig Jahre lang küss ich den schon, und es kommt immer nur Froschsülze raus. Aber was soll man machen? Wir sind DAS Promipärchen von Franken, Deutschland und der Theatergeschichte zusammen. Wir sind so erfolgreich als ewiges Paar, dass wir alleine keinen Job mehr bekämen. Wer spielt denn in meinem Alter noch die Julia? Da blüht mir sonst der dritte Frühling beim Kukidentgeschwader in Bad Alzheim! Aber um auf den verdammten Balkon zu kommen, braucht mein Romeo Kalkzombie auch schon 'nen Treppenlift.

Ich kann den gar nicht mehr anschauen, ohne zu schreien. Gegen diesen Manierenlegastheniker ist Shakespeares Esel geradezu elegant. Ach, und jetzt kommt auch noch diese

Schreiberine, die über Feuchtwangen einen Kurzkrimi verfassen soll. Wenn die wüsste.

»Schmeckt's dir, Gustaf, mein Lieber?«

»Nicht so gut wie bei dir morgens im Bett, Katharina-Schätzchen.«

Wie das dürre Klappergestell mich jetzt anstarrt. Diese Dauerdiätlerin, Makri-Idiotikerin, mehrfach ungesättigte Laufgräte, die ist auch noch stolz auf ihr Rippenklavier. Aber neidet mir jede ehrlich erworbene Kalorie. Am besten, ich grins der Krimifrau da drüben schön zu, mach den Mund noch etwas weiter auf und schieb 'ne Gabel von den leckeren Pommes nach, Katharina hasst es, wenn ich so ungeniert esse. Ihr ach so berühmter Julia-Kleopatra-Eurydike-Mund wird schmal wie ein Messer. Erstaunlich, dass es trotzdem immer wieder junge Kerle aus dem Ensemble gibt, die das Biest mal küssen möchten. Der Typ, der dieses Jahr den Pumuckl spielt, der ist ja ganz heiß auf sie. Na ja, in alten Pfannen lernt man braten.

Ich kann mich gar nicht erinnern, wann ich Julia … ach, nee, Katharina, zuletzt küssen wollte. Ohne dass es im Textbuch vorgeschrieben war. Vermutlich, bevor ich sie verführt hab, vor … sind das schon zweiunddreißig Jahre? Als meine allererste Julia hab ich sie tatsächlich geliebt, sie trug nichts unterm Kleid, das hat sie mir im Kreuzgang gezeigt, einfach den Rock rauf und wieder runter, kurz bevor wir auf die Bühne rauf sind. Ach, was hab ich damals den Paris vermöbelt, der wollte ja nicht nur in der Gruft mal neben Julia liegen! Katharina. Die schönste und beste Julia aller Zeiten. Die beste Melisande, Medea und Delilah. Gewohnt, dass alle um sie herumtanzen, weil sie die Säle immer voll bekam. Immer.

Sogar mit Regietheater, und das will was heißen, immer Blut und Hoden-Stoffe, aber sogar das konnte sie.

Und heute? Meistens beißt sie mir auf der Bühne in die Zunge, wenn wir uns küssen müssen. Bei *Romeo und Julia* kommt das ja ständig vor. Ich werde mir ab heute ordentlich Knoblauch und rohe Zwiebeln aufs Frühstücksbrot tun, damit sie ordentlich was davon hat. Ich lass jetzt mal ordentlich einen fahren, damit sie sich noch mehr anstrengen muss zu lächeln. Oh, sie wird mich dafür hassen. *(pupst)*

»Ausgerechnet Vorabend-Gustaf, *den willste* als Bühnenpartner?! Wieso nicht Ben Becker, der ist zwar total irre, aber wenigstens kann er Bühne!« Hätt ich mal auf meinen Mentor und ersten Regisseur Fassbieger gehört und den Ben genommen. Und nicht den Vorabend-Fernsehserien-Schönling Gustaf! Theaterschauspieler werden immer besser mit dem Alter. TV-Schauschis werden einfach nur älter. »Katharinalein, der Gustaf, der spielt *Lindenstraße*! Was willst du mit dem? Als Romeo? Ernsthaft? Soll der etwa auch mal den schottischen König spielen? Weißt du, der muss auch sprechen, nicht nur aussehen!« Was ich mit dem wollte? Lieben wollte ich ihn!

Aber fremdgegangen ist der Gustaf dann gleich nach der Premiere von *Romeo und Julia*. Erst mit der pummeligen *Lachmarie*, dann mit der *Senfblüte*, ausgerechnet! Als ich die beiden erwischt habe, drüben im Keller des Organistenhauses, ineinander verkeilt wie zwei stehende Eierlöffel, hat Gustaf mir bei Ursel im *UKW* vorgerechnet: Wenn er nur zweimal im Jahr für zwanzig Minuten fremdgeht, ist er auf die restliche Zeit gerechnet zu 99,99 Prozent treu. So sicher seien nicht mal Kultursubventionen in Franken. Und dass er es außerdem brauche, diese künstlerische Freiheit, sich auch mal in anderen Rollen als nur den ewigen Romeo auszudrücken; ich sollte diese zwanzig

Minuten in einem anderen Körper als *Method-Acting* ansehen, als *Emotional-Memory*-Übung, um vergessene Gefühle zu reaktivieren, die er später auf der Bühne authentisch ausgestaltet.

Meinetwegen, habe ich erwidert, aber zwanzig Minuten?! Wie willst du die denn zusammenkriegen? Indem du an Kurt Unger denkst?

DAS hat ihn wirklich getroffen. Und er hat sie doch geschafft. Verteilt auf vier Frauen, *Helena, Beatrice, Lotte* und die *Biene Maja*, jeweils fünf Minuten. Aber dabei blieb es nicht. In den dreißig Jahren hat er reichlich *Method-Acting* betrieben, das kann nicht mehr als Fortbildung durchgehen. Klimakteriumgroupies aus der ersten Reihe. Journalistinnen. Und Statistinnen! Also, DAS ist wirklich arg. Es gibt Dinge, die tut man im Theater einfach nicht! Keine echten Spiegel oder Blumen verwenden, auf der Bühne nicht essen oder trinken, aber das fällt Gustaf ja besonders schwer, der bringt es fertig und isst die Requisiten! Daniel Asofiei hat sich angewöhnt, nur noch Plastikkuchen oder gefärbtes Wasser als Requisiten zu verwenden wegen Gustaf. Auf »Toitoitoi« »Danke« sagen oder es mit den Komparsen treiben, gehört ebenfalls auf die Liste der bösen Dinge, die den Theatergeistern nicht gefallen – solche Sachen rächen sie mit leeren Sälen und Schnupfen. Und es weiß doch jeder: Hier in Feuchtwangen sind mehr Geister in den Mauern unterwegs als sonst wo. Die meisten sind Geister ehemaliger Ensemblemitglieder. Es hat sich rumgesprochen, wie tödlich die Kreuzgangfestspiele für Schauspielerinnen geworden sind in den letzten Jahren. Unter Jungschauspielern geht der Spruch um: »In Feuchtwangen spielen und sterben!« In jeder Saison erwischt es einen. Nur leider nie die, die es erwischen soll. Diese Froschsülze à la Veronese zum Beispiel. Es wäre ungemein praktisch, wenn Romeos Gifttrank so eine kleine Prise Digitalis enthielte … oder eins von diesen Naturgiften. Das würde ihn endlich auf Torfatmung umstellen, und dann *ruht mein Gatte an meinem Busen tot …*

»Deine Augen glänzen wie Kandiszucker. An was denkst du, Stern meiner Nächte?«

»Ich? Och. Nichts.«

Wenn Frauen »nichts« sagen, ist nie nichts. Früher hat sie mich damit regelmäßig weich gekocht.

Ach, Katharina, du tapezierte Fahrradspeiche. Seit über dreißig Jahren versuchst du mich zu einem »echten« Schauspieler zu erziehen, nur weil dein eingebildeter Superregisseur Fassbieger mir damals meine erste Rolle auf euren blöden geheiligten Brettern, die die Welt bedeuten, gegeben hat. Ausgerechnet *Der junge Liebhaber*. Ja, herzlichen Dank. Die Rolle kann ich besser als jeder andere, auch ohne »jung«. Und der Preis? Du erzählst mir mein halbes Leben lang, dass ich nicht gut genug bin. Du sagst mir, was ich anziehen soll, weiße Schals nach der Premiere, das hat Stil, ich mein: hallo? Jopi Heesters? Wie ich reden soll – wortgewaltiger, keinen Dialekt! Bin ich Heinrich George? Und immer dieses »Gustaf-*nie*-machst-du. Gustaf-*immer*-tust-du. Gib dir doch nur mal ein kleines bisschen Mühe! Gustaf, wir sind beim Bürgermeister eingeladen, tu dir da bloß keinen Senf auf die Nürnberger! Nein, du spielst den Zettel im *Sommernachtstraum* nicht, dafür bist du nicht gut genug! Gustaf, im Theater pfeift man nicht! Hör auf, auf der Bühne zu essen! Und keiner sagt ›Macbeth‹ im Theater, das bringt Unglück, wir sagen ›Der schottische König‹.« Senf nicht, Zettel nicht, Macbeth nicht, nicht gut genug. Na, schönen Dank auch. Für Katharina war ich immer nur zweitklassig. Und da wundert sie sich, wenn ich mir mal anderswo den Senf ausleihe.

Wann hat sich die Katharina nach dem Nichts unterm Kleid für mich je schön ins Geschirr gespannt? Nie. Sie wollte privat wegen ihrer Person, nicht wegen der Unterwäsche geliebt werden! Ach, Gottchen. Wieso muss es bei den Frauen immer nur entweder oder geben? Wie wäre es mit Person IN schicken Strapsen? Katharina die Große. Sie hat längst vergessen, wie man liebt. Wie sie *mich* liebt. Diese Eisnatter. Meine Dauer-Julia könnte endlich mal in der Gruft verrotten, anstatt wieder aufzuwachen! Da müsste ich sie nicht mehr auf ihren kalten Messermund küssen … hm. Oder der Dolch, den sie sich so beherzt in ihren seit Jahren nicht mehr vorhandenen Busen drückt, der könnte doch ein wenig klemmen … Ich glaube, ich hab da grad eine Idee. *O willkommner Dolch, roste da* … in ihrem Rippenklavier.

»Sag mal, Gustaf, wieso schaust du mich gerade so verliebt an?«

»Ja? Tue ich? Vielleicht, weil's wahr ist?«

Ja, so mache ich es. Bei der Premiere von *Romeo und Julia* fällt Katharinas letzter Vorhang! Wie es mit Shakespeare angefangen hat, wird es enden. Ist es Zufall? Ist es Schicksal? Nein! Alles eine Sache der Planung. Und der Alibis natürlich. Ich werde die beste Vorstellung meines Lebens bieten müssen, um Julia ein und für alle Mal loszuwerden und danach den untröstlichen Romeo zu mimen. Und dann bin ich frei und spiele endlich Macbeth! Und fresse und saufe auf der Bühne, wie es mir passt. Alberner Aberglaube. Glaubt kein vernünftiger Mensch dran, nur diese Theatermenschen …

Ich zahle bei Ursel und helfe Katharina in ihren neuen Mantel. Bunter Plüsch. Sieht aus, als hätt sie dafür die Teletubbies skalpiert. Wir nehmen den Weg durch die enge Gasse am Buchhaus Sommer vorbei, und weiter bis Nixel-Garten. Da gibt es demnächst den *Werther*. Mein Gott. Liebe macht nicht nur blind, sondern auch noch blöd! Das wusste schon der Goethe, die alte Flöte.

»Katharina?«

»Ja?«

»Das wird eine wunderbare Premiere.«

»Ach, Gustaf. Da bin ich mir sicher.«

Und wie, du Glöckner von Feuchtwangen, du optischer Offenbarungseid. Ich werde endlich frei sein von dir und spielen, was ich will – vielleicht die Maude –, und einen knackfrischen Harold küssen, dessen Doppelkinn nicht dauernd im Weg ist. Vielleicht diesen Pumuckl Mercutio.

Wir gehen Hand in Hand. Hier in Feuchtwangen wird viel geredet. Jeder weiß ein bisschen was über alle, der Rest wird kreativ dazugedichtet. Ich finde, die zwei Kirchen hier am Kreuzgang sehen aus wie heimlich Verliebte. Ach, wie gerne wäre ich in eine andere verliebt gewesen, aber ich kam von Katharina nie los … ich hätt gern Kinder gehabt, mit ihr. Aber die Katharina wollte nie. »Eine schwangere Maria Stuart, die ständig pinkeln gehen muss? Die Jungfrau von Orléans mit Milchbrüsten? Welche Gehirnlatenz hat dich denn versengt?«

Und jetzt ist es zu spät. Zu spät zum Leben. Aber nicht zum Sterben.

Ich halte streng Diät, keine Kohlenhydrate nach 18 Uhr, damit ich schön bin als Julia und für die Männer, die ich mir dann, nach einem Trauerjahr, pflücken werde wie die Stachelbeeren. Ich war dreiunddreißig Jahre treu, ich hab einiges nachzuholen! Und Gustaf guckt mich eh nicht mehr an. Nackt hat der mich zuletzt gesehen, als … ja, als der Kohl noch Kanzler war.

Dem männlichen Teil des Ensembles fällt meine Schlankheitskur auf. Vor allem dem Pumuckl, der auch den Mercutio spielt. Wenn wir in dem zugigen Durchgang links hinter der Bühne stehen und unsere Tees und Hustensäfte und Glaubersalze trinken und vor den Elektroöfen unsere Dehnübungen machen, albert der Kerl, der abends den Mercutio spielt und vormittags für die Schulklassen den Pumuckl, mit Romeos Dolch herum. Versucht mir immer wieder zu gefallen, indem er sich auf kreative Weise ersticht. Guck mal, Katha, so geht Harakiri! Aber natürlich klappt sich der Dolch immer wieder ein. Doch, dieser Harakiri-Pumuckl gefällt mir.

Morgen ist Generalprobe. Der letzte Satz wird nicht gesprochen werden, so wie es Tradition am Theater ist. Ich bin charmant und heißäugig zu Gustaf. Fast glaube ich es selbst, dass ich ihn mag.

Unsere Küsse als *Romeo und Julia* sind wild, und doch sind es Abschiede. Ich schaue Katharina an, ihre spielenden Blicke zu mir. Wenn sie merkt, dass ich sie anschaue, lächelt sie verliebt.

Er lächelt mich an und ahnt nicht, dass ich seinen Tod längst vorbereitet habe. Oh ja, ich werde es genießen, wie Romeo neben mir seine Abschiedsvorstellung gibt, weil er echtes Gift im Becher trinkt! Morgen Nacht werde ich frei sein. Frei!

AKT 3

Die Premiere ist da. Ob mein Magen das aushält? Ich stehe, pardon, liege ja direkt neben Julias blutsuppendem Kadaver! Der Bürgermeister kommt. Großer Auflauf. Im *Café am Kreuzgang* füllen sich die Tische. Die Innenstadt mit den lauten Kopfsteinpflastern ist gesperrt für Autos, wie immer, wenn die Freiluftsaison beginnt. Rund um die beiden Kirchen herrscht gespannte Ruhe. Das Ensemble sammelt sich; ab jetzt werden wir ständig zwischen Organistenhaus und Kreuzgang hin- und herlaufen oder uns in den dunklen Gängen kauern und versuchen, nicht zu erfrieren. Ich liebe diese Momente vor den Aufführungen, wenn die Luft beginnt, zu vibrieren, wenn der Zauber des Theaters beginnt.

Die gesamte Presse ist anwesend. Morgen früh bin ich sicher der Aufmacher in der *BILD* Franken, wenn ich mich über Romeos Leichnam beuge … und dann: das Begreifen der bitteren Realität, das Verlassen des Spieles … oh, ich muss brillant sein, besser als je zuvor! Ich bitte die Maske, mich überaus sorgfältig herzurichten. Ich überlege, noch zum Beten in die Stiftskirche zu gehen. Stattdessen polstere ich noch mal meinen sündhaft teuren Superboost-Silikon-Bra auf. Das macht sich sicher gut auf dem Presse-Foto.

Da lässt sie sich seelenruhig im selben Zimmer wie ich schminken, im Obergeschoss des Organistenhauses, Stuhl an Stuhl. Für einen Moment sehe ich uns in unseren ersten Wochen, wie wir immer Seite an Seite dabei zusahen, wie sich unsere Gesichter im Spiegel in Fremde verwandelten. Aber dann denke ich daran, wie sie nicht mehr mit mir schlief, um nicht schwanger zu werden. Und daran, wie sie die Augen rollte, wenn ich laut »Macbeth« sagte. Oder mir ein Brötchen mit

Nürnberger und Senf direkt auf der Bühne reinpfiff. Aber ich hab gelernt. Inzwischen trinke ich meinen Vodka Red Bull ganz diskret. Irgendwie geht's immer, zur Not gieße ich ihn eben in ein Bühnenglas und betrinke mich direkt auf der Bühne.

Ich ziehe mich zurück, zum Licht- und Tonmeister hinter den Kreuzgang-Sitztribünen, und von dort aus unter den Dachboden, wo wir im Winter alles einlagern. Da stehen die alten Bühnenscheinwerfer, liegt der rote Teppich, werden die guten alten Zeiten aufbewahrt. Jeder der Schauspieler hat seine Rituale vor der Premiere, seine *Dos* und *Don'ts*. Die einen zünden eine Kerze an, die anderen küssen ihren Kinderteddy, die nächsten bereiten sich ihren Kräutertee zu, wie dieser balzende Pumuckl, und die übernächsten trinken ab zwei Stunden vorher gar nichts mehr, um bloß nicht zwischendrin pinkeln zu müssen. Das ist sonst schon blöd, Sterbeszene mit voller Blase.

Ich visualisiere den Abend. In diesem Fall den süßen Blutgeruch von Katharinas Tod, der allen wie versehentlicher Selbstmord erscheinen wird.

Wir sprechen den zweiten Aufzug, Balkonszene. Gustaf schmachtet.

»O Julia, willst du mich so unbefriedigt verlassen?«

»Und was für eine Befriedigung kannst du noch verlangen, Romeo?«

»Die Auswechslung des Gelübds deiner treuen Liebe gegen das Meinige!«

Von wegen.

Ich glaub, ich krieg gleich einen Lachanfall.

Jetzt kommt der Teil, den ich hasse – dritter Teil, fünfter Aufzug. Bestimmt beißt sie mich wieder, das Luder.

»Tag, schein herein, und Leben, flieh hinaus!«
»Ich steig hinab, lass dich noch einmal küssen.«

Mach schon den Mund auf, und wir bringen's hinter uns.

Jetzt küsst der mich doch tatsächlich. Pfui, Elend!

Endlich, der letzte Akt. Eigentlich sieht sie ganz reizend aus in ihrem Brautkleid. Und ihr Busen … ach du mein lieber Willy Shakespeare! Katharinas Busen wirkt enorm, wo kommt der Vorgarten denn auf einmal her? Und wie ihre Augen blitzen … Katharina sah nie schöner und glücklicher aus als heute, am Tag ihres Todes.

Er ficht so rasant mit Paris, fast will man meinen, Romeo freut sich auf den letzten Auftritt. Er wirkt heute männlicher denn je. Das Publikum liebt ihn. Es rast. Es tobt! Schade, dass er gleich sterben muss.

Endlich geht's zur Sache. Daniel, der Inspizient, hat Romeos Giftflasche bereitgestellt. Ich riech dran. Pfui Teufel. Riecht wie Toilettenwasser mit gefärbter Naturseife. Ich gieß die Brühe lieber weg … aber wohin? Hinter der Bühne ist es dunkel und eng. Ah, da steht eine halbleere Thermoskanne. Ich krieg die kaum auf mit meinen Lederhandschuhen, die ich als nicht mehr taufrischer Romeo so tragen muss. Na, endlich. Rein mit dem Zeug, so ein bisschen Farbwasser merkt keiner im Earl Grey. Wo ist mein Vodka-Red-Bull-Flachmann? Ah, da. So, umgießen, noch den präparierten Dolch schnappen, ab auf die Bühne, und los.

Na los. Trink schon, deklamier nicht so lange *Odem Wucherer Tod, sturmerkranktes Schiff* … ja, ja, ja. Trink endlich das verdammte Gift! Du schluckst doch alles, was bei drei nicht von der Bühne ist, Theaterregeln hin oder her, das konntest du doch nie lassen!

»Dies auf dein Wohl, wo du auch stranden magst. Dies meiner Lieben …« (trinkt)

»Oh wackrer Atope… Apoke… Ako… ach du scheiße. *Apotheker! Dein Trank wirkt schnell. – Und so im Kusse sterb ich.«*

Na, endlich! Aber warum fällt der Idiot so blöde aus dem Scheinwerferlicht? Wie soll man mich dann später sehen, wenn ich auf ihn herniedersinke?!

Ich knall auf den Boden und sehe die erste Reihe genussvoll schaudern. Oh ja, die mögen es, Schweiß und Spucke und Angst zu riechen! Ich gurgele noch ordentlich vor mich hin und lege mich richtig ins Zeug. Aber wieso guckt das Luder eigentlich so zufrieden zu mir? Oh du Eisnatter, du elendes …

Niemand stirbt so schön gequält und missgelaunt wie Gustaf. Ich kann es kaum erwarten, nach meinem vorgetäuschten Selbstmord aufzuschreien, mitten in die letzten Worte Pater Lorenzos hinein. Ich werde schreien: »Oh mein Gott, er ist tot, tot, ja, *wirklich* tot …« und mich dann weinend und dekorativ über Gustafs Leichnam werfen …

… Weibsbild, Hippe, Bühnendrachen, Lügenhexe, gleich bist du fällig! Diesmal kriege ich dich!

… meine Güte, Gustaf hätte ja *wirklich* ein bisschen mehr ins Licht fallen können! Kein Gespür für Ästhetik, der Mann.

»*O willkommner Dolch! Dies werde deine Scheide! Roste da!*« (ersticht sich).
»… *und* laarIkshmgnimpf …«

Ha! Nimm dies! Schön tief rein und noch mal umdrehen!

Wassnjetzlos? Der Dolch schiebt sich nicht zusammen! Oh nein! Ich hab mir das Ding in den Kunstblut-BH und in meine schicken neuen superteuren Tausendfünfhundert-Gramm-Silikoneinlagen gerammt! Das war doch bestimmt … Gustaf! Du Schnürschinken! Du Vorabenddarsteller-Darsteller!

Katharina schaut unglaublich lebensecht beim Krepieren aus, das muss man ihr lassen. Das Publikum gibt Szenenapplaus! Sie guckte herrlich dämlich, als das Brotmesser sich nicht zusammenfaltete.

Rumms, jetzt landet sie auf mir.

Komisch, ihr Blut riecht irgendwie nach Plastiktischdecke.

… nun liegen wir Gesicht an Gesicht, während Pater Lorenzo, die Capulets und Montagues an unsere Leichen eilen und sich einen Wolf monologisieren. Und Gustaf atmet ja immer noch!

»*Gustaf!* Wieso lebst du noch?«
»Das fragst du *mich*?!«

Wir ahnen beide in dem Moment, dass es schiefgegangen ist, uns voneinander zu befreien. Mal wieder.

VORHANG

Warum musste Pumuckl sterben?

geo/feuchtwangen. Ein tragischer Tod überschattete die gelungene Sondervorstellungspremiere von *Romeo und Julia* in Feuchtwangen. Im Stil eines ritualisierten Harakiri erstach sich der Schauspieler Markus K., der in der Rolle des Pumuckl/Mercutio glänzte, aus bisher unbekannten Gründen selbst während der Premierenfeier. Außerdem wurde in der Kräutertee-Thermoskanne, aus der der Schauspieler zwischen den Szenen zu trinken pflegte, ein langsam wirkendes, tödliches Gift gefunden. »Wir verstehen zu diesem Zeitpunkt nicht, warum ein junger Mann kurz vor der Blüte seiner Kunst auf zweifache Weise Selbstmord verüben wollte«, so der zuständige Ermittler. Markus K. ist das zwölfte Opfer einer Serie von mysteriösen Todesfällen der Feuchtwanger Kreuzgangspiele. …

Gewohnt leistungsstark zeigte sich das wohl erfolgreichste Paar der deutschen Theatergeschichte, Katharina Groß und Gustaf Schweiger, als Julia und Romeo. Selten, so sind sich Kritiker einig, war die Leidenschaft und der Tod so überzeugend dargeboten.

Gefragt nach dem Geheimnis ihrer unverbrüchlichen Beziehung auf und hinter der Bühne sagte das Paar einstimmig: »Nur der Tod kann uns scheiden.«

Das muss Liebe sein.

Aus: Frankenreport (Feuchtwangen):

Petra Gabriel

Das Pergament

Forchheim, 14. März 2013

Ich schaute Utas Körper hinterher. Er trieb auf der Wiesent unter der Hundsbrücke hindurch. Der Mond schien gerade durch die Wolken und beleuchtete die Szenerie. Eigentlich romantisch, finden Sie nicht? Ich muss gestehen, ich war einmal sehr verliebt in sie. Hätte sie meine Gefühle erwidert, wäre sie treu geblieben, dann könnte sie noch leben. So wurde sie nur wenig über einundzwanzig Jahre alt.

Vermutlich wirkte Uta als Leiche nicht mehr so provozierend sexy wie zu Lebzeiten. Ich konnte es jedoch nicht erkennen, so hell schien der Mond nun auch wieder nicht. Ich sah noch nicht einmal, ob ihre mächtigen Silikonbrüste oben trieben, was ich gar zu gerne gewusst hätte. Aber so ist das nun mal, wenn man einen Menschen umbringt, ist es nachts immer noch am besten. Tagsüber könnten zu viele Leute zu viel sehen.

Forchheim, 14. März 1077

Es war still geworden in der einfachen Kammer, die meisten Dienstboten schliefen bereits. Die Herzogin von Schwaben fröstelte. Die Nacht war noch recht kühl, und die Mauern des Hauses bei Forchheim, in dem sie mit ihren Frauen untergebracht war, konnten die Kälte nur unzulänglich abhalten. Der Bischof von Bamberg hatte ihr die standesgemäße Unterkunft in seiner Residenz verweigert, deshalb hatte sie nördlich der Pilatusflur in Kemmathen Zuflucht gesucht. Inzwischen war sie froh darüber, denn die Raststation lag in unmittelbarer Nähe der Straße über die Regnitz. So konnten sie fliehen, falls nötig, ehe der Bischof von Bamberg die Gelegenheit hatte, sie gefangen zu nehmen, womöglich als Geisel, um die bevorstehende Königswahl doch noch zu verhindern.

Adelheid von Turin, Herzogin von Schwaben, drehte die kostbare Krone in ihren Händen hin und her, gefertigt von einem der besten Goldschmiede des Reichs, einem Künstler aus dem Kloster Ebersteinmünster. Die Perlen und die Edelsteine glitzerten im flackernden Schein der Kerzen. Morgen war der große Tag. Morgen würde sie die Krone ihrem Gatten überreichen. Denn morgen sollte der Herzog von Schwaben auf der Forchheimer Pilatusflur zum deutschen König gewählt werden – gegen den Franken Heinrich, seinen Schwager, der dem Reich so viel Schaden zugefügt hatte. Unzählige Versprechen hatten die Fürsten ihrem Gatten abgerungen. Doch morgen sollte es soweit sein, der alte Schwur der Könige würde über die weite Flur schallen, über die Wimpel mit den Wappen der großen Familien aus allen Himmelsrichtungen des Reichs, über die Zelte, die Lagerfeuer, die ganze, kaum zu überschauende Menge von Rittern, Adligen, Fürsten und Dienstboten, die mit ihrem Tross auf der weiten Flur vor Forchheim lagerten. Jener Flur, die den Namen von Pontius Pilatus trug, dem römischen Statthalter, der den Gottessohn ans Kreuz hatte nageln lassen. Ob das ein schlechtes Omen war? Das bohrende Unbehagen ließ sich einfach nicht vertreiben.

Dabei hätte sie glücklich sein sollen, voller Jubel darüber, dass es endlich gelungen war, so viele frühere Gefolgsleute Heinrichs auf die Seite ihres Gatten zu ziehen. Rudolf würde den deutschen Landen gewisslich besser dienen als der unmäßige, hinterhältige Heinrich. Aber noch war Rudolf von Rheinfelden nicht gewählt, noch hatten sie ihm nicht die Treue geschworen. Noch war Heinrich IV. nicht geschlagen.

Adelheid strich noch einmal sanft über das Kunstwerk, dann legte sie es behutsam auf den purpurroten Samt vor sich auf dem Tisch.

Der schwere Vorhang, der die Herzogin vom Bereich ihrer Frauen abschirmte, bewegte sich leicht. Jemand war in diesen Teil des Raums gekommen. Sie hörte die Türe zufallen, daraufhin ein Wispern. Dann ganz deutlich die Worte. »Die Herrin schläft bestimmt schon. Sie muss gut ausgeruht sein für diesen besonderen Tag morgen. Ich werde gleich ihre Gewänder herrichten. Sie werden prächtig aussehen, sie und ihr Gatte«, sagte ihre liebste Dienerin Uta.

Adelheid lächelte leise. Sie würde Uta vermissen. Diese hatte sich in einen Ortsansässigen verliebt und wollte bleiben. Ihr Künftiger kam aus einer guten Familie, er war der jüngere Bruder des Forchheimer Schultheißen und leitete die Bäckerei, die seinem Bruder gehörte. Sie würde es gut bei ihm haben. Deshalb hatte sie es Uta schlussendlich auch gestattet, ihren Dienst zu verlassen und der völlig Mittellosen sogar eine reichliche Mitgift zukommen lassen. Ohne diese hätte selbst der sehr verliebte jüngere von seinem älteren Bruder, dem derzeitigen Familienoberhaupt, niemals die Erlaubnis bekommen, die Fremde zu ehelichen.

Eine andere Frauenstimme antwortete. »Ebenso prächtig wie der Mörder des Erlösers. Weißt du denn nicht, dass sie Rudolf schon jetzt, ehe er überhaupt gewählt worden ist, auf diesem verfluchten Feld bei Forchheim, den neuen Pontius Pilatus nennen?« Das war Margaret, eine Frau aus dem Dorf, die sie zu Hilfe geholt hatten.

Bei Adelheid stellten sich die feinen Härchen an den Armen auf, sie zog die Decke enger um die Schultern. Noch einmal betrachtete sie die wunderbare Königskrone. Nun, für eines war es gut, dass Uta hier blieb. Sie dachte an die lateinische Schrift mit der Geschichte des Pontius Pilatus. Das versiegelte Pergament hatte sie Uta bereits heimlich übergeben. Diese würde es nur jenem Mann aushändigen, der sich als Bote ihrer Schwester Bertha zu erkennen gab.

Nun musste sie nur noch den Brief an die Schwester verfassen. Adelheid tunkte die Feder in die Tinte und schrieb:

»König Tyrus aus Mainz jagte einst bei einer Stadt im Bamberger Gebiet. Da traf er Pila, die Tochter des Müllers Atus, und zeugte mit ihr einen Sohn namens Pilatus.« So heißt es in einer lateinischen Schrift, liebste Schwester. Ich fürchte, es ist ein übles Vorzeichen, dass ausgerechnet jene Flur zum Ort der Königswahl meines Gatten bestimmt worden ist, die den Namen des Kreuzigers unseres Herrn trägt. Sie sagen, Forchheim, die alte Kaiserpfalz, sei der richtige Platz für eine solche Wahl. Denn dort sind schon andere Könige gewählt worden. Doch das ist fast vergessen. Der Name Pilatus aber blieb im Gedächtnis der Menschen unauslöschlich haften. Und mir graut vor dem, was der morgige Tag bringen könnte. Deswegen dieser Brief.

Liebste Bertha, wenn Du diese Worte liest, dann weißt Du, dass mein Gatte Rudolf und ich uns in höchster Not befinden, dann sind wir entweder in Gefangenschaft geraten oder ermordet. Und obwohl Du die Gattin Heinrichs bist, des Widersachers meines Mannes, bleibst Du doch meine geliebte Schwester. Ich bin mir sicher, dass Du bei ihm für mich und die Meinen sprechen wirst, wenn es sein muss, zumindest für meine Kinder, besonders für unseren Sohn Berthold, Deinen Neffen. So, wie ich es auch für Dich tun würde. Meinen eigenen Tod fürchte ich nicht, ich erleide ihn freudig an der

Seite meines Gatten, falls der Allmächtige uns diese Prüfung auferlegen sollte. Unser Sohn aber hat es nicht verdient, für die Taten seines Vaters zu sterben. Ich flehe Dich an, bitte für unseren Berthold um Gnade bei Deinem Gatten. Es soll auch sein Schaden nicht sein. Um Heinrich, der – soweit ich weiß – dringend der Mittel bedarf, für seine Milde zu danken, habe ich an einem sicheren Ort einiges Gold und einen Großteil meines Geschmeides versteckt.

Damit Du den Schatz aus seinem Versteck holen kannst, benötigst Du aber das oben erwähnte lateinische Pergament mit der ausführlichen Geschichte des Pontius Pilatus. Ich habe es einer langjährigen Vertrauten mit dem Namen Uta übergeben. Sie lebt in Forchheim. Sende einen vertrauenswürdigen Boten an sie, und sie wird es ihm gegen das Losungswort »Pilatus« aushändigen. Uta wird über die ganze Angelegenheit schweigen. Sie hat mir bei der Unsterblichkeit der Seele ihrer ungeborenen Kinder geschworen, das Pergament zu hüten, bis der Bote kommt und es von ihr fordert. Ich glaube ihr, denn sie ist eine gute Christin und streng gläubige Frau.

Erinnerst Du Dich noch an das Datum der Tage, an dem ich Rudolf heiratete und Du Heinrich? Zähle beide zusammen und Du bekommst eine Zahl. Dann nimm Pergament und Brief zur Hand. Um den Aufbewahrungsort des Schatzes zu finden, benötigst Du beide Schriftstücke. Beginne mit dem Pergament und zähle ab dem ersten Wort des ersten Satzes so lange die Buchstaben, bis Du zu dem kommst, der dieser Zahl entspricht. Danach machst Du mit dem zweiten Satz des Briefes weiter, dann dem dritten Satz des Pergaments, dem vierten des Briefes – und so weiter. Bis sich das gesuchte Wort ergibt.

Es grüßt Dich voller Liebe und Vertrauen

Deine Schwester Adelheid

Die Herzogin ließ die Feder sinken. Sie war sehr müde und steckte den Brief in die Tasche ihres Untergewandes. Falls es zum Schlimmsten kam, würde sie ihn morgen absenden. Oder vernichten. Dann rief sie Uta, damit diese ihr beim Umkleiden für die Nacht behilflich war. Sie bat sie, gut auf das Unterkleid zu achten und es ganz oben in die Truhe zu legen, die schon für die Abreise herbeigeschafft worden war. Als die Dienerin das Untergewand zusammenfaltete, glitt der Brief aus der Tasche und landete unter dem Tisch. Keine der beiden Frauen bemerkte es.

Uta nahm das getragene Untergewand mit hinaus, um ein neues für den nächsten Tag bereitzulegen. Das alte gab sie weisungsgemäß in die bereits fast volle Truhe. Sie konnte sich schon denken, warum die Herzogin wollte, dass alles für eine schnelle Abreise vorbereitet war. Wenn Rudolf zum König gewählt wurde, war Eile geboten. Heinrich würde sofort ein Heer aufstellen, um gegen den Widersacher ins Feld zu ziehen. Und falls nicht, dann musste sich das hohe Paar schnellstens vor den Nachstellungen seiner Schergen in Sicherheit bringen.

Uta hoffte, dass sie im letzteren Fall keine Schwierigkeiten bekam, baute jedoch darauf, dass die Stellung ihres Zukünftigen sie schützen würde. Immerhin war sie dem jüngeren Bruder des Schultheißen anverlobt – was ohne die Mitgift der Herzogin niemals möglich gewesen wäre. Herzogin Adelheid war der beste Mensch, den sie kannte. Sie würde diese Frau niemals verraten, die so gut zu ihr gewesen war. Des schrecklichen Schwures hätte es dazu nicht bedurft. Trotzdem wurde ihr bange bei dem Gedanken. Was, wenn sie bei der Geburt eines Kindes starb und der Bote noch immer nicht erschienen war? Da wusste Uta, wenn sie nicht wollte, dass ihre Kinder und Kindeskinder in der Hölle schreckliche Qualen zu erleiden hatten, würde sie Vorkehrungen treffen müssen, damit das Pergament bereitlag, wenn der Bote kam. Selbst für den Fall, dass sie dann nicht mehr lebte.

Allen Gegnern zum Trotz wurde Rudolf zum König gewählt. Adelheid war darüber so glücklich und aufgrund der Feierlichkeiten anlässlich der Wahl ihres Gatten derart abgelenkt, dass sie anfangs nicht weiter an ihren Brief dachte. Sie suchte erst nach ihrer Abreise danach, um ihn wie geplant zu vernichten. Doch er war und blieb verschwunden. Sie beruhigte sich damit, dass niemand den Schatz ohne das Pergament würde finden können. Und das war bei Uta sicher. Denn diese hatte beim Seelenheil aller künftigen Generationen ihrer Familie geschworen. Sobald sich die Lage beruhigt hatte, würde Adelheid an Berthas Stelle einen Boten senden, um es holen zu lassen. Wegen der folgenden Kriegswirren kam es jedoch nie dazu. Sie konnte den Schatz deshalb auch nicht mehr aus seinem Versteck holen. Zwei Jahre später starb sie, ohne ihrem Gatten jemals davon erzählt zu haben.

Der Brief der Herzogin von Schwaben erreichte deren Schwester Bertha also nie. Georg, der Forchheimer Schultheiß, entdeckte ihn, als er sich nach dem Aufbruch des fürstlichen Paares auf Geheiß des Bischofs von Bamberg in den Gemächern Adelheids umsah, in der Hoffnung, noch etwas Wichtiges zu finden, das vielleicht übersehen worden war. Etwas, das dem Bischof einmal nützlich werden könnte in seinem Kampf gegen Rudolf, den er für einen hinterhältigen Hochverräter hielt und zutiefst verabscheute.

Forchheim, 14. März 2013

Die Brücke im Süden der alten Stadt ist für mich ein beziehungsreicher Ort. Dort haben Uta und ich uns immer getroffen. Ich liebte sie, vertraute ihr, obwohl doch unsere Familien seit alters her bis aufs Blut miteinander verfeindet sind. Sie stammt aus einer Familie, die als streng gläubig gilt, womit, wie wir alle wissen, ja auch immer ein gewisser Aberglaube einhergeht. Wer außer solchen Leuten glaubt noch daran, dass eine Hölle existiert? Besonders die Frauen dieser Familie sind in Forchheim als gute Christinnen bekannt. Uta war jedoch anders, einige sagten, aus der Art geschlagen. Aber genau deshalb fand ich sie einfach unwiderstehlich.

Meine Mutter ist gestorben, als ich fünf Jahre alt war. So wuchs ich bei meinem Vater auf. Und der untersagte mir schon als Kind, auch nur ein Wort mit einem Mitglied von Utas Familie zu wechseln, denn das sei eine Sippe von Mördern und Erbschleichern. Als ich ihn ungläubig fragte, warum, versprach er mir, er werde mir beizeiten alles erklären. Dazu kam es nie. Er starb ganz plötzlich an einem Herzinfarkt und hinterließ einen Berg von Schulden. Ich musste sogar unsere Bäckerei verkaufen. Ich glaube, er hat den Tod meiner Mutter nie verwunden und war deshalb ständig betrunken. Seine Warnungen schlug ich in den Wind, ich dachte, das seien die Fantasien eines Alkoholikers.

Es wäre besser gewesen, ich hätte ihm geglaubt. Denn verliebt wie ich war, habe ich Uta alles erzählt – von dem Brief, den meine Familie seit Generationen hütet, von dem Pergament, das im Besitz ihrer Familie ist, wo es sein könnte und was beide miteinander zu tun haben. Sie behauptete, mir nicht zu glauben, ich sei ebenso ein Spinner wie mein Vater. Doch das war eine Lüge. Denn tags darauf trennte sie sich von mir, angeblich für einen anderen. Und dann begann sie, nach dem Pergament zu suchen. Das konnte ich nicht zulassen.

Früher hieß die Brücke die »Schwarze Brücke«, und noch länger davor die »Pilatusbrücke«. Manch einer meiner Vorfahren mag darüber gegangen sein. Einige unter ihnen amtierten als Schultheißen, als Träger der örtlichen Gerichtsbarkeit und der bischöflichen Verwaltung. Sie gehörten also zu den Honoratioren, wie man heute sagen würde. Deshalb ist in Forchheim bis heute überliefert, dass einer von ihnen eines Tages vor über neunhundert Jahren spurlos verschwand. Er hieß Georg und war ein wohlhabender Bäckermeister, verheiratet mit der Tochter des reichsten Brauereibesitzers am Ort.

Er wurde ermordet.

Während ich Utas friedlich auf der Wiesent dahintreibendem Körper nachschaute, breitete sich in mir das Gefühl aus, dass ihm endlich Gerechtigkeit widerfahren war.

Ich heiße übrigens nicht nur ebenfalls Georg, ich bin auch Bäcker von Beruf. Meine Vorfahren waren seit der zweiten Hälfte des elften Jahrhunderts fast alle Bäcker. Seit der Zeit der Königswahl zu Forchheim.

Womit wir beim Thema wären – und auch beim Grund, weshalb ich zu meinem Leidwesen, wirklich, Uta erschlagen musste. Ich bin eigentlich kein gewalttätiger Mensch. Aber sie war nah dran, das Pergament zu finden. Ich weiß das, denn ich habe sie gut im Auge behalten. Ich habe dafür sogar meine Stellung in einer Nürnberger Bäckerei gekündigt. Nachdem sie sich so plötzlich von mir trennte, hatte ich natürlich Verdacht geschöpft. Und es ist ihr tatsächlich gelungen, den Stein zu entdecken, nach dem ich schon so lange suche.

Vielleicht sollte ich an dieser Stelle etwas erklären. Damals, im Jahr 1077, als die Königswahl des Herzogs Rudolf auf der Forchheimer Pilatusflur kurz bevorstand, hat seine Frau

Adelheid einen Brief an ihre Schwester Bertha geschrieben, die ja die Frau des eigentlichen Königs war, Heinrich IV. Sie wissen schon, derjenige, der nach Canossa gehen und vor dem Papst niederknien musste, mit dem er dauernd Zoff gehabt hat. In dem Schreiben spricht sie von Gold und Schmuck und einem Pergament mit der auf Latein geschriebenen Geschichte der Geburt des Pontius Pilatus, das zusammen mit dem Brief zu eben jenem Schatz führen soll.

Das wurde in meiner Familie jedenfalls erzählt. Ich hielt das anfangs für eine jener Legenden, die viele alte Familien haben. Bis ich eines Tages, ein Schuljunge noch, in einer uralten Truhe auf dem Dachboden kramte. Ihr Holz war angesengt, sie musste wohl einen Brand miterlebt haben. Ich öffnete sie und fand einen Haufen halb zerfallener Kleider. Neugierig wie Kinder eben so sind, wühlte ich mich trotzdem durch bis auf den Boden der Truhe und musste dabei durch Zufall auf eine gut verborgene Feder gedrückt haben. Plötzlich sprang ein Geheimversteck auf. Darin fand ich Aufzeichnungen in einer sehr altertümlichen, für mich unleserlichen Schrift. Und gesondert, in einer Tuchtasche verwahrt, ein Schreiben, wohl ein Brief, den ich noch weniger lesen konnte. Eine innere Stimme warnte mich, jemandem davon zu berichten. Aber ich bewahrte meinen Fund sorgfältig auf.

Erst Jahre später, nämlich 2013, da war ich bereits dreiundzwanzig, hatte ich endlich genug über alte Schriften gelernt, um die Aufzeichnungen zu entziffern. Sie datierten aus dem Jahr 1640, also aus der Zeit des Dreißigjährigen Krieges. Darin berichtete ein gewisser Georg Bäcker von seiner langen, vergeblichen Suche nach einem Pergament, in dem in lateinischer Sprache die Geschichte des Pontius Pilatus erzählt wird, der ja möglicherweise in der Forchheimer Gegend geboren worden sein soll. Er verwies zudem auf den beiliegenden Brief, der allerdings eine, wenn auch sehr genaue, Abschrift war. Das Original hatte im Jahr 1077 eine Frau namens Adelheid von Schwaben verfasst. Der Brief und das lateinische Pergament zusammen wiesen den Weg zu einem großen Schatz. Da wusste ich, dass die Legende der Wahrheit entsprach. Und dass ich unbedingt das Pergament haben musste.

Denn es lag nicht dabei. Mein Vorfahr Georg hatte jedoch herausgefunden, was damit geschehen war. Durch diese Aufzeichnungen begriff ich auch, warum zwischen meiner und Utas Familie seit alters her eine Erbfeindschaft herrscht. Schuld daran ist eine andere Frau namens Uta. Sie diente der Herzogin von Schwaben, bis sie den jüngeren Bruder jenes Vorfahren geheiratet hat, der zufällig den Brief fand. Ihr hatte die Herzogin das Pergament gegeben. Natürlich hat jener Georg von ihr verlangt, es ihm auszuhändigen. Sie war eine dahergelaufende Fremde, und er hatte als Schultheiß sowie Familienoberhaupt jedes Recht dazu. Doch sie hat sich störrisch geweigert, behauptet, sie habe der Herzogin einen heiligen Eid geschworen, es niemand anderem zu übergeben als dem Boten von Königin Bertha. Daraufhin muss es einen furchtbaren Streit gegeben haben, der jüngere Bruder sprang dieser Hexe Uta sogar bei. Und kurz darauf war Georg, der Finder des Briefes, tot. Ich frage Sie, was soll man davon halten? Das lässt nur einen Schluss zu: Er wurde natürlich schnöde ermordet vom eigenen Bruder und seiner Frau. Ja, und seit damals hat die eine Linie der Familie den Brief gehütet und die andere das Pergament.

Wie mein Vorfahr Georg im siebzehnten Jahrhundert all das herausbekommen hat, weiß ich nicht. Vermutlich sind die Dokumente, die davon erzählen könnten, in der Zeit des Dreißigjährigen Krieges verbrannt. Völlig schleierhaft ist mir auch, woher Utas Familie von dem Schatz wusste. Denn den Brief, in dem etwas darüber stand, hatten ja wir. Aber sie müssen es irgendwie erfahren haben, es vielleicht auch nur geahnt haben. Möglicherweise ist meinem Vorfahren bei dem Streit etwas herausgerutscht. Oder die Herzogin hat ihrer Dienerin etwas angedeutet. Vielleicht haben sie aber einfach auch nur aus Angst vor der ewigen Verdammnis von Generation zu Generation das Vermächtnis jener ersten Uta fortgeführt. Die hatte ja bei der Unsterblichkeit der Seele ihrer ungeborenen Kinder geschworen, das Pergament zu hüten, bis eines Tages der Bote einer Königin kommen würde, um es einzufordern. Mancher Aberglaube hält sich eben hartnäckig bis in unsere Tage.

Sicher ist nur so viel: Als Forchheim während des Dreißigjährigen Krieges belagert zu werden drohte, hat eine andere Uta aus der Familie des jüngeren Bruders das Pergament an einem sicheren Ort versteckt. Einen Hinweis darauf, wo es zu finden war, hatte sie wiederum an einer ganz bestimmten Stelle der Festungsmauer verborgen.

Es gab damals nämlich in der Mauer einen Abschnitt, in dem ein Spruch eingemeißelt gewesen sein soll: *Forchemii natus est Pontius ille Pilatus Teutonic gentis, crucifixor omnipotentis* – »zu Forchheim ist jener Pilatus deutscher Abstammung geboren, der Kreuziger des Herrn.« Dort, hinter einem Stein – ich vermute ja, es war der mit dem Wort Pontius, aber genau hat das mein Vorfahr Georg dummerweise nicht niedergeschrieben – soll diese Uta nun ihren Hinweis abgelegt haben. Mein Vorfahr will sie dabei beobachtet haben, konnte jedoch nicht nachschauen, weil die Stadt dann wirklich belagert worden ist und vor der Festungsmauer ja die Feinde standen. Während der Kriegshandlungen muss er ebenfalls getötet worden sein. Denn ich konnte nichts weiter über ihn finden. Die Steine mit dem Satz sind aber seit Beginn des 19. Jahrhunderts verschwunden.

Ich begann also, Uta zu beschatten.

Eines Tages beobachtete ich sie dabei, wie sie jeden Millimeter der Festungsmauer untersuchte. Sie fuhr mit den Fingern an den Steinen entlang, rüttelte an ihnen, drückte oder trat dagegen. Ich wusste natürlich sofort, warum sie das tat, und blieb ihr immer auf den Fersen. Sie bemerkte es nicht.

Ich würde nun nicht sagen, dass Uta die Intelligenteste ist. Doch sie hat tatsächlich geschafft, woran alle anderen gescheitert sind. Eines Tages hatte Uta die richtige Stelle gefunden. Dummerweise war es schon dunkel, und ich konnte von meinem Beobachtungsposten aus nicht genau erkennen, welche es war. Aber ich sah es an der Art, wie sie heimging, wie ihre Hüften hin- und herschwangen gleich denen einer Frau, die zu einem neuen Liebhaber geht.

Ich habe mir also Uta geschnappt. Sie wollte und wollte mir nichts sagen. Sie behauptete stur, sie habe nichts gefunden, glaube diese ganze Geschichte sowieso nicht. Diese Weiber lügen und betrügen aber so was von unverschämt! Und das seit Generationen!

Sie verstehen sicher, dass sie die Strafe verdient hat. Ich konnte es nicht riskieren, dass sie weiterforschte. Den richtigen Stein finde ich schon noch, jetzt, wo ich ungefähr weiß, wo ich suchen muss.

Forchheim, 18. März 1077

Der kleine Mann trat unglücklich von einem Fuß auf den anderen. Es war nicht heiß in der Residenz des Bischofs, er hatte aber trotzdem Schweißtropfen auf der Stirn. Bischof Rupert von Bamberg musterte seinen Besucher mit umwölkter Stirn: »Wo hast du das her, Georg vom Pflegnushof, sprich – und versuche nicht, mich zu belügen. Wo ist das Siegel?«

»Der Brief hatte kein Siegel. Aber ich weiß genau, es ist die Handschrift von Königin Adelheid.«

»Nenn diese Frau nicht Königin!«, donnerte Rupert von Bamberg. »Dieser Rudolf ist kein rechtmäßiger König. Unser wahrer König heißt Heinrich. War da noch mehr? Ein Pergament zum Beispiel?«

Der kleine Mann senkte den Kopf und fiel auf die Knie. »Verzeiht, Herr. Aber ein einfacher Mann wie ich, wie soll der all die Könige auseinanderhalten? Nein, mehr war da nicht. Ich dachte, Ihr wüsstet schon, was damit zu tun ist.«

»Du bist sicher, da war nicht mehr?«, hakte der Bischof scharf nach.

»Bestimmt nicht, Herr!« Der kleine Mann wirkte wie ein Häuflein Elend.

»Und weißt du, was in diesem Schreiben steht?«, fragte der Bischof etwas huldvoller, aber sein Blick war lauernd.

Der kleine Mann schüttelte den Kopf. »Nein, Herr. Ich kann nicht lesen, Herr.«

»Erhebe dich. Das hast du brav gemacht, Georg. Es soll auch dein Schaden nicht sein. Ich höre, du willst eine Backstube einrichten und dein Weib erwartet ihr fünftes Kind.«

Der kleine Mann nickte.

»Gut, dann werde ich dir die benötigten Mittel zukommen lassen.«

Der kleine Mann erhob sich, sichtlich erleichtert. »Danke, Herr, ich danke Euch. Wie soll ich Euch nur danken?«

»Gut, gut«, erwiderte Rupert von Bamberg und winkte ab. Er wirkte jetzt schon fast fröhlich. Zumindest, soweit seine scharfen Gesichtszüge und das schmallippige Lächeln diesen Schluss zuließen. »Geh jetzt.«

»Herr, ich danke Euch«, wiederholte der kleine Mann, während er den Raum rückwärts und unter vielen Verneigungen verließ.

Draußen grinste Georg erleichtert. Das hatte er wirklich schlau eingefädelt. Am liebsten hätte er dem Bischof seinen Fund unterschlagen. Doch er war sich nicht sicher, ob nicht noch jemand von diesem Brief wusste, ihn vielleicht beobachtet hatte, wie er ihn aufhob. Derjenige hätte ihn am Ende noch an den Bischof verraten können. Rupert war dafür bekannt, dass er nicht viel Federlesens machte, wenn jemand versuchte, ihn zu hintergehen. Ein Körper ohne Kopf konnte mit einem Schatz auch nichts mehr anfangen. Doch es war *sein* Schatz, seiner, nicht der des Bischofs. Er würde ihn an niemanden abtreten. Nein, Rupert von Bamberg ahnte nicht, dass er nur eine Kopie des Briefes in Händen hielt, die Gier hatte seinen Blick getrübt. Vielleicht hatte er die Schrift Adelheids von Schwaben aber auch noch niemals gesehen. So musste es sein. Er hatte Ruprecht genau beobachtet. Da war kein Zweifel an der Echtheit des Schreibens gewesen, nur der Blick eines Mannes, der glaubt, einen anderen für dumm verkaufen zu können. Georg grinste erneut. Er konnte sehr wohl lesen und schreiben, auch wenn das für einen Mann seines Standes nicht üblich war. Und er hatte den Brief Buchstaben für Buchstaben sorgsam abgemalt. Bis auf vier wesentliche Sätze: *Ich habe es einer langjährigen Vertrauten mit dem Namen Uta übergeben. Sie lebt in Forchheim. Sende einen vertrauenswürdigen Boten an sie, und sie wird es ihm gegen das Losungswort »Pilatus« aushändigen. Uta wird über die ganze Angelegenheit schweigen. Sie hat mir bei der Unsterblichkeit der Seele ihrer ungeborenen Kinder geschworen, das Pergament zu hüten, bis der Bote kommt und es von ihr fordert*, hatte Adelheid geschrieben. Ja, diese Sätze fehlten in der Kopie. Der Bischof wusste deshalb nicht, was Georg wusste: Uta hatte das Pergament. Diese Dahergelaufene, die sein jüngerer Bruder unbedingt heiraten wollte. Nichts und niemand hatte ihn davon abbringen können, er war dieser Hexe verfallen. Doch er, Georg, war nicht blind vor Liebe. Er würde ihr das Pergament abnehmen. Sie war zu dumm, konnte ohnehin nichts damit anfangen. Heute noch würde er mit ihr reden, sie lebte schließlich mit dem Bruder zusammen in seinem Haus. Also gehörte auch das Pergament ihm. Er würde es bekommen. Um jeden Preis. Im Zweifel musste er eben aus Uta herausprügeln, wo sie es versteckt hatte.

Als er allein war, sah sich der Bischof das Schreiben noch einmal gedankenverloren an. Er musste an das Pergament kommen. Er würde sofort unter einem Vorwand zu König Heinrich reisen und versuchen, dessen Gattin Bertha auszuforschen. Dann gab er einen Befehl. Dieser kleine Bäcker musste verschwinden.

Der Bischof von Bamberg fand das Pergament nie.

Forchheim, 22. Mai 2014

Sie kamen im Morgengrauen und brachen die Tür auf, bekleidet mit Helmen und Schutzanzügen, als wäre ich der Leibhaftige selbst. Sie sagten, ich hätte Uta ermordet. Meine DNA habe sich an ihrem Körper gefunden, nachdem man sie aus der Wiesent gefischt hatte. Ich stritt alles ab. Sie verhafteten mich trotzdem.

Meine Antwort war Schweigen. Egal, was sie auch sagten, egal, wie sie auch versuchten, mich aus der Reserve zu locken. Sagen Sie selbst, was hätte ich tun sollen? Am Ende wäre mir noch die ganze Geschichte herausgerutscht, dann hätte es womöglich noch weitere Schatzsucher gegeben. Das konnte ich nicht zulassen.

Sie verurteilten mich wegen Totschlags zu sieben Jahren. Ich bekam sogar mildernde Umstände. Weil Uta mich doch verlassen hatte. Das hatte mein Pflichtverteidiger herausgefunden und vorgebracht. Wenn ich aus dem Gefängnis komme, bin ich noch jung genug, um mich zu verheiraten, einen Sohn zu zeugen, den wir Georg nennen werden, und weiter nach dem Versteck des Schatzes der Herzogin von Schwaben zu suchen. Mit dem Erlös aus dem Verkauf werde ich unsere Bäckerei zurückkaufen.

Nürnberger Nachrichten, 19. Dezember 2014

Forchheim – Georg Bäcker, jener Forchheimer, der erst vor einigen Wochen wegen des Totschlags an seiner ehemaligen Geliebten zu sieben Jahren Gefängnis ohne Bewährung verurteilt wurde, ist nun selbst einem Verbrechen zum Opfer gefallen. Dies teilte die Polizei mit. Er wurde in der Haftanstalt während eines Streits von einem Mithäftling erstochen. Laut Polizeimeldung ging es dabei um eine Zigarette. Die Leitung der Haftanstalt untersucht derzeit, wie das Messer ins Gefängnis eingeschmuggelt worden sein könnte.

Sunil Mann

Winterkalt

Als ich eintrete, hebt der alte Mann im Bett sofort den Kopf, und vage flackert eine Erinnerung auf. Sekundenlang starre ich ihn an, doch das Bild ist zu verschwommen, entgleitet mir gleich wieder, und während ich auf ihn zugehe, überzeuge ich mich davon, ihn noch nie gesehen zu haben.

Er mustert mich und richtet sich dabei ächzend auf, helles Neonlicht und dieser typische Geruch nach Desinfektionsmittel und Pfefferminztee. Blumen auf dem Nachttischchen und Genesungskarten, eine Packung Pralinen lehnt ungeöffnet an der Vase. Der Mann runzelt die Augenbrauen und schüttelt den Kopf, ganz leicht nur, und ich räuspere mich entschlossen, bevor ich mich auf den Stuhl neben seinem Bett setze.

»Also?«

Irritiert sieht er mich an, meine Frage bringt ihn aus dem Konzept, während seine Lippen bebend den Satz zu formulieren versuchen, den er noch gar nicht zu Ende gedacht hat. Doch so weit lasse ich es nicht kommen, die Lebensgeschichten interessieren mich nicht.

»Sie haben mich kommen lassen.«

»Ja … natürlich.« Noch einmal blickt er mich prüfend an, bevor er die Hand unter der Bettdecke verschwinden lässt und mit zittrigen Fingern einen Umschlag hervorholt. Doch er übergibt ihn mir nicht direkt, sondern schiebt ihn über das gestärkte Leintuch in meine Richtung, vorsichtig, seine Hand zuckt zurück, als ich nach dem Kuvert greife, so als verlöre der Pakt seine Gültigkeit, wenn wir uns berühren. Er nickt auffordernd und beobachtet jede meiner Bewegungen aufmerksam, während ich den Inhalt des Umschlags überfliege – und als ich die Fotos und das Geld in das Kuvert zurückstecke, sieht er fragend zu mir auf. Ich deute mein Einverständnis mit einer kaum wahrnehmbaren Kopfbewegung an, und er lächelt erleichtert. Einen Augenblick lang scheint es, als wolle er mir doch noch eine Frage stellen, aber dann sinkt er erschöpft in sich zusammen, wie wenn ihn unser Treffen alle Kraft gekostet hätte. Unerwartet legt er jetzt seine Hand auf meine, er drückt sie leicht, schließt die Augen dazu. Hastig entziehe ich mich ihm und verlasse grußlos den Raum.

Die Situation ist mir vertraut: der muffige Geruch des Alters, der den Raum bis in den hintersten Winkel erfüllt und unbarmherzig vom nahenden Ende kündigt, Schläuche, durch die das Leben und die Hoffnung farblos in dürre Arme tröpfeln. Auch diese Verbitterung, die sich unlöschbar in Gesichtszüge eingeätzt hat, habe ich zur Genüge gesehen, die Verzweiflung darüber, dass man die Zeit nicht anhalten kann. In wässrigen Augen die schwelende Angst vor dem, was kommen wird, dem Ungewissen, hin und wieder das Bedauern über falsche Entscheidungen und längst Verjährtes. Und dann der scharfe Atem der Rache. Das letzte Aufbegehren, trotzig und uneinsichtig der Wunsch, dieser Welt ein Stückchen Gerechtigkeit widerfahren zu lassen, eine subjektive Gerechtigkeit ist das stets, und manchmal bringt sie sogar den gewünschten Frieden. Meistens jedoch nicht.

Das ist der Punkt, an dem ich ins Spiel komme. Ich biege die Vergangenheit zurecht, bin die Verlängerung ihrer Arme, eine Art Testamentsvollstrecker. Ich erledige, was sie nicht alleine schaffen. Diskret, schnell, nicht ganz billig, aber in jedem Fall professionell. Eine beinahe hundertprozentige Erfolgsgarantie und keine Spuren.

Nur wenn es unumgänglich ist, höre ich mir ihre weinerlichen Geschichten an, das Lamentieren über ungenutzte

Möglichkeiten, die Gründe, weshalb ich gerufen worden bin, doch eigentlich ist mir das egal. Alles, worauf ich aus bin, ist der Auftrag, der Rest lässt mich kalt. Gefühlsduseleien sind mir zutiefst zuwider.

Mein Therapeut sagt, ich wäre nicht fähig, Emotionen zuzulassen, und litte unter Bindungsangst. Doch in meinen Augen qualifiziert mich gerade das für diesen Job.

Der Linoleumboden quietscht unter meinen Schritten, als ich die Abteilung verlasse. Hell und freundlich ist das Klinikum Fürth, nichts deutet auf die dunklen Gedanken hin, die hier eben gedacht, die fatalen Informationen, die verstohlen weitergegeben worden sind.

Ein milder Frühlingstag erwartet mich, als ich aus dem Gebäude trete. Vogelgezwitscher, süßlicher Blütenduft in der Luft. Ich werfe einen kurzen Blick auf die ehemalige Kinderklinik zu meiner Linken, ein düsteres Hochhaus, das dem Abriss geweiht ist, und mir wird plötzlich flau in der Magengegend, mein Puls geht schneller, vielleicht, weil ich schon zu viel Kaffee getrunken habe. Mit einem Mal will ich nur noch weg von hier.

Nach einem kurzen Spaziergang geht es mir wieder besser, und ich setze mich ins *Kulturforum*, auf die Terrasse unter den blühenden Bäumen, bestelle eine Kirschschorle und blicke gedankenverloren auf die munter gurgelnde Rednitz, bis die Bedienung das Getränk vor mich hinstellt. Erst dann hole ich den Umschlag aus meiner Umhängetasche, um die Fotos eingehend zu studieren.

Ein älterer Mann mit einem leicht überheblichen Zug um die Mundwinkel starrt mich an. Irgendwie kommt er mir bekannt vor, das ist mir vorhin in der Klinik beim Überfliegen der Unterlagen nicht aufgefallen, doch ich kann ihn nicht zuordnen. Meine Arbeit ist stets unpersönlich – selbst wenn meine Opfer da wohl anderer Meinung wären, bliebe ihnen die Zeit, sich eine zu bilden. Nur so kann ich professionell vorgehen; wäre mir dieser Mann tatsächlich bekannt, wäre das ein Hindernis. Kein unüberwindbares natürlich, doch ich mag keine Überraschungen bei der Ausübung meines Jobs. Vielleicht irre ich mich auch, beruhige ich mich, nachdem ich vergebens versucht habe, mich an ihn zu erinnern, doch das ungute Gefühl bleibt.

Mein Therapeut zu Hause in der Schweiz sagt, ich hätte die Tendenz, Tatsachen zu verdrängen und Unangenehmes auszublenden.

Trotzdem bin ich mir jetzt ganz sicher, dem Mann, der einen Steinwurf von mir entfernt sitzt, noch nie begegnet zu sein. Buschige Augenbrauen und eine gebogene Nase, die grauen Augen wach und kalt, der bereits erwähnte arrogante Zug um die Mundwinkel – an jemanden wie ihn würde ich mich bestimmt erinnern. Zudem habe ich Professor Alfons Drescher während der letzten fünf Tage ununterbrochen beschattet, um seine Gewohnheiten herauszufinden. Dabei wäre mir garantiert eingefallen, weshalb er mir im ersten Moment so vertraut vorgekommen ist.

Der Mann ist dreiundachtzig, aus dem Fenster geschmissenes Geld, würde wohl manch einer meiner Berufskollegen sagen, der beißt ohnehin bald ins Gras. Doch ich nehme die Wünsche meiner Klientel ernst, bei mir wird jeder Auftrag ausgeführt, darauf gründet mein Renommee. Keiner zu alt, ein Opfer zu sein, so mein Motto.

Professor Drescher lebt allein, seit er verwitwet ist; mit der Haushälterin, die dreimal in der Woche nach ihm schaut, verbindet ihn nichts Persönliches. Jeden Morgen um halb sechs steht er auf, macht seine Gymnastikübungen und besorgt sich nach einer Dusche in der Bahnhofsbuchhandlung die *Fürther Nachrichten*. Danach unternimmt er einen ausgiebigen Spaziergang im Stadtpark, um sich pünktlich um neun Uhr, wenn das Café im Park öffnet, eine heiße Schokolade zu gönnen, derweil er sich in die Tagesneuigkeiten vertieft.

Das Ticket fürs Stadttheater hat er sich erst vorgestern gekauft, ein Sitzplatz zuvorderst in Loge 7, die damit leider ausverkauft war. Doch nach dem genauen Studium des Sitzplans entschied ich mich für einen Platz in Loge 2 nahe der Bühne am Ende des ersten Ranges, der eine ausgezeichnete Sicht auf Professor Dreschers Sitzplatz versprach.

Und so ist es: Drescher scheint sich köstlich zu amüsieren, *Die Lästigen* von Molière wird an diesem Aprilabend geboten, und nach der Vorstellung steht er noch eine ganze Weile im Foyer herum, ein Champagnerglas in der Hand, und tauscht Floskeln mit Bekannten aus. Man kennt ihn, dennoch scheint es mir, man meide ihn. Nicht offensichtlich, immer wieder bleiben Leute in seiner Nähe stehen und wechseln ein paar Worte mit ihm, doch die Mienen bleiben steif, das Lachen wirkt oft aufgesetzt. Man geht dann auch rasch weiter, und manchmal kann ich ein diskretes Zucken der Mundwinkel beobachten, mit der eine Frau ihren Ehemann ansieht, während er sie zum Ausgang geleitet, ein kaum bemerkbares Hochziehen der Augenbrauen seinerseits.

Ich hätte in den letzten Tagen genügend Gelegenheiten gehabt, meinen Auftrag auszuführen, doch irgendetwas hindert mich daran, drängt mich, mehr über Drescher herauszufinden. Was genau, ist mir nicht klar, der Mann verwirrt mich, ein ungewohntes Gefühl für mich. Dennoch werde ich in nächster Zeit eingreifen müssen, der Auftraggeber will möglichst bald ein Resultat sehen. Und dieses wird wie immer keine Fragen offen lassen, man wird von Suizid oder einem tragischen Unfall ausgehen. So vermeide ich unnötige Nachforschungen und helfe den Behörden, Steuergelder zu sparen. Mein Therapeut weist gern auf meine pragmatische Seite hin, meine Umsicht in gewissen Dingen.

Als Drescher das Theater verlässt, folge ich ihm unauffällig. Kurz bleibt er unter dem Vordach stehen und schlägt dann den Heimweg ein, doch nach wenigen Schritten schon überlegt er es sich anders, er macht eine überraschende Kehrtwende – ich bin gerade die wenigen Stufen vom Eingang des Stadttheaters heruntergestiegen – und steht unvermittelt vor mir. Rasch ziehe ich den Kopf ein und nuschle eine Entschuldigung, doch er schiebt mich unwillig schnaubend zur Seite und schreitet zielstrebig an mir vorbei. Er verschwindet an der Ecke, und ich warte einen Augenblick, bevor ich ihm hinterherlaufe. Wegen einer Beinoperation als kleiner Junge, von der ich nur aus den Erzählungen meines Vaters weiß, hinke ich ein wenig, doch ich kann ihm mühelos folgen. Die befahrene Straße entlang, danach über den Königsplatz und links rein in die Gustavstraße.

Restaurants und Bars, manche in traditionellen Fachwerkhäuschen untergebracht, überall sind Leute, es wird gelacht, Musik dringt aus den Lokalen. Ich schlendere durch die Ausgehmeile der Stadt, um Drescher nicht misstrauisch zu machen, und plötzlich erfasst mich die Gewissheit, hier schon einmal gewesen zu sein. Doch das ist unmöglich, ich war noch nie in Fürth, meine Eltern sind nie aus der Schweiz rausgekommen, ich bin mir ganz sicher.

Verstört mache ich kehrt. *Bistro Galerie* steht über dem Lokal, das Professor Drescher vor wenigen Minuten betreten hat, große Fensterfront, dahinter sind runde Tischchen zu erkennen, Kerzen in leeren Weinflaschen, die Hängelampen über der Bar sind gedimmt. Die Stimmung drin ein bisschen Berliner Bohème, ein bisschen italienische Kaffeebar, die Tapas klingen spanisch, sind aber Weltklasse, wie ich mich überzeuge, während ich Drescher an seinem Fenstertisch nicht aus den Augen lasse. Ich schiebe mir gerade ein Stück des köstlichen Mandelhühnchens in den Mund, als dieser plötzlich aufschaut, doch sein Blick schweift über mich hinweg, er scheint mich nicht wiederzuerkennen.

Keine Besonderheiten an den beiden folgenden Tagen, aber noch immer zögere ich, meinen Auftrag zu Ende zu führen.

Am dritten Abend besucht Professor Drescher eine Kunstvernissage in der ehemaligen Kinderklinik. Kaum nähere ich mich dem Gebäude, befällt mich erneut ein beklemmendes Gefühl, das ich mir nicht erklären kann. Das längst nicht mehr für medizinische Zwecke genutzte Hospital erhebt sich sieben Stockwerke hoch und erinnert mit seinen wuchtigen Balkonen, die rings um die Fassade herum führen, entfernt an eine asiatische Pagode. Die Außenwände sind mit wilden Graffiti verziert, die Räume im Erdgeschoss an Kunstschaffende vermietet.

Ich belauere Drescher, während er immer wieder stehen bleibt und eingehend Gemälde und Installationen betrachtet, kurz am Ausschank verweilt und dann in der Werkstatt einer Fotografin verschwindet. Da die Ateliers zur Besichtigung offen stehen, zirkuliert das Publikum, Plastikbecher mit Weißwein in der Hand, und ich folge ihm mit etwas Abstand. Er besieht sich die Werke der jungen Frau und spricht sie dann unvermittelt an, ein angeregtes Gespräch entsteht, doch plötzlich hebt er den Kopf und fokussiert seinen Blick auf mich.

Ich lasse mir nichts anmerken und schlendere ohne Hast zum nächsten Raum weiter, derweil ich mich frage, ob er mich wiedererkannt hat. Wahrscheinlich schon, doch eben wirkte er keineswegs beunruhigt – eher neugierig, wenn ich seinen Gesichtsausdruck richtig gedeutet habe. Dennoch darf ich keine weitere Zeit mehr vergeuden, ich will meinen Auftrag erledigen, bevor er mich anspricht. Bevor es wirklich persönlich wird.

Jetzt tritt er aus dem Atelier, suchend blickt er sich um, und ich verziehe mich rasch im angrenzenden Zimmer, suche Schutz hinter einer grotesken Skulptur, und er geht vorbei, den Gang entlang, die Lippen zusammengepresst.

Unverzüglich nehme ich die Verfolgung auf. Drescher bewegt sich geschmeidig, kaum dass er die Leute berührt, zwischen denen er sich durchschlängelt, ich sehe ihn am Ende des Korridors abbiegen, auf die Aufzüge zu. Als ich dort angelangt bin, ist er schon weg, in den sechsten Stock meldet die Liftanzeige, ich drücke den Knopf, doch nichts geschieht.

»Nur für Befugte«, informiert mich ein junger bärtiger Mann im Vorbeigehen. »Man braucht einen Schlüssel.«

Während ich den Treppenaufstieg suche, frage ich mich, weshalb Professor Drescher befugt ist, weshalb er einen Schlüssel zum Aufzug besitzt, dann entdecke ich den Durchgang zum Treppenhaus am Ende eines verlassenen Korridors. Er ist abgesperrt, aber das Schloss rostig und alt, wie sich nach kurzer Überprüfung zeigt. Kein Mensch in Sicht, ich werfe mich zweimal dagegen, und knirschend springt die Tür auf.

Atemlos erreiche ich den sechsten Stock, doch von Drescher keine Spur. Ich suche nach dem Lichtschalter und finde ihn nicht, der Boden knarzt leise unter meinen Schritten.

Der Korridor ist düster, ein blassblaues Licht, das von außen kommt, schwebt in den ehemaligen Krankenzimmern und lockt Schatten aus den Ecken, durch die Fenster sieht man auf die glitzernde Stadt hinunter. Wunderschön, denke ich, und gleichzeitig wischt ein Erinnerungsfetzen vorbei, zu schnell, als dass ich ihn fassen könnte.

Mein Therapeut sagt, ich hätte nur eine bruchstückhafte Erinnerung an meine Kindheit, ein Trauma vermutlich. Ich überlege mir, nicht mehr zu den Sitzungen zu gehen.

Ich leuchte mit dem Handy in die Räume. In manchen herrscht Unordnung, aufgestapelte Kisten und herumliegende Objekte, achtlos liegen gelassen wie Kinderspielzeug, Spuren einer längst vergangenen Kunstaktion wahrscheinlich, andere sind leer bis auf das Waschbecken an der Wand. Eine Art Schleuse befindet sich vor jedem Zimmer, eine Eingangstür, die in einen schmalen Vorraum führt; dieser bietet höchstens Platz für eine Person, erst danach folgt der Zugang zum Krankenzimmer.

Ich trete ein und sehe mich um. Hell gestrichen die Wände, Kinderzeichnungen hängen daran, immer noch. Die Tür- und Fensterrahmen sind petrolfarben. Mit einem Mal weiß ich mit unumstößlicher Bestimmtheit, dass ich schon einmal hier gewesen bin.

Hier gelegen habe, vor langer Zeit.

Das Gefühl, keine Luft zu kriegen, alles dreht sich, eine Tür geht, eine zweite, in dem Moment, in dem ich falle, fängt mich jemand auf.

»Sie sind es … ich war mir nicht sicher. Das ist alles eine Ewigkeit her. Aber diese ungewöhnlich grauen Augen … und dann habe ich bemerkt, dass Sie hinken.«

Ich komme langsam zu mir und sehe Dreschers Antlitz über mir. Er hilft mir auf und klopft den Staub von meinem Jackett.

»Sie kennen mich?«

Er nickt, fasst die Hände hinter seinem Rücken und tritt ans Fenster. »Wir haben Sie hier behandelt. Vor vierzig Jahren?

Vielleicht etwas mehr. Sie waren drei, höchstens. Ein offener Beinbruch, sehr kompliziert, er musste operiert werden.«

Ich spüre die Narbe an meinem Schienbein, ohne sie zu berühren. »Und Sie erinnern sich nach all den Jahren ausgerechnet an mich?«

»Nun«, er räuspert sich. »Ihr Fall war, sagen wir: außergewöhnlich.«

»Weshalb?«

»Damals lief dieses … Experiment. Ich hielt es für eine bahnbrechende Idee, doch die Presse … der Skandal hat meinen Ruf für immer ruiniert. Die Fürther haben es bis heute nicht vergessen, obschon sie sich alle Mühe geben.«

»Worum ging es?«

»Die Kinder sollten in einer absolut keimfreien Umgebung genesen.«

»Ich verstehe nicht.«

»Ich war der Überzeugung, dass die Heilung schneller vorangeht, wenn die Patienten keinen Umwelteinflüssen ausgesetzt sind. Wir schotteten die hier behandelten Kinder richtiggehend ab, niemand durfte zu ihnen rein. Selbst den Krankenschwestern war es erst erlaubt, die Zimmer zu betreten, nachdem sie sich desinfiziert und saubere Kleidung angezogen hatten.«

»Deshalb die Schleusen.«

Professor Drescher lächelt.

»Hat es funktioniert?«

»Ich bin heute noch überzeugt davon, auch wenn mir die nötigen Erhebungen fehlen. Der Versuch wurde auf Druck der Öffentlichkeit abgebrochen.«

»Was war mit den Eltern?«

Drescher deutet auf den Balkon. »Wir haben Gegensprechanlagen installiert und Heizschlangen, sodass Besuche auch im Winter möglich waren.«

Ich blicke hinaus, und mit einem Schlag sehe ich alles überdeutlich vor mir: meine Mutter, die da draußen in der eisigen Kälte stand, mein Vater frierend neben ihr. Das Heizsystem defekt, trotzdem besuchte sie mich jeden Tag, eingehüllt nur in den dünnen Mantel von der Wohlfahrt, bei jedem Mal kam sie mir blasser vor, schwächlicher. Als nähme der Winter Besitz von ihr.

»Eine schwere Lungenentzündung«, erklärte mir mein Vater, als sie die Besuche zu sehr anstrengten, und seine Stimme klang blechern durch die Anlage zu mir rein. Von da an schienen mir die Tage endlos, ich vermisste ihr warmes Lachen, ihre Anteilnahme, die Lieder, die sie für mich sang. Abgeschottet lag ich in meinem Zimmer und manchmal fühlte ich mich so verloren und einsam, dass ich mich bange fragte, ob man mich vergessen hatte.

Als meine Mutter begraben wurde, lag ich immer noch isoliert im Spital. Mein Vater versank in Depressionen, denen er mit Alkohol beizukommen versuchte. Ich erinnere mich an die billige Flasche Rotwein auf seinem Nachttisch, ich erinnere mich an die Aufsichtsbehörden, ich erinnere mich an den Schmutz in unserer Wohnung und an sein Elend, als ich endlich heimdurfte, ich erinnere mich an alles. Auch an das nette Schweizer Paar, das mich eines Tages abholte und sagte, es sei zu meinem Besten, an die Tränen meines Vaters und mein Herz, das so schwer wurde, dass ich das Gefühl hatte, nie mehr froh werden zu können.

»Es ist die Kälte«, sage ich und halte meine flache Hand gegen das Fenster. »Die Kälte jenes Winters, die ich nie mehr losgeworden bin.«

Lange sitze ich an seinem Bett und betrachte ihn. Er schläft, und jetzt erkenne ich die Ähnlichkeiten in seinem Gesicht, die Nase habe ich von ihm, dieses Grübchen im Kinn. Noch immer sehe ich Professor Dreschers verblüfften Blick vor mir, als ich ihn gepackt und auf den Balkon rausgezerrt habe. Sechs Stockwerke freier Fall, man wird von einem Suizid ausgehen. Ich streichle über den fleckigen Handrücken, spüre die Venen darauf, die dünne Haut, ihm bleibt nicht mehr viel Zeit. Dann küsse ich ihn auf die Stirn und stehe auf, Gefühlsduseleien sind mir zutiefst zuwider. An der Tür blicke ich ein letztes Mal zurück, als er plötzlich die Augen aufschlägt. Sie sind grau – wie meine.

»Du bist zurückgekommen!«, sagt mein Vater und lächelt glücklich. »Endlich.«

Renate Klöppel

Die Abrechnung

Die schlanke Frau im schwarzen Bikini war ihm schon aufgefallen, als sie oben auf der Galerie erschienen war. Unschlüssig hatte sie auf das Schwimmbecken herabgesehen, ehe sie sich endlich für die Treppe über der Grotte entschied, die sie viel zu langsam herunterschritt. Sie war eine von denen, die sich sonst nie in ein Hallenbad verirrten. In den langen Jahren als Schwimmmeister in der *Fackelmann-Therme* hatte er einen Blick für seine Badegäste bekommen. Unten stand sie mit zusammengepressten Lippen, sie schien etwas zu suchen, ehe sie plötzlich und anscheinend in Eile den Raum durchquerte. Sie bewegte sich dabei auf den Fersen, die Zehen nach oben gereckt, als habe sie Angst vor Fußpilz. Am Drehkreuz zum Sportbad ging sie dicht an ihm vorbei, und er sah die blasse, fast weiße Haut und die dunklen Augen. Ihr Gesicht war ihm bekannt, nicht so, wie es jetzt war, aber so, wie es früher einmal ausgesehen hatte. Die Querfalten auf der Stirn: Schon in der Schulzeit hatten sie sich abgezeichnet, wenn sie mit überheblicher Miene die Augenbrauen hochgezogen hatte. Endlich fiel ihm ihr Name ein: Sonja. Bis zur zehnten Klasse waren sie gemeinsam zur Schule gegangen, dann hatte er das Gymnasium mit einem Zeugnis verlassen müssen, das alle seine Träume für die Zukunft zunichte machte. Ein paar Ausbildungen hatte er begonnen und wieder abgebrochen, bis er in der Hersbrucker Therme als Schwimmmeistergehilfe begonnen hatte. Längst hatte er die Meisterprüfung abgelegt, aber stolz war er auf seinen Beruf nie gewesen. – Eine Weile beobachtete er sie noch, ehe er in die Schwimmmeisterkabine ging und einen Blick auf den Monitor warf, auf dem er alle

Becken überblicken konnte. Um diese Zeit begann sich das Bad zu leeren.

Vor einer Stunde war Sonja in Hersbruck angekommen. Sie war durch die Altstadt gegangen wie durch eine fremde Stadt. Den Biergarten beim unteren Markt hatte es früher noch nicht gegeben, auch nicht die Fußgängerzone, nicht die vielen Straßenlokale. Keine Frage, Hersbruck war schön mit seinem Schloss, mit den alten Fachwerkhäusern, den Stadttoren, den Mühlen an der Pegnitz und den Giebelhäusern mit Hopfenaufzügen und mit den Gauben in den spitzen, mit Biberschwanzziegeln gedeckten Dächern. Hersbruck war noch schöner geworden, seit sie es vor dreißig Jahren verlassen hatte.

Als der Tag des Treffens nähergekommen war, hatte sie das Album mit den Klassenfotos aufgeschlagen, die Jahr für Jahr auf der Außentreppe zur Aula des Paul-Pfinzing-Gymnasiums aufgenommen worden waren. Sie hatte in ihrer Erinnerung nach den Namen ihrer Klassenkameraden gesucht, auch ein paar gefunden, doch die Gesichter, die zu den Namen gehörten, waren die von halben Kindern. Wie der Kury, der schöne Klassenlehrer ihrer letzten Schuljahre, heute wohl aussah?

Das Treffen in der Therme war eine Herausforderung mit ungewissem Ausgang. Auf den Tag genau dreißig Jahre waren vergangen, seit die ganze Klasse bis zum Morgengrauen im längst geschlossenen Strandbad an der Pegnitz mit viel Alkohol das überstandene mündliche Abitur gefeiert hatte. Friedemann Kury war dabei gewesen. Die Therme auf diesem Gelände, wo jetzt das erste Treffen nach dem Abitur stattfinden sollte, hatte es damals noch nicht gegeben.

Sonja war spät am Ziel angekommen. Sie hatte auf keinen Fall die Erste sein wollen, das hätte ihr den letzten Rest ihrer üblichen Sicherheit geraubt. Sie war es gewohnt, selbstbewusst aufzutreten. In zwanzig Jahren als Ärztin hatte sie unzählige Entscheidungen treffen müssen und nicht zugelassen, dass sie in Zweifel gezogen wurden.

Lange hatte sie auf der Galerie gestanden und auf die beiden Wasserbecken hinuntergeblickt, deren Ränder geschwungen waren wie die von Muscheln. Alles war blau, die Liegen, das Licht in den Becken, die Bänke unter dem Wasser. Blaue Lichter spiegelten sich in der großen Glaswand, die das Drinnen vom Draußen trennte, dahinter in der Dunkelheit ein anderes Becken: matte Lichter im Wasser, darüber Nebelschwaden. Schließlich war sie die Treppe hinuntergeschritten, auf das Wasser zu, das jetzt rot wurde und in Bewegung geriet, als wäre ein Vulkan aus Luftblasen unter der Oberfläche ausgebrochen.

Unten war das Rauschen noch lauter, ein Lärm, der sie irritierte. Ein paar Menschen schwammen in den Becken, aber niemand, den sie kannte. Die dort badeten, waren zu alt oder zu jung. Die Lichter wurden jetzt wieder blau, das Wasser wie fluoreszierend in ihrem Schein. Sie ging weiter, kam durch ein Drehkreuz in eine andere Halle. In dieser Schwimmhalle war es weniger heiß. Hier schwebte über einem geschwungenen Becken eine Betondecke, die nur durch zwei schlanke Säulen gestützt aus einer Wendeltreppe herauszuwachsen schien. Sonja suchte nicht länger nach bekannten Gesichtern und stieg in das Trainingsbecken, das hinter dem anderen Becken lag. Dreißig Bahnen würde sie schwimmen, eine Bahn für jedes Jahr, das seit dem letzten Zusammentreffen mit Friedemann vergangen war.

Als er die Schwimmmeisterkabine wieder verlassen hatte, sah er Sonja ihre Bahnen im Sportbecken ziehen. Sie schwamm nicht schnell, nur verbissen, als trainiere sie für irgendetwas.

Warum war sie nach Hersbruck zurückgekehrt, warum war sie hier? Er sah ihr eine Weile zu, dann ging er hinaus zum Außenbecken. Vier oder fünf Menschen waren noch hier draußen, ihre Gesichter verschwommen in den Nebelschwaden über dem Wasser und nur spärlich beleuchtet vom gelblichen Schein der Unterwasserlampen. Wo die Düsen im dicken Strahl Abertausende feiner Luftbläschen ins Becken bliesen, war das Wasser wie weiße Gischt, alles weiß, alles sprudelnd, als würde das Wasser kochen. Er ließ sich Zeit, ehe er in die Wärme der Schwimmhalle zurückkehrte. In der letzten Stunde des Arbeitstages rückten die Zeiger der Uhr besonders langsam weiter.

Als er wieder nach Sonja sah, stieg sie eben aus dem Trainingsbecken. Sie hielt ihren Kopf sehr aufrecht. Wie ein dünner Stock sah sie aus, als sie auf das Erlebnisbecken zuhielt. Neben dem Strömungskanal blieb sie abrupt stehen. Ihr Blick hing an einem Mann mit einer roten Badekappe. Gewaltig wie ein schwarz behaartes Gebirge aus Fleisch ließ er sich von drei Schwimmnudeln gestützt durch den Strömungskanal treiben. Seine Oberarme hatten Ausmaße wie bei Kugelstoßern, und sein mächtiger Bauch tauchte so kahl und glatt wie eine weiße Düne aus den Wasserfluten. Als er Sonja bemerkte, klammerte er sich an den Rand und winkte ihr zu. Die beiden kannten sich. – Und er erkannte den Koloss. Er war ebenfalls in ihrer Klasse gewesen. Ulrich hieß er. Oder Udo? Was führte die beiden hierher?

Er hatte sich gewundert, dass er eingeladen worden war und war unsicher gewesen, was er davon halten sollte: Hatten sie ihm verziehen, oder war es nur ein Versehen gewesen? Oder wollten sie ihm einen späten Denkzettel verpassen? Doch dann hatte die Neugierde alle Zweifel zugedeckt.

Damals nach dem Abitur hatten sie ihn ihre Verachtung spüren lassen, und ihre Wut. Er allein war schuld gewesen, dass der Abiball abgesagt werden musste. Bis zuletzt hatte niemand gewusst, welchen Plan er schon Monate vor dem Abitur gefasst hatte: die Abizeitung als Kriegstribunal. Kein Wort des Dankes an die Lehrer, sondern eine Lehrerbeschimpfung, die seine Klassenkameraden mit in den Abgrund reißen sollte. Er stand zu dem, was er getan hatte, auch heute noch. Damals war er wie ein überhitzter Kessel vor der Explosion gewesen, und die Abizeitung das Ventil, das Schlimmeres verhindert hatte. Er war fett, auch damals schon. In ohnmächtiger Wut hatte er Jahr für Jahr ihre Hänseleien ertragen müssen, wenn er wie ein Mehlsack am Reck gehangen hatte und beim Laufen schon nach der ersten Runde mit Seitenstechen ausgeschieden war. Den Kury, ihren Klassenlehrer und Lehrer für Mathematik und Sport hätte er damals am liebsten erschlagen, wenn er es nur gekonnt hätte. Er war es gewesen, der ihn im Unterricht gnadenlos und mit voller Absicht dem Spott der anderen ausgeliefert hatte.

Eines Tages hatte er die Idee mit der Abizeitung gehabt. Er hatte darauf hingearbeitet, für die Redaktion verantwortlich zu sein, und niemand hatte ihm diese Aufgabe streitig gemacht. Dann, als alles fertig war und niemand mehr etwas korrigieren würde, hatte er seinen und etliche andere Artikel umgeschrieben. Die meisten Hefte waren schon verteilt, als die Schulleitung den Rest konfisziert und die Abifeier verboten hatte.

Sie waren der einzige Jahrgang des Gymnasiums, der sich nach der Zeugnisübergabe nie wieder getroffen hatte. Aus Wut über ihn? Aus Scham? Egal. Jetzt hatten sie ihn eingeladen. Sein Zorn auf die Mitschüler war längst verraucht, nur dem Friedemann Kury würde er noch immer nicht in die Augen sehen können. Der Stachel des Spottes saß zu tief in seinem Fleisch, um ihn jemals wieder loszuwerden. Noch heute überfielen ihn manchmal nächtliche Träume, in denen er sich im Zweikampf auf Leben oder Tod mit Kury verwickelt sah, aber niemals hatte er den Ausgang des Kampfes geträumt.

Er hatte Hersbruck gleich nach dem Abitur verlassen, hatte ein paar Semester studiert und war Geschäftsmann geworden, erst Makler in Nürnberg, dann in ganz Bayern und nun Chef einer europaweit agierenden Immobilienvermittlung. Sein Körperumfang, in maßgeschneiderten Anzügen zur Schau gestellt, signalisierte den Kunden Wohlstand und Stabilität.

Heute sah er den Kury schon wieder im Trainingsbecken seine Bahnen ziehen, wie so oft in den letzten Jahren. Er war ein großer Mann von etwa siebzig Jahren mit kantigem Gesicht und vollen grauen Haaren, einer von denen, die auf ihre Gesundheit achteten – und auf ihre Schönheit: Schwimmen, Massage, Sauna, jetzt auch Wellness, das ganze Programm. Einmal war er aus der Sauna gekommen, das Handtuch über der Schulter. Ohne Badehose. Wirklich ein Versehen? Oder wollte er sich zeigen? – Im eleganten Anzug wäre er in der Tat noch eine imposante Gestalt gewesen, doch im Schwimmbad offenbarte sich das ganze Elend des Alterns. Dünne Beine, flacher Po, hängende Schultern und die Haut mit Altersflecken gesprenkelt. In den langen Jahren als Schwimmmeister sah er die Menschen älter werden. Dieser Mann machte da keine Ausnahme. Früher war er Lehrer am Gymnasium gewesen. Die jungen Dinger, die er damals angebaggert hatte, waren seine Schülerinnen gewesen. Was er sonst noch mit ihnen angestellt hatte, war nie ans Licht der Öffentlichkeit gekommen.

Fünfhundert Meter war er wieder im Trainingsbecken geschwommen, sein normales Pensum dreimal in der Woche, seit er pensioniert war. Heute hatte er auf der äußeren Bahn eine schwarzhaarige Frau gesehen, und er war sich nicht sicher gewesen, ob er sie kannte. Mit angespannten und ruckartigen Bewegungen hatte sie das Wasser durchpflügt, als kämpfe sie gegen irgendjemanden oder irgendetwas. Normalerweise wäre er jetzt in die Sauna gegangen, aber die Einladung seiner früheren Klasse hielt ihn davon ab.

»Die unvergessliche Nacht im Strandbad nach dem Mündlichen jährt sich zum dreißigsten Mal. Anlass genug, uns dort wiederzusehen. Weil wir uns nicht auf den Wettergott verlassen wollen, treffen wir uns um 20.00 Uhr in der Therme. Ihre Klasse 13a.«

Ein Geschenkgutschein hatte dabeigelegen. Den brauchte er nicht: Er besaß eine Dauerkarte. Er hatte keine Einwände gegen ein Klassentreffen im Thermalbad gehabt, selbst eines in der Sauna wäre ihm recht gewesen. An dem Tag, als die Einladung gekommen war, hatte er sich nach dem Duschen lange im Spiegel betrachtet. Er war älter geworden, aber sein Körper konnte sich noch immer sehen lassen. Die muskulösen Beine, die drahtigen Arme, der flache Bauch: Es gab nicht viele Siebzigjährige, die eine so durchtrainierte Figur hatten wie er.

Er wölbte die Brust und zog den Bauch noch weiter ein. Es war jetzt an der Zeit, nach seinen früheren Schülern Ausschau zu halten. War auf der Einladung absichtlich kein Treffpunkt genannt worden? Das Ganze war wie ein Quiz, ein who is who der besonderen Sorte. Er mochte das. War das nicht sogar die Sonja gewesen, die eben so verbissen im selben Trainingsbecken geschwommen war? Jetzt, wo er sie neben dem Strömungskanal stehen sah, war er sich sicher. Sie beobachtete einen Kerl mit einem unglaublich fetten Bauch. Dieser Koloss musste auch einer vom Klassentreffen sein. Etwas war übel bei dem Gedanken an ihn. Richtig. Die Abizeitung. Jetzt erinnerte er sich an die widerwärtigen Beleidigungen mit einer Deutlichkeit, als hätte er sie erst gestern gelesen. Und an seine Wut. Udo hieß er, und er war der Urheber der Schmiererei gewesen, dieser schlaffe, träge Sack, dem jede Bewegung zuwider war. – Ganz anders die Sonja. Sie war einmal eine Schönheit gewesen, war es in gewisser Weise noch immer. Sie musste jetzt Ende vierzig sein und von Weitem sah sie aus wie eine nicht mehr ganz junge Tänzerin, nur ihre eckigen Bewegungen störten das Bild. Sie war eine von seinen Schülerinnen, die er früher an den schwülen Sommerabenden an der Pegnitz scheinbar zufällig getroffen hatte. Knapper Bikini, großer Busen und eine Taille, die er mit seinen Händen umfassen konnte. Sie war in ihn verliebt gewesen und hatte nichts dagegen gehabt, wenn er sie angefasst hatte. Hinter den Büschen an der Pegnitz hatten sie nebeneinander gelegen, und niemand hatte gesehen, wo seine Hand war. Und nicht, wohin er ihre führte. Beim ersten Mal war sie zurückgezuckt, als sie sein hartes Geschlecht fühlte. Sechzehn war sie gewesen. In dem Alter hatten die jungen Dinger doch längst Erfahrungen mit Männern. Ob das Kind, das sie damals erwartete, wirklich von ihm war?

In den langen Jahren als Schwimmmeister in der Therme war ihm noch nie ein solcher Mensch begegnet wie der, der eben am Beckenrand auftauchte. Er sah furchtbar aus, dürr wie ein Skelett und mit einer Haut wie Leder, die für seinen Körper zu weit geworden war. Nur sein Bauch wölbte sich wie ein Gummiball unter den dürren Rippen hervor. Am Brustkorb hatte er eine frische Operationsnarbe, einen leuchtend roten

Strich, der zwischen den Rippen vom rechten Schulterblatt unter dem Arm hindurch bis fast zum Brustbein reichte. Dass der überhaupt noch lebte! Noch ein Mensch, der nicht hierher gehörte. Er schien jemanden zu suchen.

Sie erkannten ihn nicht mehr. Als er kurz nach dem Abitur für den Wehrdienst gemustert wurde, hatte er vierundsiebzig Kilo gewogen, jetzt waren es noch fünfundvierzig. Den Rest hatte der Krebs gefressen. Er wusste, wie er aussah, er brauchte ja nur in den Spiegel zu sehen. Sein Gesicht war nicht einmal bleich, aber es war kein Gesicht mehr, sondern ein Schädel mit Haut darüber, sogar mit Muskeln. Über dem Kieferknochen traten sie übermäßig hervor: ein Kopf wie eine Birne und die Augen tief in ihren Höhlen. Nur der Bauch war dick und prall wie ein Ballon. Wasser war das, es kam von den Metastasen. Die Ärzte punktierten es ab, aber nach ein paar Tagen war es wieder da. Sein letzter Tag war nicht mehr fern. Ein Häufchen Asche in einer schmucklosen Urne, verscharrt irgendwo im Friedwald auf dem Johannesfriedhof: mehr würde von ihm nicht bleiben. Im Grunde genommen war er längst gestorben.

Er hatte den Krebs besiegen wollen, um jeden Preis. Seine behinderte Tochter brauchte ihn. Ihre Mutter hatte die schwere Geburt nicht überlebt. Nun, wenn er nicht mehr sein würde, wartete auf sie ein Pflegeheim, in dem sie, von der Welt vergessen, dahinvegetieren würde. Ihretwegen hatte er alles versucht, was jenseits der Schulmedizin Hilfe gegen den Krebs versprach: hyperbarer Sauerstoff, Chelattherapie und Orthomolekulare Therapie, Heilpilze und Pflanzenextrakte, Enzyme und Vitamin-C-Hochdosistherapie. Er hatte gespürt, wie es ihm unter der Behandlung besser ging, ja, er war sich sicher gewesen, dass er überleben würde, allen Prognosen der Ärzte zum Trotz. Doch dann war sein Geld zu Ende gegangen, und die Krankenkasse hatte die Kosten für die Therapien nicht übernommen. In diesem Augenblick hatte er gewusst, dass er den Kampf verloren hatte.

Er war dem Mann, der schwerkrank sein musste, mit den Augen gefolgt. Jetzt war er beim Erlebnisbecken stehengeblieben, wo die Wasserspeier rauschten. Er schien eine Frau zu beobachten, die unter der breitesten Düse stand und das Wasser auf ihren unförmigen Körper klatschen ließ. Sie war eine lächerliche Erscheinung: bunt geblümter Badeanzug, dazu eine rosa Badekappe mit komischen Rüschen. Der zu dick aufgetragene Lippenstift hatte genau die Farbe der Rüschen. Die Frau lächelte selbstzufrieden und blickte um sich, als fühle sie sich schön und suche nach bewundernden Blicken. Der Kranke rief ihr etwas zu, das sie nicht zu verstehen schien, denn sie sah nur für einen kurzen Moment in seine Richtung. Plötzlich hüpfte sie wie ein großer bunter Wasserball auf und ab und stieß spitze Schreie aus. Ihr Ausbruch galt Sonja und dem Koloss. Diese Frau mit den Rüschen auf dem Kopf gehörte also auch dazu. Es musste Hildegard sein, das brave Mädchen, das sich mit seiner schleimigen Art bei den Lehrern eingeschlichen hatte. Seit der sechsten oder siebten Klasse war er wütend auf sie gewesen. Hildegard, das leuchtende Beispiel. Und er war der Buhmann gewesen. Der Faule. Der Dumme. Einmal hatte sie bei einer Französischarbeit bei ihm abgeschrieben, weil sie die falschen Vokabeln gelernt hatte, und dann dieselben Fehler gemacht wie er. Er bekam die Sechs, weil er abgeschrieben haben sollte, und die feige Ziege hatte nicht zugegeben, dass sie es war, die geschummelt hatte. Er hätte sie dafür erwürgen können. Was wäre aus ihm geworden, wenn er damals für die Arbeit kein Ungenügend, sondern noch ein Ausreichend bekommen und in Französisch keine Fünf im Zeugnis gestanden hätte? Vielleicht wäre alles anders gekommen.

Eine Einladung zum Klassentreffen, endlich! Jahrelang hatte sie schon darauf gehofft. »Liebe Hildegard!« Wessen Schrift mochte das gewesen sein? Vielleicht steckte irgendein Rätsel dahinter, das in der Therme gelöst werden sollte? – Sie liebte Rätsel! Sie bedauerte sehr, dass sie die anderen nach dem Abitur aus den Augen verloren hatte. Vielleicht war sie damals zu sehr mit sich selbst beschäftigt gewesen. Als Jahrgangsbeste hätte sie alles tun können, aber alles war ihr zu wenig erschienen. Monatelang, ja ein ganzes Jahr, hatte sie damit verbracht, nach dem richtigen Weg zu suchen. Ein DAAD-Stipendium in Amerika oder in Kanada, ein Studium der Wirtschaftsmathematik an der ETH Zürich oder eines in Paris an der Sorbonne. Die eine Möglichkeit schloss die andere aus, und am Ende hatte sie nichts getan, als früh zu heiraten und vier Kinder – zwei Jungen und zwei Mädchen – in die Welt zu setzen und großzuziehen.

Mit Hildegard hatte er jetzt schon drei Schüler aus seiner alten Klasse entdeckt, und ihr Klassenlehrer, der Friedemann Kury, war gerade aus dem Trainingsbecken gestiegen. Sie mussten sich hier verabredet haben. Hatte sie der Kury in seiner blinden Eitelkeit hierher eingeladen, um sich den Jüngeren als gut erhaltener Siebzigjähriger in der Badehose zu zeigen?

Der Typ mit den roten Haaren und dem geröteten Gesicht eines Alkoholikers, der vorhin mit im Restaurant gesessen und zwei Flaschen vom Hersbrucker Edel-Pils in sich hatte hineinlaufen lassen, musste Markus gewesen sein. Mit dem Saufen hatte der schon als Fünfzehnjähriger begonnen. Markus hatte vor Faulheit gestunken und trotzdem das Abi bestanden, kein Wunder als Sohn eines Apothekers. Jetzt stelzte er im weißen

Bademantel zwischen den Liegen umher und gaffte die Leute an. Offenbar machte der sich daran, die anderen aufzuspüren. Ihn selbst hatte bislang niemand erkannt. Wer es nicht bis zum Abi schaffte, wurde zum Nobody, wurde vergessen.

Er beobachtete den roten Haarschopf, der noch so flammend war wie früher, und die Wut, die sich mit den Jahren in den hintersten Winkel seines Bewusstseins verkrochen hatte, wuchs zu einem Sprengsatz heran, der jeden Augenblick detonieren konnte. Früher war er dem Markus nachgelaufen wie ein winselnder Hund und hatte gemeint, sie wären Freunde, doch in Wirklichkeit war er nichts anderes gewesen als sein Lakai. In der zehnten Klasse, seinem letzten Schuljahr, hatte Markus ihm dann auch noch die Sonja ausgespannt. Reiche Eltern mit einem schönen Haus in einem Garten wie ein Park und zum sechzehnten Geburtstag eine Vespa Bravo. Da spielte es keine Rolle, dass Markus hässlich war. Aber jetzt war er in sein Reich gekommen, genau wie diese Hildegard, jetzt waren sie hier, wo er das Sagen hatte. Er wandte das Gesicht ab und entfernte sich langsam. Sie brauchten ihn nicht zu erkennen. Wenn es einen Ort gab, wo der ewige Versager endlich zum Gewinner werden konnte, dann hier. – Er hatte nicht daran geglaubt, dass er den beiden noch einmal so nahe kommen würde, nach all den Jahren.

Nach dem Bier im Restaurant fühlte sich Markus leicht und beschwingt. Eigentlich bevorzugte er Hersbrucker Dampfsud vom Fass, aber hier gab es nur Flaschenbier. Die Idee mit dem Klassentreffen in der Therme war trotzdem originell gewesen, wer auch immer sie gehabt hatte. Die wenigsten von seinen Klassenkameraden hatte er nach dem Abitur wiedergesehen, nur diejenigen, die in die Apotheke kamen, die er von seinem Vater übernommen hatte. Er hatte sie gefragt, ob sie auch zum Treffen kämen, aber niemand hatte davon gewusst. Es schien ein auserwählter Kreis zu sein, der sich hier einfand. Selbstverständlich gehörte er dazu. Wer heute wohl kommen würde? Oder war das Ganze doch kein lustiger Erinnerungsabend an die feucht-fröhliche Feier nach dem mündlichen Abitur, sondern nur ein Scherz?

Dies war sein erster Besuch in der Therme. Er hielt nichts von Wellness oder Sport. Ein Krimi im Fernsehen und dazu ein Bier reichten ihm, um die Probleme mit der Apotheke zu vergessen. Seit Jahren ging es abwärts mit dem Verdienst, trotzdem verlangten die Angestellten nach immer höheren Gehältern. Er würde weitere Kündigungen schreiben müssen.

Bislang war ihm kein bekanntes Gesicht begegnet. – Doch da hinten, der Fette musste der Udo sein! Sein Foto war vor ein paar Tagen groß in der *Hersbrucker* und in der *Nürnberger Zeitung* gewesen. Die Werbekampagne für seine Immobilienfirma hatte der sich richtig viel Geld kosten lassen. – Und die Schwarzhaarige neben ihm: War das nicht Sonja? Bei ihrem Anblick schlug sein Herz schneller. Sie war seine erste große Liebe gewesen, aber nach ein paar Monaten hatte sie ihm nur noch ihre Verachtung gezeigt. Sie war in ihren Lehrer verknallt gewesen.

Friedemann war da! In dem Augenblick, als sie Udo am Beckenrand begrüßte, hatte Sonja ihn entdeckt. Er kam aus dem Sportbad, und vielleicht war er schon im Trainingsbecken geschwommen, als sie selbst ihre Bahnen zog. Lächelnd ging sie ihm entgegen, er brauchte nicht zu sehen, was sie fühlte. Der Hass auf ihn, der seit dreißig Jahren in ihr nagte, war nicht verblasst, und das Wiedersehen ließ ihn noch heller auflodern. Der Anblick seines alt gewordenen Körpers verstärkte ihre Wut, bis sie vor ihr stand wie eine rote Wand.

Damals, als es passierte, war er neun Jahre jünger gewesen als sie heute, trotzdem ein alter Mann in ihren Augen. Ob er sich überhaupt noch an sie erinnerte? Von dem Kind, das sie damals erwartete, hatte er nichts wissen wollen. Er hatte sie zur Klinik gebracht und war noch stolz auf seine Unterstützung gewesen. Danach war sie nie wieder schwanger geworden, so sehr sie sich ein Kind gewünscht hatte.

Die Möglichkeit, Friedemann hier zu treffen, ganz nah, war ein Wink des Schicksals gewesen. Er schien nicht zu ahnen, was sie fühlte. Vielleicht hatte er längst vergessen, was damals geschehen war. Vielleicht glaubte er sogar, sie sei immer noch in ihn verliebt, so wie er sie angegrinst hatte.

Die da drüben zogen jetzt weiter zur Thermenwelt. Die Grotte schien ihr Ziel zu sein. Er warf noch einen Blick auf den Monitor, dann folgte er ihnen, ohne dass sie es bemerkten. Er lauschte den Stimmen, aber was er hörte, war belanglos. Es waren die immer gleichen Gespräche von Menschen, die sich nach langer Zeit wiedersahen. Sie breiteten ihre Leben voreinander aus – verheiratet oder nicht, Kinder oder nicht – und schilderten ihre berufliche Karrieren in leuchtenden Farben, jeder in Gedanken nur bei sich selbst. Sein Blick hing an Sonja. Ihr Gesicht war mit den Jahren noch kälter und unnahbarer geworden, schön war es immer noch, obwohl das Gespenst des Alters auch schon von ihr Besitz ergriffen hatte: Krähenfüße von ihren Augen bis zu den Schläfen, tiefe Furchen quer über ihrer Stirn und von den Nasenflügeln bis zu den Mundwinkeln scharfe Falten wie dunkle Striche. Sie starrte ihren alten Lehrer an, die anderen nahm sie kaum wahr. Sie hasst den Kury, dachte er, aber der schien es nicht zu bemerken. Vielleicht hielt er ihre Blicke für einen Flirt.

Hinter dem breiten Rücken des Bademeisters war er den anderen zur Grotte gefolgt. Sie brauchten ihn nicht zu bemerken. Ein Halbtoter verdarb jede Party. Erst als die anderen in ihre belanglosen Gespräche vertieft waren, stieg er ins Wasser und hielt sich mit abgewandtem Blick am Beckenrand fest. Es war ein Versuch gewesen, als er Hildegard einen Gruß zugerufen hatte, aber die Krankheit hatte ihm eine Totenmaske aufgesetzt, hinter der ihn niemand erkannte. Hildegard, die Brave, die Fleißige. Ob sie es zu etwas gebracht hatte im Leben? Wohl kaum. Sie war nur ein williges Anhängsel derer gewesen, von denen sie sich einen Vorteil versprach. Hier in der Grotte hatte sie wieder das mürrische Gesicht von damals aufgesetzt, das den anderen zeigen sollte, wie schlecht es ihr ging.

Sie hatte sich so auf das Treffen gefreut, doch jetzt klammerte sie sich an den Rand dieser künstlichen Grotte und versuchte vergeblich, sich Gehör zu verschaffen. Die Männer mit ihren viel zu lauten Stimmen übertönten ihre leisere. Warum hatten sie sich nicht in einem Lokal getroffen? Sie wusste nicht, was sie in dieser Höhle sollte, deren Dach aus künstlichem Sandstein sich über ihr wölbte wie der offene Deckel eines Sargs. Das Farbenspiel der Lampen unter der Wasseroberfläche war ganz nett, auch die Unterwassermusik. Trotzdem fühlte sie sich nicht wohl. Die Badekappe drückte, und die Träger ihres Badeanzugs rutschten immer wieder von ihren Schultern. Sie schwieg und lauerte auf eine Gelegenheit, sich zu verabschieden.

In diesem Augenblick erkannte sie den Bademeister. Vielleicht hatte er schon lange so gestanden und die Menschen in der Grotte beobachtet. Auch er war mit ihnen in einer Klasse gewesen. Seinen Namen hatte sie längst vergessen. Sie war froh gewesen, als er die Schule nach der zehnten Klasse verlassen musste. Was hatte sie ihm getan, dass er sie immer geärgert hatte? Gar nichts! – Die anderen schienen ihn noch nicht bemerkt zu haben. Warum gab er sich nicht zu erkennen? Er war es doch sicher gewesen, der die Einladungen verschickt hatte. Aber warum die Feindseligkeit in seinem Blick? Was führte er im Schilde?

Da hockten sie immer noch in der Grotte beisammen, als hätten sie den Gong nicht gehört. In fünfzehn Minuten würde das Bad schließen. Nur Hildegard hatte bei seiner Durchsage sofort die Grotte verlassen und war in Richtung der Duschen verschwunden. Der Markus mit dem Feuerschopf war bald gefolgt. Der Kranke war auch noch im Becken. Er spürte, wie sein Herz heftiger schlug. Und wenn sie nicht gehen würden, wenn er sie aufforderte? Wenn sie ihn erkannten und ihn nicht ernst nahmen so wie früher, wo war dann seine Macht? Sie hielten sich für etwas Besseres, weil sie studiert hatten, die besseren Jobs, ein eigenes Haus, eine Apotheke. Sie hatten noch niemals auf ihn gehört. Ausgelacht hatten sie ihn.

Als er sich anschickte, seinen letzten Kontrollgang zu machen, sah er den Koloss aus dem Wasser steigen. Jetzt waren sie noch zu dritt: der Lehrer, Sonja und der Kranke, den niemand zu kennen schien.

Er ging hinunter zu den weitläufigen Technikräumen, die sich unter dem Bad im Keller befanden. Der Anblick hier unten war vertraut und gespenstisch zugleich: die lange Reihe der Messgeräte, das Labyrinth der Rohre, die Ventile, die Stromkabel und die hohen Stapel mit weißen Säcken, in denen sich Filtersand befand. Noch dröhnten die Pumpen für die Unterwasserdüsen. Bald würde es hier ruhig werden. Ein letztes Mal an diesem Tag kontrollierte er, was ihm die Messgeräte anzeigten: ph-Wert, Wassertemperatur, Chlorgehalt des Wassers, Füllwasserstand der Filter. Hier unten war alles in Ordnung. Alles war auf größte Sicherheit ausgelegt. Das gefährliche Chlorgas lagerte im Außenbereich, und das kleinste Leck in der Leitung würde sofort Alarm auslösen.

Als er zurückkam, sah er niemanden mehr in der Grotte. Im ganzen Bad war es still geworden, alle Düsen waren abgestellt, und die Wasserflächen ruhten glatt und glänzend wie silberne Spiegel. Das Spiel der farbigen Lichter war stehen geblieben. Blau war jetzt alles. Doch in das leuchtende Blau in der Grotte hatte sich eine andere Farbe gemischt. Eine blutrote Spur zog sich durchs Wasser und zerfloss in roten Schlieren, die sich an ihren Rändern im Blau des Wassers verloren. Dann sah er die weiße Gestalt auf dem Grund. Bäuchlings lag sie dort unten, ein weißer Körper wie zerschnitten vom schwarzen Dreieck und dem Band des Bikinis, und das Haar umgab den Schädel wie ein schwarzer Strahlenkranz. Aus dem Hals quoll hellrotes Blut. Der Kranke stand neben der Grotte, reglos, mit einem Messer in der Hand. In diesem Augenblick erkannte er ihn.

Vor zwei Monaten war seine Krankenakte auf ihrer Odyssee durch die Instanzen auf Sonjas Schreibtisch beim Medizinischen Dienst der Krankenkassen gestrandet. Patient Harald Meister: Hatte Sonja wirklich nicht gewusst, dass es bei dem Krebskranken um ihn ging, um den Harry Meister, der sie jahrelang auf der Stange seines Fahrrades zur Schule gefahren hatte? Der ihr die Mathehausaufgaben zum Abschreiben gegeben hatte? Der für alle dagewesen war, wenn sie einen Freund brauchten? Er hatte sie ein letztes Mal sehen wollen – und sie erkannten ihn nicht einmal mehr. Hätte Sonja anders entschieden, wenn sie es gewusst hätte? Als er erfahren hatte, wer den ablehnenden Bescheid unterschrieben hatte, war es für ihn zu spät gewesen. Sein Schicksal war unumkehrbar geworden.

Thomas Kowa

Der Puma mit den drei Streifen

Für gewöhnlich bin ich nicht aus der Ruhe zu bringen, nicht einmal, wenn in China zwei Säcke Reis umfallen. Oder wegen mir auch drei. Doch jetzt gerade, in diesem Moment, konnte ich nicht anders, als ins Telefon zu brüllen. »Das kannst du mir nicht antun! Ich kündige!«

Als Antwort putzte Polizeipräsident Scholl sich erst einmal die Nase. Er trötete dabei, als sei er eine Kreuzung aus Mensch und Elefant. Vom Körpergewicht kam das auch hin, zudem schnäuzte er mit einer Seelenruhe ins Taschentuch, die bewies, dass er in seiner zweiundvierzigjährigen Beamtenlaufbahn noch jeden Bürostuhl durchgesessen hatte. »Du kannst nicht kündigen«, sagte er schließlich. »Wie wir alle hast du deine Seele an Vater Staat verkauft. Außerdem ist es nur für zwei Wochen. Und sie ist die Tochter des LKA-Chefs. Das ist quasi ein Befehl.«

»Und warum habt ihr sie nicht zu euch nach Nürnberg geschickt?«

»Hier ist viel zu viel los«, behauptete Scholl. »Am Wochenende sind die Krimischriftsteller in der Stadt, da kannst du dich vor Mord und Totschlag kaum retten.« Scholl seufzte theatralisch. »Euer letzter Mordfall liegt doch schon Jahre zurück. Also wird in den zwei Wochen auch nichts passieren. Gehst mit ihr in den Biergarten, gibst ihr eine ordentliche Maß aus, und alles wird gut. Glaub mir, sie ist bei euch am besten aufgehoben.«

Bei euch. Damit meinte Scholl Herzogenaurach. Ein schönes Städtchen, mitten in Franken gelegen, mit über tausendjähriger Geschichte. 1002 erstmals als Uraha urkundlich erwähnt, gehörte Herzogenaurach ab 1021 zum Bistum Bamberg, wurde 1804 erst preußisch, 1807 schließlich französisch und dann – und das war das Schlimmste von allem – 1810 bayrisch.

Und jetzt kam eine von denen direkt aus München zu mir und wollte mir zeigen, wie man ermittelte.

Drei Monate vor meiner Pensionierung.

»Und wann soll das sein?«, fragte ich, in der Hoffnung, dass die Dame irgendwann nach dem Sommer käme, wenn ich schon dem angenehmsten Teil eines Beamtenlebens nachging, nämlich dem Verschlemmen meiner Pension.

»Das hätte ich dir gern früher gesagt.« Scholl klang auf einmal sehr kleinlaut. Jedenfalls für eine Mischung aus Mensch und Elefant. »Sie sitzt schon im Auto. Hab das auch erst grad erfahren. Scheint eine sehr spontane Dame zu sein.«

Das war der Moment, an dem ich ein zweites Mal ins Telefon brüllte.

Kaum hatte ich ausgeflucht, meinen Schreibtisch aufgeräumt und die Akten mit den Handtaschendiebstählen der letzten zehn Jahre darauf platziert, schließlich musste ich die Dame irgendwie beschäftigen, klingelte auch schon mein Diensthandy. Wahrscheinlich fand die LKA-Tante den Weg nicht. Oder war im Adidas-Outlet verloren gegangen.

Wie von meinem brillanten Kriminalistenhirn erwartet, meldete sich am Telefon eine Frau. Es war jedoch unsere Regina aus der Zentrale. Und was noch ungewöhnlicher war, sie war so in Eile, dass sie mich nicht einmal begrüßte. »Du musst so schnell wie möglich in die Beyschlagsche Apotheke«, rief sie. »Da gab es eine Entführung! Der Täter ist flüchtig.«

Ich zögerte keine Sekunde, schnappte mir den Streifenwagen, schaltete das Blaulicht ein und stand zwei Minuten später vor der Apotheke in der Altstadt. Zu Fuß wäre es auch nicht langsamer gewesen, aber wenn in Herzogenaurach schon mal was passierte, mussten wir ja wenigstens Präsenz zeigen.

Die Beyschlagsche Apotheke war die älteste Apotheke der Stadt, 1831 gegründet, in einem malerischen Fachwerkhaus untergebracht. Als hätte es damals schon in Franken die Partei der Grünen gegeben, stand am Giebel des Hauses: *Der Herr lässt die Arznei aus der Erde wachsen, und ein Vernünftiger verachtet sie nicht.*

Genauso gut hätte der Spruch allerdings auch auf dem Gebäude direkt nebenan stehen können: dem Brauhaus. Denn auch hier praktizierte man im Grunde Naturmedizin, in Form der Biertherapie – eine außerhalb von Franken völlig unterschätzte Heilbehandlung, deren Wirksamkeit sich schon darin zeigt, dass man in Herzogenaurach erst 590 Jahre nach Etablierung des deutschen Apothekenwesens eine Apotheke für nötig befunden hatte.

Und ausgerechnet diese Apotheke war nun heimgesucht worden. Zum ersten Mal seit ihrem Bestehen.

Ich lief in den Laden. Hinter der mit Holz verkleideten Theke stand die Apothekerin, bleich wie eine Aspirin-Tablette. »Hallo, Gabriele«, begrüßte ich sie. In einem Ort wie diesem kannte nun einmal jeder jeden. »Was ist denn passiert?«

»Es war vor zehn Minuten«, antwortete sie. »Ein großer Mann ist hier hereingestürmt, eine Clownmaske auf dem Kopf. Er hatte eine Pistole und ist sofort auf Radka zu.«

»Radka?«

»Unsere neue Apothekenhelferin. Ein sehr zuverlässiges Mädel. Er hat ihr die Pistole an den Kopf gehalten und aus der Apotheke geführt. Die Arme.«

»Und der Täter hat nichts gestohlen?«

Gabriele schüttelte den Kopf. »Im ersten Moment dachte ich, er will bestimmt an die Betäubungsmittel aus dem

Tresor. Aber er hat sich nicht mal für die Kasse interessiert.«

»Ist dir sonst etwas an ihm aufgefallen?«

»Allerdings«, antwortete sie. »Der Kerl trug Nike-Turnschuhe.«

»Hier? In der Heimat von Adidas und Puma?«

Gabriele nickte. »Ich wusste gleich, mit dem stimmt was nicht.«

Ich notierte mir dieses unglaubliche Indiz. Aber noch etwas anderes machte mir Gedanken. »Und Radka ist einfach so mit ihm mitgegangen?«

»Was hätte sie denn machen sollen?« Gabriele blickte mich mit großen Augen an. »Wahrscheinlich dachte sie, so kann sie Schlimmeres verhindern, schließlich hatte er eine Pistole. Er ist dann mit ihr raus, in einen grünen, klapprigen Golf gestiegen und da lang gefahren.« Sie zeigte die Fußgängerzone entlang, in Richtung Türmersturm.

»Hast du das Kennzeichen notiert?«

Sie schüttelte den Kopf. »Aber als er ins Auto gestiegen ist, hab ich gesehen, dass unter seiner Clownmaske blonde Locken rausgeschaut haben. Und er hatte eine Einkaufstüte dabei, vom Drogeriemarkt um die Ecke.«

»Möglicherweise hat er die Maske dort gekauft«, erklärte ich. »Ich schicke dir gleich die Kriminaltechnik vorbei. Vielleicht finden die eine Spur.« Ich ließ mir ein Foto der Entführten geben. Radka war schwarzhaarig, hübsch, wahrscheinlich keine zwanzig.

Ich kam gerade aus der Apotheke, als ein pinkfarbener Z4 um die Ecke schoss, abrupt anhielt und absolut fachmännisch einparkte, exakt im absoluten Halteverbot. Die Frau, die aus dem Wagen stieg, sah aus wie ein Heidi-Klum-Klon: Lange, blonde Haare, weißes Blüschen, ein Minirock, kürzer als die Polizei erlaubt, jedenfalls hier in Herzogenaurach, und High

Heels so hoch wie das Turmspringerin-Denkmal vor dem Fehnturm. War das etwa die LKA-Tante?

»Hallihallo! Ich bin die Sandy«, rief sie und gab mir so schnell rechts und links ein Küsschen, dass ich ihr nicht mal Handschellen hätte anlegen können. »Die Kollegen auf der Wache haben mir erzählt, dass es eine Entführung gegeben hat«, flötete sie. »Ist ja total spannend! Und du bist bestimmt der Lothar.«

Ich nickte. Wenigstens machte sie keinen dummen Spruch wegen meines Vornamens. Wahrscheinlich nur, weil sie nicht wusste, welcher Lothar noch aus Herzogenaurach stammte.

»Und befragen wir jetzt die Zeugen?« Sandy holte ein pinkfarbenes Notizbuch aus ihrer pinkfarbenen Handtasche.

»Ist schon erledigt«, winkte ich ab. So jemanden konnte ich überhaupt nicht am Tatort brauchen. Wahrscheinlich würde sie sofort über die Kosmetikabteilung der Apotheke herfallen. »Die kriminaltechnischen Untersuchungen sind eingeleitet, später wird ein Phantombild erstellt, und das mobile Einsatzkommando ist auch schon in Bereitschaft. Für den Fall der Fälle. Wir haben hier also nichts mehr zu tun.«

Sandy zog eine Schnute wie eine enttäuschte Dreijährige. Gefühlsgestoppte fünf Sekunden später lächelte sie jedoch schon wieder. »Was hältst du davon, wenn wir uns ein nettes Café suchen und du mir bei einem Latte Macchiato erzählst, was du herausgefunden hast?« Sie blinzelte mich an. Selbst ihre Augenlider waren pink geschminkt.

Erst wollte ich Sandy für verrückt erklären, direkt nach dem Auftakt der Ermittlungen einen Kaffee trinken zu gehen, aber dann erkannte ich die Chance, sie so von dem Fall fernhalten zu können. Außerdem erfüllte der Kaffee aus der Maschine der Polizeiinspektion im Grunde den Straftatbestand der vorsätzlichen Lebensmittelvergiftung.

Also ging ich mit Sandy auf den Marktplatz gegenüber, und wir setzten uns ins *Café Cortina.* »Ist ja sehr putzig hier«, sagte sie. »Ich wusste gar nicht, dass es so schöne Dörfer in Bayern gibt.«

»Franken«, korrigierte ich sie. »Die Bayern haben die Berge und wir den Horizont.«

Sandy reagierte nicht, was den immens hohen Wahrheitsgehalt des Spruches mal wieder bestätigte. »Außerdem sind wir eine Stadt«, sagte ich. »Mit vierundzwanzigtausendfünfhundertachtundsiebzig Einwohnern.«

Sandy zuckte mit den Schultern. »Eigentlich wäre ich ja lieber nach Nürnberg«, erzählte sie, ohne dass ich sie danach gefragt hatte. »Aber dann hat dieser Herr Scholl mir erzählt, dort grassiere gerade die hochansteckende Hand-Fuß-Mund-Krankheit.« Sie schüttelte den Kopf. »Ich meine, wie können Hände und Füße denn bitteschön krank werden?«

Ich blickte ins Leere. Marie Curie, Mileva Einstein, wegen mir sogar Angela Merkel – alles hoch intelligente Frauen, nur hier und jetzt hatte ich leider ein etwas anderes Exemplar abbekommen.

Ich erklärte Sandy in knappen Worten den Stand der Ermittlungen und schlug ihr dann vor, heute ein wenig die Gegend zu erkunden. Schließlich sei sie gerade erst angekommen.

»Und was gibt's hier so Spannendes?«, fragte Sandy.

»Puma und Adidas stammen von hier«, antwortete ich. »Die haben tolle Outlets direkt um die Ecke.«

Entgegen meiner Erwartung schob Sandy die Mundwinkel nach unten. »Puma und Adidas. Ist ja voll doof.«

»Warum das denn?« Ich blickte sie erstaunt an.

»Na, schon mal High Heels von Puma gesehen?«

Ich schüttelte den Kopf.

»Eben.«

Ich seufzte. Es war, als kämen wir aus völlig verschiedenen Galaxien. »Das größte Unternehmen hier ist übrigens die Schaeffler-Gruppe«, erklärte ich. »Die haben das Nadellager erfunden.«

»Nagellack? Geil!«

Ich ließ Sandy in dem Glauben und bejahte sogar ihre Frage, ob es denn hier ein Nagellack-Outlet gebe. Wir machen ja alles für unsere Touristen, und etwas anderes war sie offensichtlich nicht. »Und Lothar Matthäus kommt auch noch von hier«, wagte ich einen letzten Versuch.

Auf Sandys Stirn bildete sich eine Denkfalte. Und dann noch eine. Vielleicht wurde das doch noch was mit ihr, jetzt wo sie ihr Gehirn eingeschaltet hatte. »Lothar Matthäus«, wiederholte sie. »Den kenn ich … Warte … Nix sagen … Hat der nicht das Matthäus-Evangelium geschrieben?«

Ich wollte gerade vor Scham im Boden versinken, als Sandy mich anblinzelte. »Nee, war ein Scherz. Ist ein Fußballer, oder? 1. FC Herzogenaurach, und dann noch ein paar unbedeutende Provinzclubs.« Sie lächelte verschmitzt. »Ach ja, und Weltmeister ist er auch noch geworden. Tragisch war aber vor allen Dingen, als er in seinem letzten Spiel für Borussia Mönchengladbach, beim Pokalendspiel gegen seinen künftigen Verein Bayern München, den entscheidenden Elfmeter in den Frankfurter Abendhimmel hämmerte. Am 31.05.1984. Das Spiel endete übrigens 7:6 für die Bayern.«

Mir blieb der Mund vor Erstaunen so offen stehen, dass die Herzogenauracher Turmfalken darin locker ihr Nest hätten bauen können. »Richtig, er war Fußballer …«, stammelte ich schließlich.

»Na hoffentlich kriegt der nicht auch mal die Hand-Fuß-Mund-Krankheit«, sagte Sandy und lächelte jetzt wieder, als sei sie das blonde Dummchen, das sie mir die ganze Zeit vorgespielt hatte, wahrscheinlich um meine Reaktion zu testen. »Und was machen wir jetzt wegen der Entführung?«, fragte sie. »Du hast doch nicht ernsthaft geglaubt, ich will hier shoppen?«

Ertappt schüttelte ich den Kopf. »Wir gehen zum Drogeriemarkt um die Ecke, von dem die Einkaufstüte des Täters stammt. Vielleicht ist dort jemandem etwas aufgefallen.«

Wir zahlten, liefen die wenigen Meter zum Laden und fragten dort eine Verkäuferin nach einem großen, blondgelockten Mann in Nike-Turnschuhen.

Sie blickte uns überrascht an. »So einer war hier, vor einer halben Stunde. Also das kann nur ein Auswärtiger sein, mit diesen Nike-Turnschuhen. Außerdem hat er Unmengen Haarfärbemittel gekauft. Alle in schwarz.«

Sandy lupfte eine Augenbraue. »Und alle von einer Marke?«

»So viel hatten wir gar nicht da. Ich glaube, er hat L'Oréal mitgenommen, Garnier und Glatzkopf.«

»Glatzkopf?« Sandy verzog ihr Gesicht, als sei sie in einen Kuhfladen getreten. Barfuß. »Das würde ich ja nicht mal verwenden, wenn ich tausend Euro dafür bekäme.«

»Gell!« Die Verkäuferin nickte. »Also ich finde auch, da werden die Haare total strohig …«

Und schon war ich mittendrin in einer Frauenfachdiskussion über Haarfärbemittel. »Männer!«, seufzte Sandy nach einer Weile. »Eine Frau würde niemals drei verschiedene Mittel kaufen. Und schon gar nicht von Glatzkopf. Wir wissen, was wir wollen.«

Ich musste an meine Frau denken und an die Berge von Schuhen, die sie daheim lagerte. Die könnten höchstens als Alpenersatz durchgehen, aber nicht als Beweis weiblicher Entscheidungssicherheit.

Es war Zeit, dass ich die Befragung wieder an mich riss.

»Hat der Mann hier auch eine Clownmaske gekauft?«, fragte ich.

»Eine Clownmaske?« Die Verkäuferin schüttelte den Kopf. »So etwas führen wir gar nicht.«

Da Sandy auch keine weiteren Fragen mehr hatte, bedankten wir uns und gingen die paar Meter zurück zur Apotheke.

Das dauerte eine Weile, weil Sandy jedes Schaufenster besichtigte und allerlei putzige Dinge entdeckte, die es in München anscheinend nicht gab. »Ui, guck mal, hier haben sie sogar einen Zirkus«, rief sie plötzlich und zeigte auf ein Plakat, das an der Tür der Apotheke hing. Ich hatte es bisher professionell übersehen, doch jetzt blickte ich genauer hin. Auf dem Plakat waren ein Clown, eine Trapezkünstlerin und ein schwarzer Puma samt Dompteur abgebildet. »Vielleicht war es der Clown?«, fragte Sandy.

»Dann würde er kaum mit der eigenen Verkleidung hier aufkreuzen«, sagte ich, runzelte aber die Stirn. »Aber er könnte die Clownmaske tatsächlich vom Zirkus haben.« Ich löste das Plakat von der Tür, ging damit in die Apotheke und zeigte es Gabriele. »War das die Maske, die der Entführer getragen hat?«

Sie blickte mich an, als sei an mir ein Magier verloren gegangen. »Die sieht ihr zumindest ziemlich ähnlich.«

Ich gab Sandy ein Zeichen, wir stiegen in den Streifenwagen und fuhren zum Herzogenauracher Flugplatz. Denn auf der Wiese davor gastierte der Zirkus.

Die blau-gelbe Farbe des Zirkuszelts war so verblasst wie die letzten Erfolge der FDP. Es hatte wahrlich schon bessere Zeiten gesehen. Aber auf welches Zirkuszelt traf das nicht zu?

Es lief gerade eine Vorstellung, doch die Kassiererin versicherte uns, dass alle Künstler im Finale noch einmal auftreten würden. Also kauften wir zwei Tickets und setzten uns in die letzte Reihe.

Das Zelt war nur zur Hälfte gefüllt, vorn saß eine Schulklasse, dahinter ein Block Rentner sowie einige Pärchen und mehrere junge Frauen. Laut Programm trat der Dompteur als Letzter auf. Unser Plan war, dass ich mich zu Beginn seiner Show unauffällig entfernte und während des Finales auf die Suche nach Radka ging. Sandy sollte derweil auf blondgelockte Männer in Nike-Turnschuhen achten.

Nach ein paar Vorführungen, die so gehaltlos waren, dass ich mich wunderte, warum sich die deutschen Privatsender noch nicht darum rissen, hatten wir immer noch keinen blondgelockten Mann gesehen. Endlich wurde die Hauptattraktion angekündigt: ein äußerst seltener schwarzer Puma, dressiert von Hristo Prsvlyczakov. Oder so ähnlich, jedenfalls kam der Mann aus einem Land, in dem offensichtlich ausgeprägte Vokalknappheit herrschte.

Und schon rannte ein etwas zotteliger, schwarzer Puma auf die Bühne, gefolgt vom peitschenschwingenden Dompteur. Auch das war nicht unser Mann: Kahl wie Kojak und Yul Brynner zusammen, benötigte er eindeutig keine Haarfärbemittel, jedenfalls wenn man mal davon ausging, dass er sich nicht die Achselhaare kolorierte.

Außerdem trug er Stiefel und keine Turnschuhe.

Ich verließ den Zuschauerraum, lief hinter das Zirkuszelt und schlich zu den Wohnwagen der Artisten. Da alle auf das Finale warteten, waren sie schon hinter der Bühne. Ich hatte wie geplant freie Bahn.

Als ich den grünen, klapprigen Golf sah, beschleunigte sich mein Puls, als wäre ich Jessy Owens und gerade in die Zielgerade des Olympiastadions eingebogen.

Ich ging zu dem Wohnwagen, der dem Golf am nächsten

stand. Auf seiner Rückseite befand sich ein Tierkäfig, der durch eine überdimensionierte Katzenklappe mit dem Caravan verbunden war. Vor der Tür des Wohnwagens holte ich meinen Dietrich heraus.

Mir genügten zwei Minuten, um zu wissen, dass ich einen Volltreffer gelandet hatte. Ich packte die Beweismittel ein, ging zurück in die Manege und setzte mich zufrieden neben Sandy. »Ich hab den Täter«, flüsterten wir beide gleichzeitig.

Was hatte ich da eben gehört? Das konnte nun überhaupt nicht sein. Schließlich war ich der Kommissar. »Ich hab die Nike-Turnschuhe gefunden«, sagte ich. »Und die Clownmaske.« Ich machte eine kurze Pause, um die Spannung zu steigern. »Aber das Beste ist, was ich hier hab.« Ich zeigte ihr die blonde Perücke, die ich im Wohnwagen neben der Maske und den Turnschuhen gefunden hatte. »Er hat sie bei der Entführung aufgesetzt, um uns zu verwirren.«

Wider Erwarten fiel Sandy vor Ehrfurcht nicht vor mir auf die Knie. »Und warum hat er das Haarfärbemittel gekauft?«, fragte sie stattdessen. »Und noch viel wichtiger, wo ist Radka?«

Ich antwortete mit der Universalantwort auf alle komplizierten Fragen des Lebens. »Hä?«

»Na, wo ist sie, wenn du den Fall gelöst hast?«, bohrte sie nach.

Ich winkte ab. »Die wird irgendwo auf dem Zirkusgelände sein. Die Show ist gleich zu Ende, dann lassen wir den Laden hochgehen und finden sie bestimmt.«

»Und wenn ich sie schon gefunden hab?« Sandy klimperte mit den Augen und lächelte generös. Sie schien sich ihrer Sache sehr sicher zu sein, ein typischer Anfängerfehler. »Wie willst du sie von hier aus gefunden haben?«, fragte ich.

»Ganz einfach«, lächelte Sandy. »Sie sitzt im Publikum.«

Misstrauisch blickte ich durch die halbleeren Reihen. Altersmäßig kamen nur drei Frauen infrage, und keine von ihnen verhielt sich auffällig.

»Und das mit dem Haarfärbemittel hab ich auch geklärt«, sagte Sandy noch, doch bevor ich antworten konnte, endete die Show mit einem Tusch und die Artisten gingen von der Bühne.

»Wir müssen dem Dompteur hinterher«, sagten Sandy und ich gleichzeitig.

Wir folgten dem Mann hinter das Zirkuszelt. Ich deutete auf den Wohnwagen, in dem ich die Perücke gefunden hatte. »Wenn er dort reingeht, wissen wir, dass er der Täter ist.«

»Und wenn die Frau zu ihm reingeht, wissen wir es erst recht.« Sandy zog mich hinter einen anderen Wohnwagen in Deckung.

»Welche Frau?«, fragte ich.

Sandy zeigte auf eine Schwarzhaarige aus dem Publikum, die gerade hinter das Zelt kam. »Sie hat ihn während der Show angehimmelt wie eine frisch Verliebte«, erklärte Sandy. »Und er hatte auch nur Augen für sie.«

»Frisch verliebt?«, fragte ich. »Wir reden hier von einem Entführungsfall!«

»Ja, total romantisch, oder?«

Also entweder gingen in München die Uhren völlig anders, oder ich hatte keinen blassen Schimmer mehr, was die Jugend von heute romantisch fand.

Doch das war im Grunde egal, denn der Dompteur tat, was ich vermutet hatte: Er ging in den Caravan, in dem ich die Perücke und die Turnschuhe gefunden hatte. Den Puma nahm er mit, wohl um ihn in den angeschlossenen Käfig zu bringen.

Derweil lief die Schwarzhaarige an uns vorbei, und nun erkannte ich sie. Radka klopfte an die Tür des Caravans. Ihr wurde geöffnet und sie verschwand darin.

Ich zückte meine Dienstwaffe. »Die schnappen wir uns.«

Sandy schaute mich an, als müssten in meinem Schrank die Tassen mal durchgezählt werden, doch bevor sie etwas tun konnte, war ich schon an der Wohnwagentür und riss sie auf.

Zu meiner Überraschung blickte ich in sechs Augen.

Zwei davon funkelten ziemlich angriffslustig.

»Hände hoch!«, rief ich.

Doch die Pfoten des Pumas blieben unten.

Er schien sich gerade zu überlegen, wen er von uns beiden als Vorspeise vertilgen wollte und wen er sich für den Nachtisch übrig ließ.

Offensichtlich entschied er sich für mich als Appetizer, jedenfalls erhob er sich und machte einen Schritt auf mich zu. Ich schluckte, spannte den Finger am Abzug.

Den Puma schien das nicht zu interessieren. Er kam weiter auf mich zu.

Radka hatte die Hände immer noch erhoben, der Mann mit der Vokalknappheit ebenso. Seine Dressurpeitsche lag in einer Ecke des Wohnwagens, zu weit entfernt für ihn oder für mich. Schweiß trat mir auf die Stirn. Der Puma konnte jeden Moment zum Sprung ansetzen …

»Sitz, Muschi!«, rief der Dompteur plötzlich.

Der Puma spitzte die Ohren, hielt kurz inne, setzte sich dann und leckte seine Pfoten.

Erleichtert ließ ich die Waffe sinken.

»Was wollen Sie hier?«, fragte der Mann.

»Die junge Dame ist heute mit Waffengewalt entführt worden«, erklärte ich und zeigte meine Polizeimarke.

Radka zuckte entschuldigend mit den Schultern. »Entführung ist in meiner Familie ein Liebesbeweis.«

Und bei uns ist es ein Straftatbestand, dachte ich, aber ich schwieg.

»Es war eine Überraschung«, sagte sie. »Ich dachte, er wäre in Bulgarien. Ich hab Hristo nicht erkannt, mit der Perücke.«

»Sie sollte mich auch nix erkennen«, erklärte nun Hristo. »Sonst ist ja keine Entführung.«

»Wie romantisch!«, seufzte Sandy und klimperte mich mit ihren Augen an. »Oder?«

Ich nickte. Es war wohl am besten, kein großes Aufsehen um die Sache zu machen und den Fall zu vergessen. Schließlich war alles gut gegangen. Und alles geklärt.

Bis auf eine Sache.

»Weswegen haben Sie die Haarfärbemittel gekauft?«, fragte ich. »Sie haben eine Glatze, und Radkas Haare waren schon vor der Entführung schwarz.«

Sandy blickte mich an, als sei ich hier der Praktikant und zudem schwer von Begriff. »Mensch, das war wegen dem Puma.« Sie zeigte auf das zottelige Tier. »Guck dir den doch mal an! Das hat man doch schon in der Manege gesehen!«

Ich blickte auf die Raubkatze. Ihr Fell sah merkwürdig aus, irgendwie uneinheitlich. »Was habt ihr mit dem Puma gemacht?«, fragte ich Hristo.

Er zuckte entschuldigend mit den Schultern. »Schwarze Puma sehr selten«, erklärte er. »Der hier ist braun wie Löwe, aber jeder will sehe schwarze Puma. Also ich kaufe Haarfärbemittel, damit Radka färbe Puma schwarz.«

»Männer«, seufzten Radka und Sandy im Chor.

»Aber Puma sehe aus wie gefärbt von blinde Friseur«, sagte Hristo. »Weil Haarfärbemittel ich gekauft nix gut.« Er zeigte auf den Leib des Pumas. »Am Kopf ist richtig schwarz, Mitte ist schwarz-blau, aber hinten von diese blöde Mittel ist grau. Nix deutsche Qualität. Ist totale Katastrophe: Puma habe drei Streife.«

Genau genommen waren es drei Balken und nicht drei Streifen, aber ich verzichtete darauf, Hristo zu korrigieren.

Schließlich waren wir hier in Herzogenaurach. Und wenn es schon mal einen Puma mit drei Streifen gab, dann war er hier, an diesem Ort, genau richtig.

Barbara Saladin

Des Bankräubers späte Rache

Am Tag, an dem ich nach Langenzenn zurückkehre, brennt die Sonne vom wolkenlosen Himmel. Die Stadt sieht aus wie aus dem Ei gepellt, das Wetter hätte kein Fremdenverkehrsamt besser bestellen können. Im Schatten der Bäume an der Zenn spielen Kinder, und sowohl über den roten Dächern der Altstadt als auch über den Mais- und Getreidefeldern im Umland flirrt die Hitze. Ein Traum eigentlich. Aber das Strahlen des Wetters passt nicht zu meinem Gemütszustand. Wie lange ist es her, dass ich nicht mehr in meiner Geburtsstadt war? Aus dem Stegreif kann ich es nicht mal sagen. Verdrängt.

Ich parke meinen Opel in der Rosenstraße, atme tief durch und versuche, meinen Puls wieder zu drosseln, der mir bis in die Schläfen hämmert. Ziehe die Handbremse, drehe den Zündschlüssel um und lausche, wie der Motor erstirbt. Stille breitet sich aus im Auto. Gedämpft dringen die Geräusche der Stadt an mein Ohr, ich fühle mich wie in Trance. Durchs Autofenster sehe ich das alte Rathaus vor mir. An den Fenstern blühen Geranien, am aufgepflanzten Kärwabaum, der mitten auf dem Prinzregentenplatz steht, flattern rote und weiße Bänder im Wind. Die Straßen sind mir vertraut und dennoch fremd geworden. Auch an Langenzenn ist die Zeit nicht unbesehen vorbeigezogen, hat hier einen Laden verschwinden lassen und dort ein altes Haus durch einen Neubau ersetzt, hat die Anzahl der Ziegeleien um die Hälfte reduziert, und auf den ehemals grünen Wiesen, wo ich als kleiner Junge noch gespielt habe, stehen heute ganze Ansammlungen neuer Siedlungen.

Es hätte alles so gut gehen können. Wir drei hätten schon vor fünfunddreißig Jahren in ein Leben ohne Sorgen einsteigen können, Michael, Gerd und ich. Alles lief wie am Schnürchen, wir erbeuteten Gold im Wert von über dreihunderttausend Mark, damals bei unserem Überfall auf die Sparkasse in Fürth. Verdammt viel Kohle. Wir wollten sie aufteilen. Doch dann brannte Michael durch, mit dem gesamten Betrag, und ließ uns zwei sitzen: als zwar erfolgreiche, aber total gelackmeierte Bankräuber, die ja wohl schlecht zur Polizei rennen konnten, um ihren Kumpel anzuzeigen, der sie betrogen hatte.

Das alles ist lange her. Daraufhin zog ich weg aus Langenzenn. Mittlerweile sind die Haare ergraut und gelichtet, der Bauchumfang gewachsen und die Falten im Gesicht tiefer geworden. Ich habe mir dann doch noch ein anständiges Leben zurechtgelegt, mit Arbeit und Familie, mit frühem Aufstehen und frühem Einschlafen vor dem Fernseher. Blieb mir ja nichts anderes übrig. Die Kinder sind mittlerweile draußen, die Ehe mit Gitta zwar langweilig, aber man hat sich aneinander gewöhnt, und der Alltag plätschert ereignislos vor sich hin. Bis der Anruf von Gerd kam, der das Vergangene mit ungeheurer Kraft wieder an die Oberfläche katapultierte: »Hey, wir haben ihn! Michael ist in Langenzenn.«

Ein Lieferwagen fährt die Straße hinunter. Der aufgemalte Schriftzug sagt mir nichts. Gab es früher wohl noch nicht, die Firma. Fast gewaltsam reiße ich mich aus meinen Gedanken, stoße wütend die Fahrertür auf und hätte so fast eine Kollision mit einem weiteren Lieferwagen verursacht. Doch der Schreck über meine Unachtsamkeit läßt das Adrenalin nur zu einem noch explosiveren Cocktail hochkochen.

Ich habe mich mit Gerd im Klosterhof verabredet, schließe das Auto ab und gehe die wenigen Schritte über den Platz zu

Fuß. Der Turm der Stadtkirche, in der ich einst getauft wurde, streckt sich wie ein dicker Finger in den blauen Himmel. Mauersegler fliegen schreiend ihre Bahnen darum herum. Die Turmglocken schlagen vier Uhr, als ich den Kreuzgang betrete.

Gerd wartet schon. Unsere Begrüßung verläuft eher kühl. Ein Händedruck. Für eine Umarmung reicht es nicht.

»Rück raus, wo ist Michael?«, frage ich ohne lange Umschweife. Geplänkel brauche ich nicht mehr.

Gerd räuspert sich. »Er wohnt offenbar seit mehr als zehn Jahren wieder hier, Hannes. Hat den Malerbetrieb seines Vaters übernommen, nachdem der Herr diesen zu sich gerufen hat. Ich war bei meiner Schwester zu Besuch, als ich ihn zufällig vor dem Stadthaus gesehen habe. Meine Schwester verstand meine Aufregung nicht und meinte bloß, dass ich sie nur hätte fragen brauchen, sie wisse doch schon ewig, dass Michael zurück sei.«

»Schön für deine Schwester.«

»Vielleicht hätte ich ihr schon vor fünfunddreißig Jahren sagen müssen, dass sie mich informieren soll, wenn er es wagt, sich hier wieder blicken zu lassen. Sie konnte es ja nicht wissen«, sinniert Gerd.

Meine Miene verfinstert sich. »Ja, das wäre schlau gewesen. Aber jetzt holen wir ihn uns.«

»Wie willst du das anstellen?«

»Ganz einfach. Wir klingeln an seiner Tür und bestellen ihm schöne Grüße von uns.« Zur Untermalung meiner Entschlossenheit greife ich in die Tasche und ziehe eine Pistole heraus. Ich wiege sie in meiner Hand, sehe Gerd an und ziehe eine Augenbraue hoch.

Gerd nickt, sagt aber nichts. Er weiß: Wenn ich einen Plan gefasst habe, ist es besser, nichts zu sagen. Diesen Respekt habe ich mir verschafft, und Gerd erinnert sich auch nach der langen Zeit, in der wir uns nicht sahen, daran. Es gibt eben Dinge, die vergisst man nie.

Zwei Stunden später sitzen wir niedergeschlagen an einem kleinen hübschen Tischchen vor der *Joghurteria* an der Hindenburgstraße. In unseren Mägen blubbert gekühlter Joghurt – ein Cocktail aus Zucker und Kalorien. Der Plan, unseren ehemaligen Kumpel und Verräter zur Rede zu stellen, ist leider an der Abwesenheit unseres Ziels gescheitert. Michael war schlicht nicht zu Hause.

»Der Arsch kann natürlich überall sein«, knurrt Gerd und schabt mit seinem Löffel die letzten Joghurtreste aus dem Becher.

»Quatsch. Wir müssen nur Geduld haben und ihn einfach abpassen«, widerspreche ich. Geduld haben. Gerade ich.

»Ja, so was, der Hannes«, hallt plötzlich eine Stimme quer über die Straße. Alarmiert drehe ich mich um. Da kommt die Trudel. Auch das noch! Eigentlich wäre ich hier lieber inkognito geblieben. Doch es ist zu spät – Trudel steuert auf direktem Weg auf uns zu, und zwar so schnell, dass ihr ergrautes Haar zu flattern scheint.

»Servus, Hannes. Was machst du denn hier?«, flötet sie, nachdem sie sich ungefragt zu mir heruntergebeugt und mir zwei feuchte Küsschen auf die Wangen gedrückt hat.

»Ich, öhm, war zufällig in der Nähe und dachte, da komm ich halt auf Besuch vorbei.«

»Und hast deinen alten Freund Gerd mitgebracht, wie ich sehe. Der ist ja auch schon seit Ewigkeiten in der Fremde«, konstatiert sie mit einem Seitenblick, der allerdings keinen Zweifel daran lässt, dass ihr das Wiedersehen mit mir deutlich mehr Freude bereitet als jenes mit Gerd. Na ja, schließlich waren wir ja auch einmal verliebt ineinander. Damals in der Grundschule.

»Wen besuchst du denn?«, will sie wissen. Neugierige Zicke.

»Schmidts Michael wollt ich besuchen – aber psst, es soll eine Überraschung für ihn werden.«

In Trudels Blick schleicht sich ein Schatten: »Das dürfte schwierig werden.«

»Wieso?« Nervös knete ich die Finger. Schwierigkeiten habe ich schon genug. Ich brauche nicht noch mehr davon.

»Michael ist krank«, antwortet sie und zieht dabei die Schultern hoch, als könnte sie sich damit für diese Tatsache entschuldigen. »Er sei dement, habe ich gehört.«

Verflucht.

»Er wird uns vielleicht gar nicht mehr erkennen, wenn wir ihn endlich gefunden haben. Und dann macht unsere Rache doch überhaupt keinen Sinn«, wirft Gerd ein, als wir Trudel endlich wieder haben abschütteln können.

»Quatsch, der ist doch erst zweiundsechzig, genau wie wir«, begehre ich auf. Doch Gerd gibt zu bedenken, dass man an Alzheimer auch schon in vergleichsweise jugendlichem Alter erkranken könne.

Na gut. Wenn ich Gerd ins Gesicht schaue und mir mein eigenes Spiegelbild in Erinnerung rufe, dann suche ich vergeblich nach Anzeichen, die den Ausdruck »jugendliches Alter« gerechtfertigt hätten.

Das war eine verdammte Schnapsidee, hierher zu kommen, bin ich überzeugt. Und gebe meinem Kumpel dies auch zu spüren. Er hatte ja noch nie irgendein Konzept im Leben, der Gerd, sondern macht alles unüberlegt und spontan, aber vor allem beunruhigt mich, dass ich mich durch seinen Anruf zu einer überstürzten Rückkehr nach Langenzenn habe verleiten lassen. Wahrscheinlich war es die Wut über die Demütigung, die wieder von mir Besitz ergriffen hatte, nach all den Jahren. Und jetzt stehen wir in der liebevoll renovierten Altstadt und blicken auf Fachwerkbauten.

Was bleibt uns anderes übrig, als uns weiterhin auf die Lauer zu legen?

Den Abend verbringen wir in meinem Auto und kommen uns vor wie in einem dieser billigen Agentenfilme. Nur dass wir uns weder in Chicago noch in Washington D.C. befinden, sondern in einem fränkischen Viertel mit Einfamilienhäusern.

»Dort! Das ist er!« Gerds Stimme droht sich vor Aufregung zu überschlagen. Gleichzeitig knufft er mich in die Seite, was nicht nötig gewesen wäre, weil ich auch so fast zu Tode erschrocken bin, und zeigt mit dem Finger durch die Frontscheibe auf die andere Straßenseite, wo, geschützt hinter einer Thujahecke, Michaels Heim dunkel in der Dämmerung liegt.

»Wo?«

»Da. Der Typ dort, der auf dem Gehsteig angewackelt kommt.«

Stimmt.

»Warte, bis er im Haus ist. Dann gehört er uns. Er ist allein.«

Gebannt beobachten wir, wie unser Zielobjekt eine gefühlte Ewigkeit vor der Tür stehen bleibt, bis es den Hausschlüssel doch noch ins Loch kriegt, und schließlich von der Dunkelheit im Gebäudeinneren verschluckt wird.

Wir zählen bis zwanzig, steigen aus und schreiten zur Tat.

Der Klingelton lässt eine quäkende Version von *Jingle Bells* durch das Haus hallen.

»Was'n das für ein Schwachsinn?«, knurrt Gerd.

»Psst«, weise ich ihn zurecht. Hinter der Tür nähern sich schlurfende Schritte. Ein Mann mit grauen Haaren und gebücktem Gang öffnet umständlich die Tür und sieht uns fragend an. Der sieht aus wie achtzig, schießt es mir durch den Kopf. Geld hält also auch nicht jung.

»Was wünschen Sie?«, fragt Michael und lächelt unsicher. Keine Anzeichen eines Schreckens oder von Angst bei unserem Anblick. So habe ich mir unseren Auftritt als Racheengel, den ich mir jahrzehntelang in meinen düstersten Fantasien ausgemalt habe, nicht vorgestellt.

»Michael, wir sind's, Hannes und Gerd«, erklärt Gerd. In seiner Stimme schwingt ein weicher Unterton mit, wofür er von mir einen Stoß zwischen die Rippen kassiert. Schließlich sind wir nicht zum Kuscheln da.

»Hannes und Gerd?« Michaels Zeigefinger wandert fragend vom einen zum anderen. »Was wünschen Sie?«

»Wir holen uns endlich, was uns seit fünfunddreißig Jahren zusteht«, blaffe ich und ziehe die Pistole aus der Jackentasche. Unverwandt blickt Michael in den Lauf, den ich auf seine Nase gerichtet habe, schaut dann auf und nickt langsam: »Aha, Sie sind von der Polizei? Wurde auch Zeit. Ich habe das Gold von dem Überfall letzten Sommer schön versteckt und bereit gelegt.«

»Letzten Sommer? Ist er Wiederholungstäter oder wirklich nicht mehr richtig in der Birne?«, raunt Gerd.

»Psst«, wiederhole ich und füge flüsternd hinzu, dass demente Menschen ja oft die Zeit durcheinanderbrächten und die Lücken im Gedächtnis sich immer weiter von der Gegenwart in die Vergangenheit fräßen. Kann also gut sein, dass er glaubt, unser Überfall sei erst kürzlich gewesen. Der arme Tropf.

»Wo hast du das Gold?«, hake ich nach. Nun ist der weiche Unterton in meine Stimme gerutscht.

»So, so, die Polizei …«

Stille breitet sich aus.

»Bist du sicher, dass er uns nicht verarscht?«, wispert Gerd.

»Der ist meschugge«, antworte ich.

Nach mindestens viermaligem Wiederholen des Satzes »Was wünschen Sie?« und unseren Antworten, die trotz der angespannten Situation immer geduldiger werden, fällt zum ersten Mal das Wort »Hauck-Keller«. Wir sehen uns fragend an. Der Hauck-Keller als Versteck?

Gerd und ich wechseln flüsternd ein paar Worte.

»Komm, Michael, wir fahren da gemeinsam hin, und du zeigst uns die Goldbarren«, schlage ich dann gütig vor, denn zwar wissen sowohl Gerd als auch ich um die Existenz dieses ehemaligen Bierkellers der Brauerei Hauck, aber – wie viele Langenzenner – kennen nicht einmal wir, die wir hier unsere Kindheit verbrachten, den exakten Zugang.

»Gerne, Herr Polizist. Mutter saß unten im Bunker, letzten Sommer, als die Alliierten unsere Stadt bombardierten. Ich kenne mich da aus.«

Ich zwinkere Gerd zu. Vielleicht klappt zwar unser Rachefeldzug nicht, weil unser Opfer uns nicht einmal mehr erkennt – aber wenn wir immerhin den uns zustehenden Anteil der Beute kriegen, weil Michael das Gold versteckt anstatt in Bares verwandelt und verprasst hat, ist das auch nicht schlecht. Der ist wirklich blöd.

»Warum hat der Typ einen Schlüssel zu dem Eingang?«, raunt mir Gerd zu, als ich den Opel im Parkverbot abgestellt habe und wir wenig später zu dritt vor einem zweiflügligen Holztor mit schwarzen Beschlägen stehen. Mitten in der Stadt, aber sehr unscheinbar. Ich ziehe die Schultern hoch. Ich glaubte immer, hinter dem Tor befinde sich eine Garage. Tja, so kann der Mensch sich täuschen.

Ausgetretene Treppenstufen führen in die absolute Finsternis. Als wir in den Hauck-Keller hinuntersteigen, spendet nur das Display von Gerds Handy ein wenig Licht und lässt uns große Steinquader an den Wänden erkennen. Unten hören wir an mehreren Stellen Wasser plätschern. Es riecht feucht und muffig – der Sommer wird hier drin wohl niemals ankommen.

»Unser Edelmetall dürfte verdammt Schimmel angesetzt haben«, knurrt Gerd.

»Gold schimmelt nicht«, knurre ich zurück.

»Weiß ich selber. Nimm doch nicht immer alles so wörtlich.«

Langsam fängt er an, mir auf die Nerven zu gehen.

»Wo hast du das Gold?«, herrscht er Michael an und leuchtet ihm mit dem Handydisplay ins Gesicht. Dessen Augen irrlichtern unruhig hin und her.

»Da drüben vielleicht?«, meint er dann und deutet auf einen Gang, der in Richtung Kloster führt. Allerdings sieht der Stollen beängstigend zerbröckelt aus. Trotzdem: Da müssen wir hin. Ich übernehme die Führung.

»Wenn er uns eine Falle stellt?«, wispert Gerd beunruhigt.

»Wenn die Birne hohl geschrumpft ist, ist auch das Zentrum fürs Verarschen weg«, kontere ich und muss wegen der unzähligen rostigen Rohre, die unterhalb des Steingewölbes von der Decke hängen, den Kopf einziehen.

Ich zwänge mich zwischen heruntergestürzten Backsteinen und sonstigem Bauschutt hindurch in den engen Gang. Gerd gibt einen eigenartigen Laut von sich, wie ein Stöhnen, etwas poltert zu Boden, das Handydisplay erlischt.

»Gib mir etwas Licht, Mensch!«

Keine Antwort. Nur das Geräusch schneller Schritte hinter mir, die ich nicht einordnen kann. Als ich den Kopf drehe und zurückschaue, blicke ich nur in absolute Finsternis.

»Gerd!!«

»Er wollte sich mal eben hinlegen!«, höre ich die Stimme von Michael, der sich, wenn ich richtig höre, bereits wieder vorne beim Treppenaufgang befindet. Rückwärts zwänge ich mich zurück aus dem Gang und versuche, ihm zu folgen, doch in der Finsternis stolpere ich und falle der Länge nach hin. Der Schmerz, als mein Knie irgendwo aufschlägt, lässt mich aufbrüllen. Schuh und Hose saugen sich mit kaltem Wasser voll.

»Michael, was soll der Scheiß?«

Als ich mich endlich bis nach vorne zum Treppenabsatz getastet habe, fällt oben bereits die Tür ins Schloss.

»Schön blöd, wenn man sich nicht mehr auskennt in der Stadt und mit den Leuten, nicht?«, triumphiert Michael. »Trudel ist meine Frau. Meine zweite. Natürlich hat sie begriffen, was ihr vorhabt und hat mich deshalb kurzzeitig für dement erklärt.« Er lacht. »Aber wie ihr seht, erfreue ich mich geistig noch bester Gesundheit. Jedenfalls um Meilen besser als ihr beiden.«

»Michael, mach keinen Scheiß.« Obwohl mir klar ist, dass es keinen Wert hat, verleihe ich meiner Stimme etwas Flehendes. Einzige Antwort ist das Geräusch sich entfernender Schritte hinter der Tür, unter der ein dünner Strahl Tageslicht durchsickert. Aber nur ein dünner.

»Ha, ha, dement«, stöhnt Gerd irgendwo hinter mir im Keller. Immerhin, er lebt. »Wir sind's, die hohl in der Birne sind. Und dein verdammtes Schießeisen nützt uns hier drin auch nichts.«

Damit hat er recht. Uns bleibt nur, auf uns aufmerksam zu machen und zu hoffen, dass wir irgendwann aus unserem

Verlies befreit werden. Welche Geschichte wir dann auftischen, darüber mache ich mir lieber noch keine Gedanken.

Am Tag, als ich nach Langenzenn zurückkehrte und ein weiteres Mal gedemütigt wurde, brennt die Sonne vom wolkenlosen Himmel. Nur nützt mir das nichts. Um mich herum ist alles rabenschwarz. Und in mir drin auch.

Peter Godazgar

Muffe küsst Langschwanz

Wie es unserer Branche geht? Wie soll's uns schon gehen? Schlecht natürlich! Allen geht's doch schlecht. Harte Zeiten sind das. Ja, klar, auch für Trickbetrüger.

Sehen Sie, es geht schon los. Sie gucken auch gleich so komisch. Dabei gibt es dafür keinen Grund. Natürlich sind die Zeiten auch für Trickbetrüger härter geworden! Warum? Na, ganz einfach: Die Menschen sind misstrauischer! Die Vertrauensseligkeit ist futsch! Selbst Senioren lassen sich nicht mehr so einfach übers Ohr hauen! Die Zeiten, als man mit dem einfachen Enkeltrick an einem Nachmittag einen ganzen Wohnblock leerräumen konnte, sind vorbei. Heutzutage knallt der Rentner einem doch gleich die Tür vor der Nase zu. Oder er greift zum Handy, wenn ihm irgendwas nicht geheuer vorkommt.

Mich hat kürzlich sogar mal einer mit seinem Smartphone fotografiert, als ich bei ihm vor der Tür stand und nicht überzeugend darlegen konnte, dass es eine Störungsmeldung gäbe und ich unbedingt mal in seine Wohnung müsse. Ist das nicht schlimm? Ich hab ihm das Handy aus der Hand gerissen, auf dem Weg nach unten das Foto gelöscht und das Handy dann in einen der Hausbriefkästen geworfen. Ich sage das nur, damit Sie sehen, dass ich ein ehrlicher Typ bin.

Einige von uns mussten sich inzwischen komplett umstellen. Mandy und Enrico zum Beispiel. Die waren jahrelang erfolgreich unterwegs mit einem der Klassiker schlechthin: Sie spielte immer die erschöpfte Hochschwangere, die an der Tür um ein Glas Wasser bat, und während sie dann in der Küche ihren »Durst« stillte und den Herrn oder die Dame der

Wohnung einlullte, schaute sich Enrico in der Bude um. Aber was soll ich sagen: Sogar Mandy wird immer öfter die Tür vor der Nase zugeknallt. Kann man sich das vorstellen? Einer Schwangeren! Klar, sie ist natürlich nicht wirklich schwanger. Aber trotzdem.

Ach, schrecklich ist das. Jeder misstraut jedem.

Die Lage der Dinge war natürlich auch in Lauf ein großes Thema. Lauf, genau, Lauf an der Pegnitz. Da fand diesmal unser Bundeskongress statt. Ja, richtig, der Bundeskongress der Vereinigung der deutschsprachigen Trickbetrügerinnen und Trickbetrüger. Ich bin da übrigens der zweite Schriftführer. Also, besser: Ich war der zweite Schriftführer. In Lauf ist ja einiges aus dem Ruder gelaufen, wie Sie wissen … Aber der Reihe nach.

Hübsches Städtchen übrigens, dieses Lauf, wirklich. Ich muss zugeben, ich war vorher immer nur dran vorbeigefahren. Liegt ja ziemlich verkehrsgünstig an der A9, kurz vor Nürnberg. Da war ich natürlich schon oft. Der Christkindlesmarkt dort ist ja quasi Pflichtprogramm für uns. Obwohl das inzwischen auch kein Selbstläufer mehr ist, mit diesen Geldbeuteln, die die Leute direkt am Körper tragen … Ach, lassen wir das.

Jedenfalls, der Kongress stand diesmal unter dem Motto »Das Geld der anderen – Neue Wege in Zeiten der Krise«. Vier Tage dauert der Kongress immer, stets am letzten Mai-Wochenende. Ich muss sagen, ich freu mich da das ganze Jahr über drauf. Man sieht die lieben Kollegen, man plaudert, und vor allem gibt es jedes Mal interessante Vorträge und Workshops. Abends trifft man sich an der Bar. Wir organisieren sogar immer ein Fußballspiel gegen eine Mannschaft aus der Region. Da sind wir allerdings nicht so erfolgreich.

Höhepunkt ist immer die Preisverleihung am Samstag. Es gibt da verschiedene Kategorien: Bester Trickbetrüger, bester

Newcomer, beste Gemeinschaftsarbeit, bester innovativer Trick – und als Hauptpreis der Preis fürs Lebenswerk. Schon die Nominierung ist eine Ehre. Ich weiß, wovon ich rede, ich war nämlich schon mal nominiert: in der Kategorie innovativer Trick. Hatte mir einen besonderen Trick für Geldautomaten ausgedacht; man braucht allerdings drei Leute dafür, was natürlich die Einnahmen minimiert … Na ja, ich will nicht zu viel verraten, Sie verstehen.

Nein, natürlich treten wir nicht als Bundesverband der Trickbetrüger auf! Das wäre ja wohl ein bisschen bescheuert. Nee, wir überlegen uns da immer was. Diesmal gaben wir uns als »Freundeskreis der Langschwanzpinguine« aus.

Es war übrigens in mehrerlei Hinsicht ein ganz besonderer Kongress, nicht nur wegen des … nun ja, wie soll ich sagen, wegen des dramatischen Endes. Diesmal hatten wir einen echten Star unter uns, ach was, einen Superstar. Tony Sopranetti aus den USA! Ich sag Ihnen, der klaut Ihnen das Auto unterm Hintern weg. Während Sie mit 150 Sachen in Richtung Kreuz Nürnberg unterwegs sind. Und Sie merken nichts! Künstlername »Daddy Longfinger«, der Mann ist eine Legende. Der Kerl ist der absolute Wahnsinn. Acht Mal ausgezeichnet als »Trickiest Man Of The Year«, acht Mal! Den müssten Sie sehen. Schon wie der auftritt. Die Seriosität in Person. Dem gibt man fast schon freiwillig sein Portemonnaie. Tony war sogar Berater bei diesen Gauner-Filmen mit George Clooney, Sie wissen schon: Ocean's 11, Ocean's 12, Ocean's 54 …

Es fing ja auch wirklich alles sehr schön an. Nach einem stimmungsvollen Eröffnungsabend trafen wir uns am nächsten Tag in den verschiedenen Workshops. Ich hatte einen Kurs zum Thema Taschendiebstahl belegt, bei dem es genau um jenes Problem der Gürtel-Portemonnaies ging. Vormittags Theorie, nachmittags dann praktische Übungen im Städtchen, quasi direkt am Objekt. Um das Erlernte auch umzusetzen. Besonders gut eignen sich dafür immer Stadtführungen. Na ja, ehrlich gesagt hatte ich mir da allerdings mehr von versprochen. Wolfgang, der Kursleiter, hatte zwar angekündigt, viele neue Tricks zeigen zu wollen, aber einige Sachen kannte ich dann doch schon. Immerhin: Bei der Stadtführung hat man auch noch was über den Ort gelernt.

Übrigens: Nicht, dass Sie denken, wir sind alle kriminell. Bei den Kongressen ist es üblich, das Geklaute auch wieder zurückzustecken. Das war dann ja auch der Punkt, an dem wir gemerkt haben: Hier stimmt was nicht. Hier spielt einer falsch. Na ja, es war dann ja auch nicht nur einer, wie sich herausstellte.

Tja, Sie sehen, es läuft immer wieder auf meine Eingangsbemerkung hinaus: Man kann niemandem mehr vertrauen.

Wo war ich stehen geblieben? Ach ja, die Stadtführung. Wir waren ein gutes Dutzend Teilnehmer, darunter sechs aus unserer Gruppe, Wolfgang und noch fünf andere. Wolfgang übte jeweils mit Zweiergruppen neue Varianten eines Klassikers: des Remplers mit anschließender »Erleichterung«, wie wir immer sagen. Wobei sich Erleichterung auf die Geldbörse der anderen bezieht, logisch. Besonders effektiv sind da natürlich enge räumliche Situationen, wir sprechen von »körpernahen Ereignisräumen«. Den Aufgang zum Turm der Johanniskirche kann man da geradezu idealtypisch nennen. Sehr eng und nach oben hin immer enger. Wolfgang hatte uns vormittags in der Theorie ein paar Varianten gezeigt, bei denen zwei Leute immer eine Zielperson in die Zange nehmen, einer vorne, einer hinten; der vorne tut so, als würde er stolpern und nach hinten fallen, und schon hat man die schönste Gruppenarmung, bei der Sie wirklich alle Zeit der Welt haben.

Als wir jetzt im Turm waren und ich dran war, kletterte zwischen uns so ein altes Omchen die Stufen hoch, also »klettern« ist fast übertrieben, sie schnaufte im Zeitlupentempo die Treppen hinauf. Ich scherzte noch, man müsse mal über den Einbau eines Treppenlifts nachdenken, als Wolfgang oben seine Stolperei ansetzte. Dummerweise kam in dem Moment auch die Dame selbst ins Straucheln und fiel mir quasi in die Arme. Ich kann Ihnen sagen: Um ein Haar wäre ich mit Karacho nach hinten gefallen. Das Omchen entschuldigte sich tausendmal, ein alter Mann kam hinzu, ihr Gatte, nahm ich an. Also, da war jedenfalls nichts mit »Erleichterung«.

Geradezu ideal war später dann natürlich der unterirdische Teil, die Führung durch die Felsenkeller. Man muss wissen: Im Stadtkern von Lauf befindet sich unter fast jedem Haus ein solcher Keller, die ältesten stammen aus dem 15. Jahrhundert. Sie dienten als Lagerräume für Bier oder andere Lebensmittel. Hochinteressant, sag ich Ihnen.

Und natürlich optimal für körpernahe Ereignisräume. Im Dunkeln ist gut Rempeln, sag ich immer.

Das hat dann auch echt prima geklappt. Wir konnten ein paar richtig schöne Griffe üben.

So weit, so gut. Aber nach der Führung kam dann das böse Erwachen. Wir wollten zum Italiener am Hersbrucker Tor. Campo hieß der, wenn ich mich nicht täusche. Pause machen, ein Eis essen und dabei die praktischen Übungen auswerten. Wolfgang wollte uns einladen, aber als es ans Bezahlen ging, tastete er erst langsam, dann immer hektischer an seinem Körper herum. Schließlich ließ er sich in seinen Stuhl fallen, grinste uns breit an und meinte: »Sehr gut, ich sehe, Ihr habt das Gelernte gleich umgesetzt. Also: Wer hat mein Portemonnaie?«

Ich glotzte in die Runde, die anderen glotzten auch. »Nun kommt schon«, sagte Wolfgang und wurde langsam ungeduldig. »Wirklich gute Arbeit. Aber wer hat es nun?«

Wir guckten – und nacheinander schüttelte jeder von uns langsam den Kopf.

Wolfgangs Augen wurden schmale Schlitze. »Sehr witzig«, meinte er. »Aber man muss wissen, wann es genug ist.« Er machte eine Pause. »Also?«

»Also«, sagte Rudolf aus Berlin zögernd und blickte in die Runde. »Ick hab's nich', Wolfjang.«

Nacheinander zuckten wir mit den Schultern und schüttelten die Köpfe. »Ich auch nicht«, murmelte einer nach dem anderen.

Wir saßen eine Weile stumm da, einer sah zum anderen, die Blicke kreisten, und es war, als hätten in ein und derselben Sekunde alle ein und denselben Gedanken. Jedenfalls sagten wir quasi aus einem Mund: »Die Ommma!«

»Verdammt«, rief Wolfgang. »Verdammt, verdammt, verdammt! Die Ommma.«

»Und der Opppa«, ergänzte Rudolf aus Berlin überflüssigerweise.

Wolfgang ließ sich in seinen Stuhl zurückfallen. »Ist das nicht schrecklich?«, rief er. »Man kann wirklich niemandem mehr vertrauen.«

»Meine Rede«, brummte ich.

»Un' nu'?«, fragte Wolfgang.

Abends an der Bar stellten wir schnell fest, dass auch anderen Kollegen solch ein, nun ja, Missgeschick widerfahren war: Einige aus der Gruppe, die einen Ausflug zum Kunigundenberg unternommen hatten, waren ebenfalls um ihre Portemonnaies erleichtert worden. Und Heinz und Dieter, die im

Zanzibar versumpft waren, berichteten von einem nervenden Besoffenen, der sie im Laufe des Abends angemacht und – wie sich herausstellte – auch beklaut hatte.

Es dauerte dann nicht mehr besonders lang, bis wir die Lösung herausgefunden hatten. Eigentlich war es kaum zu glauben. Wir waren nicht die Einzigen, die sich Lauf als Tagungsort ausgeguckt hatten. Der Verband Deutscher Muffen- und Nippelhersteller bestand keineswegs aus Muffen- und Nippelherstellern. Das war eine Tarnung. Die Muffen- und Nippelhersteller waren in Wahrheit der »Verein der Freunde und Förderer des Trickbetrugs«. Diese Penner! Schon deren Motto: »Trickbetrug mit Niveau!« Wenn ich das schon höre. Mit Niveau!

Warum ich da so sauer werde? Na, weil die wirklich total bescheuert sind. Ich muss dazu erklären, wir waren mal ein Verein, aber irgendwann krachte es, in der Fachliteratur ist vom Zweiten Großen Trickbetrüger-Schisma die Rede. Ende der 1990er-Jahre war das. Eine Gruppe spaltete sich ab, und seitdem gibt es zwei Berufsverbände in Deutschland.

Ist das denn zu glauben? Da suchen wir uns dasselbe Städtchen für unsere Jahresversammlung aus!

Für uns war natürlich sofort klar: Das lassen wir uns nicht bieten!

Gemeinsam schworen wir Rache.

Und nach einer kurzen Recherche wussten wir auch wo.

Das Schöne an unserem Beruf ist ja immer noch die Verbindung von Arbeit und Kultur. Ich selbst bin ein großer Theaterfreund. Darum hatte ich mich sehr gefreut, dass im Rahmenprogramm auch der Besuch einer Vorstellung im Dehnberger Hoftheater angeboten wurde. Ein toller Laden ist das, kann ich nur empfehlen, falls Sie ihn noch nicht kennen: ein mehr als hundert Jahre altes Gehöft, das zum Theater umgebaut wurde. Gespielt wird wahlweise im lauschigen Innenhof oder im ausgebauten Theaterraum.

Das Programm kam uns auch entgegen. Inhaltlich, meine ich. Auf dem Spielplan stand der Klassiker *Wie klaut man eine Million?*

Diesmal war aber klar, dass wir uns nicht uneingeschränkt aufs Bühnenvergnügen würden konzentrieren können.

Wolfgang hatte herausgefunden, dass eine zweite große Besuchergruppe angemeldet war. Ausverkaufte Hütte, zweihundert Besucher.

Wir wollten fair spielen – und darum hatte Jürgen, unser Vereinsvorsitzender, an der Rezeption des Hotels, in dem die vermeintlichen Muffen- und Nippelhersteller abgestiegen waren, eine Nachricht hinterlassen für Willi, den Chef der Idioten: Muffe küsst Langschwanz im Theater!

Die Penner verstanden erstaunlicherweise sofort, worum es ging, denn eine halbe Stunde später erhielt Jürgen einen Anruf auf seinem Handy. Er und Willi trafen sich quasi als Emissäre eine Stunde vor Vorstellungsbeginn und baldowerten die Regularien aus. Wobei die eigentlich ganz einfach waren: Sämtliche während der Vorstellung gestohlenen Gegenstände wurden gegeneinander aufgerechnet. Gegenstände von normalen Besuchern zählten einfach, Gegenstände von Mitgliedern des jeweils anderen Vereins zählten doppelt. Gegenstände von der Bühne zählten fünffach. Um die Spannung ein bisschen hochzuhalten und damit auch alle den richtigen Ansporn bekamen, sollte außerdem jeder, der einen erfolgreichen Fischzug gelandet hatte, dies durch einen Huster deutlich machen. Überschaubar, logisch, einleuchtend – sogar für die Deppen von den Freunden und Förderern. Kurzum: Wir waren alle einverstanden.

Und dann ging's los. Der erste Huster war nach einer halben Minute zu hören. Der zweite zehn Sekunden später. Ich selbst hustete das erste Mal nach vier Minuten und sechsunddreißig

Sekunden (Brieftasche des Nebenmanns links) und das zweite Mal nach exakt sechs Minuten (Armbanduhr der Dame rechts neben mir).

Also, ich muss sagen, das hat echt Spaß gemacht. Na ja, den Schauspielern auf der Bühne vermutlich jetzt nicht so. Die reagierten einigermaßen verwundert und bald auch genervt auf die Husterei. Ich meine, bis zu einem gewissen Grad werden sie das gewohnt sein.

Das Problem war: Mit unseren Sitznachbarn waren wir ziemlich schnell fertig. Und so hörte die Husterei nach einer Viertelstunde dann auch wieder auf.

Na ja, ich gebe zu, wir haben uns dann wohl alle ein bisschen in die Sache hineingesteigert. Unser Plan war: Wir machen in der Pause Kassensturz, und dann setzt sich jeder an einen anderen Platz.

Tja, und da standen wir also draußen beim Bier, die Dödel von den Freunden und Förderern und wir. Jürgen und Willi stapelten die Beute auf zwei Tischchen.

Na ja, und auf einmal war dann Schluss. Hände hoch! Keiner bewegt sich! Das volle Programm. Überall auf einmal Typen, die Handschellen aus ihren Taschen zogen. Ich erkannte auch meinen Nebenmann links aus dem Theater und die Dame rechts.

Dumm gelaufen, sagen Sie?

Ja, so könnte man es ausdrücken. Aber mal ehrlich. Dass in Lauf auch noch der Bundeskongress der verdeckten Ermittler tagte und dass die sich ausgerechnet an diesem Abend im Dehnberger Hoftheater … also wirklich.

Aber ich sag's ja immer: Man kann einfach niemandem mehr vertrauen.

Wie bitte?

Ja, Herr Richter. Jetzt bin ich fertig. Fällen Sie ein weises Urteil.

Beate Maxian

Bermudadreieck

»Das Bermudadreieck hat eine neue Heimat gefunden: Neumarkt in der Oberpfalz.«

Das behauptete jedenfalls Wira Stein, Archäologin mit Hang zur Übertreibung. Sie sagte tatsächlich »Bermudadreieck«, obwohl man die verschwundenen Gegenstände nicht mit denen nördlich der Karibik vergleichen konnte, wo das Bermudadreieck bisher beheimatet war. Also keine Flugzeuge und Schiffe inklusive Besatzung. Aber doch Dinge, die Wira bestätigten, dass hier zumindest Nützliches und Dekoratives auf Nimmerwiedersehen verschwand.

»Angefangen hat's mit Laternen und Kerzen auf diversen Gräbern.«

Das wusste die Wira deshalb so genau, weil sie gleich neben dem Stadtfriedhof in einem Haus wohnte, das, so fand die Kathi, der Villa von Pippi Langstrumpf ähnelte. Dort hatte man vom Schlafzimmerfenster aus einen wunderbaren Blick über die Gräberreihen. »Da denkst du dir noch nicht viel dabei. Lausbuben oder im schlimmsten Fall Vandalismus. Aber seit einiger Zeit verschwinden auch Sachen aus meinem Garten. Die schönen Glaskugeln, die Frösche, Vögel und Katzen aus Keramik. Ja sogar die Rosen im Topf, die auf dem Treppenaufgang zur Eingangstür standen, sind verschwunden. Alles Dinge, die du so wegtragen kannst«, hatte die Wira ihrer Freundin, der Kathi, am Telefon erzählt, weil die Kathi ja in Mistelbach an der Zaya lebte, der Partnerstadt Neumarkts, und daher nicht wissen konnte, welch mysteriöse Ereignisse in Neumarkt vor sich gingen.

Die Wira stammte ursprünglich ebenfalls aus Mistelbach.

Vor einigen Jahren war sie aus der Stadt im niederösterreichischen Weinviertel nach Neumarkt gekommen, um bei den Ausgrabungsarbeiten der Burgruine Wolfstein zu helfen. Danach war sie geblieben. Die Wira war seitdem nämlich davon überzeugt, eine direkte Nachfahrin der ehemaligen Burgbesitzer zu sein, weil sie ja Stein hieß und die ehemaligen Burgherren den Namen Wolfstein trugen und der Name Wira aus dem Keltischen kam und übersetzt »die Freundliche vom Schloss« bedeutete. »Alles Hinweise«, hatte die Wira gegenüber der Kathi ihren Umzug begründet.

Zugegeben, das klang für die meisten Menschen ein wenig an den Haaren herbeigezogen, auch weil doch die Ruine Wolfstein eine Burg und kein Schloss war. Und der Letzte des Adelsgeschlechts Wolfstein, Hans von Wolfstein, auch »der tolle Hans« genannt, kinderlos starb, wenn man den Geschichtsschreibern vertrauen wollte. Aber kinderlos oder nicht, wenn die Wira einmal an etwas glaubte, dann konnte man sie nur schwer vom Gegenteil überzeugen. Aus diesem Grund fühlte sie sich der Burgruine eng verbunden und zusätzlich vom Schicksal auserwählt, das Geheimnis um den sagenumwobenen Schatz zu klären. Eine Truhe voll Raubgut der Ritter zu Wolfstein lag irgendwo in der Ruine verborgen. So der Mythos. Jedoch scheiterte Wira bis heute bei ihrer Suche nach dem geheimnisvollen Schatz. Denn der war natürlich längst weg, weil er laut einer Legende von einem schwarzen Pudel bewacht wurde, und so ein Pudel war ja kein richtiger Wachhund. Rassebedingt.

»Warum nur um Himmels willen hatte man in Neumarkt in der Oberpfalz einen Pudel als Wachhund für einen Schatz abgestellt?«, hatte die Wira gejammert. »Ein Rottweiler, ein Schäferhund, ja auch ein Mischling … Alle hätten diesen Job bestens erfüllt. Aber ein Pudel?«

»Gut, so ein Pudel hat schon auch Vorteile. Der haart nicht«, wusste die Kathi. Aber Hundehaare auf dem Boden wären in einer Schatzhöhle bestimmt kein Problem gewesen, war sich die Wira sicher. Aber weg war weg. Egal ob Frösche, Vögel, Katzen, Glaskugeln, Grablichter oder ein Schatz.

»… und ich denke einmal, so ein Bermudadreieck lässt sich touristisch gesehen nicht so gut vermarkten wie die Passionsspiele oder der Halbmarathon«, sagte die Wira ironisch. »Weil, wie soll man das bewerben? Nicht umsonst nennt man das Bermudadreieck auch noch ›Teufelsdreieck‹. Und wer will schon in einer Stadt Urlaub machen, in der der Teufel umgeht? Auch wenn Neumarkt im Tourismusprospekt mit dem Slogan wirbt: ›Da rührt sich was!‹«

»Damit ist jetzt sicher nicht gemeint, dass man, wenn man einmal in Neumarkt ankommt, nie wieder wegkommt, weil man eben verschwindet. Für immer. Auf Nimmerwiedersehen.«

Aber immerhin begann die Polizei wegen Diebstahls zu ermitteln, und die Wira recherchierte auf ihre Weise. Kurz darauf sagte sie der Kathi, dass sie glaube, jemand wolle sie persönlich von der Landkarte wischen.

Die Kathi fand das jetzt schon extrem übertrieben, sogar für Wiras Verhältnisse, weil so eine Archäologin war ja kein Staatsfeind oder so, den man verfolgte und eliminierte. Deshalb meinte die Kathi: »Geh, Wira, du spinnst doch. Wer sollte denn wollen, dass du verschwindest?«

»Jemand, der verhindern will, dass eine direkte Nachfahrin der Wolfsteins nach so langer Zeit auftaucht und womöglich auf ihrem Erbe besteht«, mutmaßte die Wira, die sich inzwischen Wira von Stein nannte, weil so ein »von« zwischen dem Vor- und Nachnamen machte natürlich etwas her. Und wenn sich die Wira einmal etwas in den Kopf gesetzt hatte, gab es kein Zurück mehr. Übertreibung hin oder her.

Also beschloss die Kathi, sich in den Zug zu setzen und die über fünfhundert Kilometer von Mistelbach nach Neumarkt zurückzulegen, um die Wira wieder auf den Boden der Realität zurückzuholen. Die Wira freute sich über den spontan angekündigten Besuch der Kathi und versprach, pünktlich am Bahnsteig zu stehen.

Aber die Wira stand nicht am Bahnhof, als die Kathi aus dem Zug stieg, und am Handy hob ihre Freundin auch nicht ab. Deshalb fuhr sie zuerst zu Wiras Haus beim Stadtfriedhof. Doch da war sie nicht. Egal wie oft die Kathi auf den Klingelknopf neben dem versperrten Gartentor drückte, niemand öffnete. In Ermangelung eines Schlüssels checkte die Kathi im naheliegenden *Hotel Dietmayr* ein, das war sehr gemütlich, und man musste von Wiras Pippi-Langstrumpf-Villa nur einmal ums Eck gehen. Sie bekam ein Zimmer mit Blick Richtung Bahnhof, vielleicht, um die Kathi jedes Mal, wenn sie aus dem Fenster schaute, daran zu erinnern, dass sie auch wieder nach Hause fahren musste.

Aber jetzt stellte sie erst einmal den Koffer ab und machte sich auf den Weg zum Festgelände. Denn während des Volksfests rund um Mariä Himmelfahrt waren alle dort. Es war ein Fest, auf das man hierzulande zu Recht stolz war. Gehörte es doch zu den größten Volksfesten Bayerns und zog massenweise Gäste aus nah und fern an.

»Der Neumarkter kommt, wenn's Volksfest anfängt, und bleibt bis zum Schluss«, hatte die hübsche Moderatorin vom *Neumarkt TV* im Fernsehen erklärt. Und die Wira hatte der Kathi den Link zu der Sendung geschickt, in der sie das gesagt hatte. Ohne Kommentar, weil die Kathi auch so verstand, was ihre Freundin damit sagen wollte. Die Wira liebte nämlich Volksfeste jeder Art. Da konnte sie ihr hübsches Dirndl aus dem Schrank holen und sich so richtig fesch aufbrezeln. Und weil die Wira nicht aufzufinden und, zugegeben, manchmal ein unpünktlicher und ein klein wenig unzuverlässiger Mensch war, machte sich die Kathi Richtung Volksfestgelände auf. Nur, gerade die Tatsache, dass das Jura-Volksfest so beliebt war, erschwerte die Suche nach der Wira.

Unauffindbar hin oder her. Eine Maß, ein Radler und zwischendrin ein bisschen Hendl essen. Wenn Volksfest war, dann war die Welt in Ordnung und keine Zeit, nach einer Archäologin Ausschau zu halten, die glaubte, in Wahrheit eine Burgherrin zu sein. Was wusste man schon, was der verrückten Zuagroastn wieder eingefallen war.

Also durchkämmte die Kathi scheinbar ziellos das Volksfestgelände. Es machte nämlich keinen Sinn, auf eine zufällige Begegnung irgendwo auf dem Marktplatz zu hoffen. Nicht zur Volksfestzeit. Bald sah sie vor lauter Menschenmassen keine Leute mehr, kämpfte zugleich gegen die Hitze, die gerade in diesem August ganz Europa und damit natürlich auch Neumarkt in der Oberpfalz fest im Griff hatte. Der Durst trieb sie schließlich in die Bewirtungszone und der Zufall an den Tisch von Martin und Johanna, den Archäologen-Freunden von Wira. Sie kannte sie von ihren vergangenen Besuchen in Neumarkt. Beide saßen mit ernstem Gesichtsausdruck vor einer Maß Bier – in Tracht, was die Kathi ein bisschen an das Almdudler-Pärchen erinnerte, auch weil die Johanna blonde und der Martin schwarze Haare hatte. Nur der Konrad fehlte.

Die Miene der Johanna und des Martin blieb auch angespannt, als sie die Kathi sahen. Kein Ausdruck der Freude lag in ihren Augen. Nicht einmal überrascht schauten sie drein. Vielmehr Kummer und Sorgen wähnte die Kathi in ihrem Blick. In dem Augenblick wusste sie, dass was passiert war. Vielleicht war ja doch was dran am Bermudadreieck? Da erinnerte sich die Kathi an Wiras Worte, dass alles verschwindet, was man leicht wegtragen kann. Die Wira konnte man leicht wegtragen, war sie doch nur einen Meter sechzig groß und achtundvierzig Kilo schwer. Auf einmal wurde der Kathi ganz komisch zumute. »Habt ihr die Wira gesehen?«, fragte sie vorsichtig.

»Nein«, kam es ebenso vorsichtig zurück. »Wieso sollten ausgerechnet wir wissen, wo die Wira steckt?«

»Weil ihr ihre Freunde seid?«

»Freunde«, spuckte ihr die Johanna das Wort förmlich entgegen. »Deswegen wissen wir doch nicht automatisch, wo die Wira steckt«, sagte die Johanna. »Man könnt ja fast glauben, du arbeitest bei der Polizei.«

Das mit der Polizei verstand die Kathi nicht, deshalb fragte sie: »Was ist denn los?«

Der Martin zog den Kopf ein, und die Johanna antwortete auch nicht gleich, sondern hängte der Kathi erst einmal ein Lebkuchenherz um den Hals, weil sich das so gehörte. *Volksfest Neumarkt* stand mit Zuckerguss darauf geschrieben. »Du weißt von nix, oder?«

Die Kathi schüttelte den Kopf, denn die Geschichte vom Bermudadreieck wollte sie jetzt nicht unbedingt breit treten. »Was sollt ich denn wissen? Jetzt sagt's halt endlich und macht's nicht so spannend. Was ist denn los?«, wiederholte sie die Frage.

Der Martin zog die Kathi an ihrem T-Shirt auf den freien Platz neben sich.

»Die Polizei ist hinter der Wira her. Das ist los!«, sagte die Johanna und drückte der Kathi die Maß Bier in die Hand. Sie nahm einen Schluck, weil der Durst inzwischen ganz schlimm war.

»Weshalb denn?«, fragte sie dann.

»Weil sie doch den Konrad erschlagen hat. In ihrem Haus gleich neben dem Friedhof. In der Küche auf dem Küchenstuhl. Deshalb«, zischte der Martin in ihr Ohr.

Da war die Kathi kurz ein wenig sprachlos. Woher hätte sie denn das wissen sollen, das hatte ihr die Wira am Telefon natürlich nicht erzählt. Sie nahm erneut einen kräftigen Schluck Bier.

»Die Wira ist seit zwei Tagen auf der Flucht. Kannst dir vorstellen, wie wir erschrocken sind, als wir erfahren haben, was die Wira gemacht hat. Und erst die Polizei. Dreimal haben s' den Martin und mich schon befragt.« Sie schüttelte traurig den Kopf. »Dass die Wira jemanden umbringen kann … in hundert Jahren hätte ich ihr das nicht zugetraut. So zart wie die beinand ist. Die kann doch nicht einmal eine Schaufel grad in der Hand halten. Bei den Ausgrabungen hab ich ihr immer helfen müssen. Das Graben war ihr allerweil zu schwer, da hat die alle möglichen Zustände bekommen und Blasen auf den Handflächen und Muskelkater … Die Wira hat bei den Ausgrabungen nur gepinselt und die Aufzeichnungen gemacht, wenn wir was gefunden haben.« Sie warf dem Martin einen raschen Blick zu. »Wir vier haben fei immer zusammengehalten. Und jetzt das. Erschlägt die doch glatt den Konrad in ihrer Wut … ausgerechnet mit einer Schaufel.«

»Warum hat die Wira den Konrad erschlagen?«

»Weil er so ein eifersüchtiger Blödian war.« Die Johanna tippte sich an die Stirn. »Eifersüchtig. Richtig eifersüchtig, der blöde Kerl, der«, brüllte die Johanna so laut, dass sich ein paar Leute von den Nebentischen zu ihnen umdrehten. »Verstehst?«

Die Kathi verstand nicht, nickte trotzdem. Die Johanna weinte jetzt auch ein bisschen und tupfte sich die Tränen mit Kathis Serviette aus den Augen. »Nur, weil der Moritz so ein fescher Kerl ist«, sagte die Johanna jetzt um eine Spur leiser.

»Waren der Konrad und die Wira etwa ein Paar?«, hätte die Kathi am liebsten direkt gefragt. »Und wer zum Teufel ist der Moritz?« Aber sie ließ es bleiben, weil die anderen dann sofort begriffen hätten, dass die Wira ihr auch dieses Detail ihres Lebens verschwiegen hatte. Nicht nur den Mord an ihrem Freund.

Dennoch erfuhr die Kathi alles. Denn – wie heißt's so schön – durchs Reden kommen d'Leut zam. Das war auch am Jura-Volksfest in Neumarkt so. Zwei Maß später wusste die Kathi von der Johanna und dem Martin, dass sich die Wira in letzter Zeit sehr für das Schreiberhaus interessierte und deshalb öfter mit dem Moritz vom *Neumarkt TV* gesehen wurde, weil doch der eine Doku über die Sehenswürdigkeiten der Stadt machte, und das Schreiberhaus, das älteste erhaltene Bürgerhaus, war Teil dieser Dokumentation. Und dass die Wira und der Moritz viel Zeit miteinander verbrachten, vor allem abends oft im Studio zusammensaßen bei verschlossener Tür. Das hatte dem Konrad nicht gepasst, weil der Konrad doch so ein eifersüchtiger Kerl war. Eifersüchtiger Kerl. Das hatte die Johanna dann noch mehrmals hintereinander betont. Aber nicht mehr ganz so laut wie vorhin, als sich die Leute zu ihnen umgedreht hatten. »Die haben dauernd gestritten deshalb«, erklärte sie. »Wie die Sache dann ausgegangen ist, wissen wir.« Die Johanna seufzte vernehmlich.

»Und jetzt sucht die Polizei nach der Wira. Sogar am Volksfestgelände halten s' Ausschau, weil das ja irgendwie ein guter Platz wäre zum Verstecken«, behauptete der Martin. »Mir haben hier insgesamt rund dreihunderttausend Volksfestbesucher. Das ist die sprichwörtliche Suche nach der Stecknadel im Heuhaufen.« Er wischte mit der Handfläche über seine Lederhose. »Trotzdem werden sie s' finden … irgendwann.«

»Warum hat sich denn die Wira für das Schreiberhaus interessiert?«, fragte die Kathi, weil ihr das gerade wieder einfiel und sie nicht daran denken wollte, dass die Wira eine Mörderin geworden war.

Aber das wussten die beiden auch nicht so genau, denn da hielt sich die Wira ziemlich bedeckt, redete mit niemandem darüber, außer mit dem Moritz. Die Kathi schwieg und hörte zu, auch weil sie nach der dritten Maß eh schon randvoll war und nicht mehr viel sprechen konnte. Irgendwann stand sie auf, wankte über den Marktplatz zurück ins Hotel. Im Hotelzimmer fiel sie ins Bett und schlief augenblicklich ein. Gedanken konnte sie sich auch morgen noch machen.

Am nächsten Morgen schien wieder die Sonne, und weil die Kathi am Vorabend die Vorhänge in ihrem Zimmer nicht zugezogen hatte, weckte sie das grelle Licht bereits gegen sieben Uhr. Beim Aufwachen ermahnte sie ihr Kopf, heute unbedingt bei Kaffee und Wasser zu bleiben. Ihr Magen hingegen verlangte nach dem vielen Bier am Vortag nach einer ordentlichen Mahlzeit. Eier und Speck.

Nach dem Frühstück machte sie sich auf den Weg zum *Neumarkt TV*. Das Studio lag ebenfalls einmal ums Eck im Maybach-Haus gegenüber von Wiras Villa. Beim Anblick des Maybach-Museums dachte die Kathi, dass es schon auch Leute mit viel Geld geben musste auf dieser Welt. Weil, wer, außer jemand mit Geld, konnte sich sonst ein eigenes Museum mit lauter alten Maybachs darin leisten? Die Kathi nicht. Sie hatte bis vor Kurzem nicht einmal von der Existenz dieser Autos gewusst.

Aber sie dachte nicht lange darüber nach, weil sie das nur frustrierte, denn die Kathi hatte zweifelsfrei nicht viel Geld. Sie drückte auf den Klingelknopf neben der Eingangstür von

Neumarkt TV, und kurz darauf erlaubte ihr ein Summen einzutreten. An der Garderobe hingen zwei Dirndlkleider. Als Nächstes sah die Kathi eine Kaffeemaschine und dann auch schon die hübsche Moderatorin, die im Fernsehen behauptet hatte, dass der Neumarkter kommt, wenn's Volksfest anfängt, und bis zum Schluss bleibt. Sie trat gerade aus einem Büro mit Glaswand Richtung Flur.

Die junge Frau lächelte freundlich. »Kann ich Ihnen helfen?«

»Ich such den Moritz. Also eigentlich such ich meine Freundin, die Wira … und ich hoffe, dass er mir helfen kann«, stammelte die Kathi, weil sie nicht genau wusste, wie sie die ganze Sache in knappen Worten erklären sollte.

Wieder lächelte die junge Frau und zeigte auf eine andere Glaswand. »Der Moritz sitzt da.« Sie winkte ihm herauszukommen. Jetzt, wo die Kathi den Moritz sah, wusste sie, warum der Konrad eifersüchtig gewesen sein musste. Dunkle dichte Haare, ein attraktives Gesicht und schwarze Augen. Vor ihr stand der ansehnliche mediterrane Süden in Person, und das in Neumarkt in der Oberpfalz.

Die Kathi stellte sich vor und erklärte noch einmal, warum sie hergekommen war.

»Aha«, sagte der Moritz, und dann fragte er: »Kaffee?« und deutete auf den freien Stuhl in seinem Büro.

»Gern«, sagte die Kathi, obwohl sie im Hotel schon drei Tassen getrunken hatte und eigentlich besser ein Glas Wasser trinken sollte, weil ihr sonst schlecht werden würde von dem vielen Koffein.

»Die Johanna und der Martin haben mir erzählt, dass Sie viel Zeit mit der Wira verbracht haben und deshalb der Konrad …« Sie brach ab. »Sie wissen nicht zufällig, wo die Wira jetzt ist?«

»Du«, sagte der hübsche Süden. »Kannst ruhig ›du‹ zu mir sagen.«

»Also, du weißt nicht, wo die Wira sein könnte?«, wiederholte die Kathi.

Natürlich wusste der Moritz nicht, wo die Wira sich versteckt hielt. Die Polizei hatte ihn das auch schon gefragt. Mehrmals. Aber er wollte die Kathi gerne ins Schreiberhaus mitnehmen, weil sich die Wira doch so sehr dafür interessiert hatte in letzter Zeit.

»Was hat sie denn so interessiert?«

Moritz zuckte die Achseln. »So genau weiß ich das auch nicht. Sie wollt von mir halt jede Menge darüber wissen. Zum Beispiel, dass es im Jahr 1430 als gotisches Fachwerkhaus erbaut wurde. Zu dieser Zeit gab's in Neumarkt einen regelrechten Bauboom, musst du wissen«, erklärte der Moritz. »Das Rathaus, die Pfarrkirche St. Johannes und das Pfalzgrafenschloss, das alles entstand damals. Das hat die Wira interessiert, sie hat sich deshalb auch alle meine Aufnahmen ganz genau angesehen. So als suche sie etwas Bestimmtes.« Er stand auf. »Aber wenn du willst … ich fahr jetzt sowieso hin, muss noch ein paar Aufnahmen machen … kannst mitkommen.«

Sie fuhren mit Moritz' Wagen ein bisschen durch die Stadt und standen kurz darauf in der Bräugasse vor dem historischen Gebäude. Die Kathi war echt beeindruckt.

»Es war immer schon ein Wohnhaus«, sagte der Moritz. »Möglicherweise gehörte es früher einem Getreidehändler. Jedenfalls lässt das die Bauweise vermuten. Ab Mitte des 15. Jahrhunderts war es in jüdischem Besitz. 2006 hat man bei Renovierungsarbeiten eine Mikwe freigelegt, das ist ein jüdisches Ritualbad«, erklärte er sicherheitshalber noch, weil er ja nicht wissen konnte, ob die Kathi wusste, was eine Mikwe war.

»Das alles hat sich die Wira ganz genau angesehen, aber am meisten hat sie der Dachstuhl interessiert.«

»Aha. Warum?«

»Dort sieht man halt ganz genau die Verblattung, das typische Erkennungsmerkmal für mittelalterliche Holzkonstruktionen. Die Kunst der Zimmermänner im 15. Jahrhundert.«

»Aha«, sagte die Kathi zum wiederholten Mal, weil sie nicht wusste, dass sich die Wira neuerdings für Dachstühle und Zimmermannskunst interessierte.

»Und beim Sanieren des Holztragewerks am Dachstuhl hat man bei den Sanierungsarbeiten die traditionelle mittelalterliche Verblattung der Hölzer angewandt«, erklärte er, während sie die außenliegenden Stufen zur Eingangstür hochstiegen.

Kathi hoffte, dass er diese Verblattung nicht noch eingehender erklärte. Sie wusste so oder so nicht, wovon er sprach. Oben angekommen, blieb der Moritz plötzlich stehen. »Seltsam. Die Tür ist nicht verschlossen, nur angelehnt.«

Er schob sie vorsichtig auf. »Hallo!«

Keine Antwort.

Er bedeutete der Kathi, dass sie stehen bleiben sollte. Er selbst verschwand im Haus, kam aber wenige Augenblicke später wieder heraus. »Alles in Ordnung. Da hat wer vergessen abzuschließen. Vielleicht jemand, der den Schlüssel leihweise hat, so wie ich. Ich mach heute die letzten Aufnahmen, dann gebe ich ihn zurück.«

Er führte die Kathi durchs Haus, erklärte dies und das, und die Kathi wanderte hinter dem Moritz herum und fragte sich, was das hier alles mit ihrer Freundin zu tun hatte.

»Magst du vielleicht auch den Dachstuhl anschauen?«

»Nein«, wollte die Kathi antworten, weil sie Dachstühle generell langweilig fand. 15. Jahrhundert hin oder her. Aber der Moritz hatte so einen verträumten Blick, wenn er über das Haus sprach, da konnte die Kathi einfach nicht nein sagen.

Und weil man, wenn man etwas suchte, grundsätzlich etwas ganz anderes fand, entdeckte die Kathi an diesem Morgen Martins Leiche auf dem Dachboden. Erschlagen, mit blutverschmiertem Gesicht und Hemd lag er da in seiner Lederhose vom Vortag. In dem Moment hatte sogar der Moritz keine Augen mehr für den schönen Dachstuhl. Er fasste sich aber schnell, machte ein paar Aufnahmen ganz ohne Stativ, aus der Hand. Auf einmal sah er am Sucher der Kamera vorbei, deutete in Ermangelung einer freien Hand mit dem Kopf hektisch auf einen Punkt.

»Was hat er denn da an der Hand? Der schwarze Fleck.«

Kathi schob das Hemd ein klein wenig weiter nach oben. Ein schwarzes Tattoo zierte Martins Handgelenk. Das war ihr gestern noch gar nicht aufgefallen. Mit dem Fingernagel ihres Zeigefingers kratzte sie ein wenig über das Bild.

»Das ist ein Einmal-Tattoo für Kinder zum Aufkleben.«

»Ein schwarzer Hund?«, fragte Moritz. »Was bedeutet das?«

»Dass die Wira den Pudel gefunden hat«, entfuhr es Kathi.

»Was für einen Pudel?«

Mit knappen Worten erzählte die Kathi dem Moritz von der Legende, vom Schatz und dem Pudel. Schon eigenartig, wenn man einem Einheimischen die lokalen Mythen erklären musste. Jedenfalls spannte sie den Bogen sehr weit, und ihre Geschichte endete beim Volksfest und dem toten Konrad. Wenigstens über dessen Tod wusste der Moritz Bescheid und über Wiras Flucht. Natürlich hatten sie beide sofort eine These parat: Wenn zwei aufeinanderfolgende Morde gleich ausgeführt werden, die Opfer aus derselben Archäologen-Clique stammen, dann hatte die Wira wieder zugeschlagen. Im wahrsten Sinne des Wortes.

»Du meinst, die Wira hat sich die ganze Zeit hier im Schreiberhaus versteckt, und der Martin hat das gewusst?«

»Möglich. Warum sonst wäre er wohl hierher gefahren nach dem Volksfest?«

»Du meinst, er ist direkt nach dem Volksfest …«

»Er trägt dasselbe Hemd und die Lederhose wie gestern am Volksfest.« Dass er womöglich die gesamte Volksfestzeit über dieselbe Kleidung trug, wollte Kathi jetzt nicht denken, weil das ja schon sehr unappetitlich war, wenn man über einen so langen Zeitraum das Gewand nicht wechselte.

»Also war sie gar nicht an dem Schreiberhaus interessiert. Sie war auf der Suche nach einem guten Versteck«, sagte der Moritz in ihre Gedanken hinein. Er klang beleidigt. Die Tatsache, dass Wira das Schreiberhaus nicht aus historischem Interesse, sondern aus niedrigen Beweggründen erkundete, schien ihn persönlich zu kränken.

In diesem Augenblick stellte sich die Kathi die Frage, welche Rolle sie in diesem Theater spielen sollte. Den Moritz zu überreden, alleine auf die Polizei zu warten, während die Kathi zur Burgruine Wolfstein fahren wollte, weil sie jetzt nach dem Hinweis mit dem Pudel die Wira dort vermutete, war kein Kunstwerk. Aber den Moritz zu überreden, ihr sein Auto zu überlassen, war ein wahres Meisterstück.

»Pass ja auf! Wehe, du machst einen Kratzer rein«, gab er ihr noch mit auf den Weg.

Dreißig Minuten, nachdem sie Moritz verlassen hatte, traf sie bei der Burgruine Wolfstein ein, weil sie sich zweimal verfahren hatte auf der Suche nach der Pelchenhofener Straße. Aber dann hatte sie die Straße gefunden und war doch irgendwann den Wolfsteinweg zur Burg hochgefahren. Dort stellte sie den Wagen vor einem der Wohngebäude ab, die neben der Ruine lagen.

Zuerst lief sie auf dem Gelände einfach nur hin und her, ohne recht zu wissen, wo sie mit der Suche beginnen sollte. Irgendwann stand sie an dem Fleck, von wo aus man auf Neumarkt hinunterblicken konnte. Sie stand da und schaute in die Tiefe, sah einen dicht mit Bäumen bewachsenen Felsvorsprung und in der Ferne die Häuser und Straßen von Neumarkt. Sie horchte, ob sie einen Hund bellen hörte. Nein, nichts. Nicht einmal ein Jaulen oder Fiepen war zu vernehmen. Aber was hatte dann das Tattoo mit dem schwarzen Pudel auf Martins Handgelenk zu bedeuten?

Sie überlegte. Hatte die Wira vielleicht doch einen unterirdischen Gang entdeckt, in dem ein Pudel einen Schatz bewachte? Blödsinn. Sie überlegte noch einmal, lief wieder da- und dorthin und sah sich um. Wo könnte man sich hier gut verstecken? Der Turm schien ihr unwahrscheinlich. Er war zu präsent. Außerdem gab es eine Tür, die zwar verschlossen war, aber von irgendwem wohl geöffnet werden konnte.

Und dann war die Kathi auf der Holzbrücke gestanden und hatte in den ehemaligen Burggraben hinuntergeschaut. Grüne Wiese. Einem Impuls nachgebend stieg sie über die Mauer des ehemaligen Burgtors und kletterte vorsichtig in den Graben hinunter. Zweimal wäre sie fast ausgerutscht, war aber dann doch heil im Burggraben angekommen. Dann war die Kathi unter der Brücke durch und hatte Meter für Meter abgesucht. Die alten verwachsenen Gemäuer. Den Waldboden. Einfach alles.

Plötzlich glaubte sie ein Loch hinter einem Strauch zu erahnen. Sie schob die Äste zur Seite und sah Laternen mit Kerzen in einer Art Höhle stehen. Die Grablichter vom Stadtfriedhof. Sie fühlte sich ganz und gar nicht wohl, weil es keine lustige Angelegenheit war, eine Freundin, die wegen Mordes auf der Flucht war, in einer Höhle zu finden. Dennoch tastete sie sich weiter nach vorne und kam in einen Gang. Am Ende des Gangs wurde die Höhle ein klein wenig breiter.

Da saß die Wira auf dem Boden. Den Kopf hatte sie zwischen ihren Knien versteckt, und ihre dunklen schwarzen Locken waren ganz zerzaust. So sah die Wira tatsächlich ein bisschen wie ein Pudel aus, dachte die Kathi. Nur dass die Wira keinen Schatz, sondern ihre eigenen Gegenstände bewachte. Frösche, Vögel und Katzen aus Keramik, Glaskugeln und die Rosen im Topf. Von wegen Bermudadreieck. Die Wira ist jetzt völlig durchgedreht, dachte die Kathi.

Da hob die Wira den Kopf und sah die Kathi aus rot geweinten Augen an. Sie erschrak sichtlich, als sie erkannte, wer da vor ihr stand, und in dem Moment, als die Kathi etwas sagen wollte, brüllte die Wira: »Pass auf!«

Instinktiv drehte sich die Kathi um. Da stand die Johanna schon ganz dicht hinter ihr, und die Kathi konnte der Schaufel gerade im letzten Moment noch ausweichen. Die Johanna war vollkommen außer sich, holte immer und immer wieder aus und schlug zu. Die Kathi duckte sich jedes Mal, versuchte an der Johanna vorbeizukommen, wollte raus aus der Höhle. Aber das ließ die Johanna nicht zu. Und einen Reim auf diese ganze Geschichte konnte sich die Kathi auch nicht machen. Aber dann brüllte die Wira, die Johanna solle doch endlich aufhören mit dem Morden und sie könne in der Öffentlichkeit ruhig behaupten, dass die Johanna den geheimen unterirdischen Gang von der Burgruine zum Pfalzgrafenschloss ganz alleine entdeckt hatte. »Nicht der Konrad, der Martin oder ich«, schrie die Wira. »Du hast ihn entdeckt, Johanna. Du allein. Der ganze Ruhm gehört dir.«

Aber die Johanna war nicht blöd. Sie glaubte der Wira nicht. Trotzdem setzte sie die Schaufel ab, weil so eine Schaufel zu schwingen auf Dauer sicher anstrengend war. »Ich werde dich der Polizei auf dem silbernen Tablett servieren. Die suchen nach dir, Wira. Du hast zwei Menschen umgebracht.«

»Zwei?«, fragte die Wira.

»Konrad und Martin.«

»Der Martin ist tot?« Die Wira begann zu weinen.

»Da staunst du, was? Hättest nicht gedacht, dass ich das zuwege bringe. Ich war doch immer nur dein Laufmädchen. Johanna, mach das. Johanna, mach dies. Das kannst du aber besser, Johanna. Du in deiner grenzenlosen Verbohrtheit, den Schatz finden zu wollen … Jeder weiß, dass du verrückt bist, Wira. Die beiden standen dir im Weg, Wira. Stimmt doch? Immerhin hättest du den Ruhm, den geheimen Gang gefunden zu haben, teilen müssen. Und ich wäre die Nächste gewesen, die du umgebracht hättest.« Sie lachte wie eine Hexe, oder es klang danach, dachte die Kathi, weil sie doch hier in einer Höhle waren. Da begriff die Kathi, dass es der Johanna ihr Lebenstraum gewesen war, diesen geheimen Gang zu finden, und ihn halt stattdessen die Wira gefunden hatte. Teil des Teams zu sein, das ihn entdeckt hatte, war der Johanna zu wenig.

In dem Moment fiel der Kathi das Tattoo wieder ein. »Hast du das Tattoo auf Martins Handgelenk geklebt?«, fragte sie.

Die Johanna nickte grinsend. »Ein schöner Hinweis auf die verrückte Täterin. Findest du nicht auch?« Sie sah wieder zu Wira. »Die Polizei weiß, dass ich dich in deiner Höhle entdeckt habe. Völlig durchgeknallt, deinen ganz privaten Schatz bewachend.« Wieder dieses Lachen.

»Die Sachen hast doch du aus meinem Garten gestohlen und hergebracht.« Wiras Stimme klang verzweifelt.

»Das weiß aber die Polizei nicht«, entgegnete die Johanna spitz.

»Und wie willst du die Kette erklären?«, fragte die Wira.

Erst jetzt sah die Kathi die in der Wand verankerte Eisenkette. Die Wira war ein Kettenpudel, schoss es der Kathi durch den Kopf. Sie hätte jetzt gerne gelacht, aber die Situation war so gar nicht lustig. Auch weil die Johanna wieder die Schaufel zu schwingen begann. »Ich musste dich doch irgendwie daran hindern, wieder zu fliehen. Da kamen mir die alten Ketten gerade recht.«

»Aber ich kann doch bezeugen, dass die Wira unschuldig ist«, platzte Kathi heraus und im gleichen Augenblick wusste sie, dass die Bemerkung nicht klug gewesen war.

Die Johanna sah die Kathi nämlich sehr böse an und drohte ihr mit der Schaufel. »Stimmt. Soll mir auf eine Tote mehr nicht ankommen. Und die Polizei soll ruhig denken, dass die Wira inzwischen so verrückt ist, dass sie sogar ihre Freundin umbringt.« Sie schlug fest in Kathis Richtung. Zum Glück traf sie nicht.

»Aber die Wira ist doch gefesselt«, wandte die Kathi ein. »Wie soll sie …«

»Die mach ich ab, wenn du tot bist.« Wieder schlug sie zu. Diesmal traf sie die Kathi an der Schulter. Die Kathi wankte. Der nächste Schlag. Kathi ging in die Knie. In dem Moment vernahm sie laute Stimmen. Hinter der Johanna tauchten drei Männer auf, mit Waffen im Anschlag. Sie forderten Johanna auf, die Schaufel auf den Boden zu legen.

Zum Glück glaubte die Polizei der Johanna die ganze Sache mit der Wira nicht so recht. Auch die Aussage, dass Kathi der Wira bei ihrer Flucht aus der Höhle helfen und Johanna das nur verhindern wollte, nahmen sie ihr nicht ab. Sie erzählten von DNA und Faserspuren unter Konrads Fingernägeln von der Johanna und einem verlorenen Ohrring am Dachboden im Schreiberhaus. Da griff die Johanna instinktiv nach ihrem Ohr, wo sichtlich ein Ohrring fehlte. Deshalb nahm die Polizei die Johanna mit und brachte die Wira und die Kathi ins Krankenhaus.

Als Wira und Kathi zwei Tage später das Klinikum wieder verließen, wartete schon der Moritz vor der Tür. »Bin ich froh, dass ich dir gleich die Polizei hinterhergeschickt habe, Kathi. Nicht auszudenken, was sonst passiert wäre.«

»Danke«, sagten die beiden Frauen wie aus einem Mund und umarmten den Moritz fest.

Dass die Wira den sagenumwobenen unterirdischen Gang von der Burgruine Wolfstein zum Pfalzgrafenschloss gefunden hatte, war schon eine Sensation, und die Medien wollten Interviews. Aber der Wira stand der Sinn nach ganz etwas anderem.

»Der Neumarkter kommt, wenn's Volksfest anfängt, und bleibt bis zum Schluss«, sagte sie. »Und ob ihr's glaubt oder nicht, ich brauch jetzt ein Bier.«

Lucie Flebbe

Ruhe sanft, Tante Frieda

O. Mein. Gott.

Er schien sie nicht einmal zu erkennen. Das war abgrundtief peinlich! Am liebsten hätte Siggi Sauerland auf dem Absatz kehrtgemacht und wäre aus den ehrfurchtgebietenden Räumlichkeiten des Bestattungsinstitutes geflohen. Doch der Bestatter, der sich modern »Beerdigungsunternehmer« nannte, ließ ihre Hand nicht los. Er trug einen makellos schwarzen Anzug zu Lackschuhen. Mit den Jahren hatte sein glattrasiertes Gesicht Konturen gewonnen, sein fliehendes Kinn verschwand nicht mehr in Fettschichten und die Pausbacken waren weg, als hätte jemand mithilfe einer Nadel die Luft entweichen lassen. Sogar seine Glatze wirkte gewollt.

Deine Toten sind besser frisiert als du, Leichnam! Siggi unterdrückte ein Stöhnen, als sie sich erinnerte, wie sie sich während der gemeinsamen Schulzeit über Oliver Teichmann lustig gemacht hatte.

Tja, Neustadt war nicht New York. Irgendwann lief man sich über den Weg. Da nutzte es auch nichts, dass Siggi beliebte Treffpunkte wie die jährliche Kirchweih mied. Aus Teichmann war was geworden. Im Gegensatz zu Siggi, die ihre knallrote Haarmatte auch mit Anfang vierzig noch lang und verfilzt trug, wie es eigentlich nur unter Teenagern mit einer Vorliebe für Hanfpflanzen angesagt war. Unter ihrem blauen Uniformhemd ragte ein ausgefranstes Achselshirt hervor, und ihre Turnschuhe hatten Löcher. Zwischen den polierten Särgen und glänzenden Urnen in Teichmanns Ausstellungsraum wirkte Siggi genauso fehl am Platz wie der schmuddelige Hund an ihrer Leine, der auf den schönen Namen Socke hörte. Sockes Frisur sah ebenfalls aus, als würde er kiffen, und den Schwanz klemmte die Promenadenmischung zwischen die Hinterläufe. Wie der beste »Mantrailer« diesseits des Mains sah Socke nicht aus. Doch der schlecht gekämmte Schisshase war tatsächlich in der Lage, eine Fährte noch nach drei Tagen in einer belebten Fußgängerzone wiederzufinden.

»Sind wir uns schon mal begegnet, Frau …?«, erkundigte sich der Inhaber der Sargboutique nachdenklich.

»Sauerland, Siglinde. Wir sind zusammen auf die Mittelschule am Schloss gegangen«, gestand Siggi zähneknirschend.

Die Augen des Urnenverkäufers wurden groß.

»Ist aber schon eine Weile her«, fügte Siggi hinzu.

Teichmann ließ ihre Hand aus seinen feuchten Fingern flutschen. Siggi wünschte, einer der dekorativ im Raum verteilten Särge würde sich auftun und sie mit einem Haps verschlucken.

»Siggi? Das ist ja nett!«

Teichmann, der Leichnam, war Siggi jahrelang nachgelaufen. Damals hatte sie gegen so gut wie alles rebelliert. Natürlich gegen ihre Eltern, aber auch gegen das idyllische Örtchen, das Gymnasiasten produzierte wie andere Orte Glühbirnen und das seit Jahrhunderten um einen Geißbock tanzte.

Teichmanns Blick war an Siggis Haaren hängen geblieben.

Irgendwie rebellierte sie vermutlich heute noch. Der pummelige Bestattersohn hingegen hatte sich zum Geschäftsmann gemausert und bildete neuerdings sogar Lehrlinge aus. Während Siggis Gehalt schon viel zu lange auf Sozialhilfeniveau aufgestockt wurde. Ironie des Schicksals.

»Beinah hätt ich dich nicht erkannt«, bemerkte auch Teichmann scharfsinnig. »Bist du schon länger zurück in der alten Heimat? Was machst du denn so?«

Dass Siggi dank der kleinen Eigentumswohnung, die sie von ihrer Mutter geerbt hatte, eine Menge Miete sparte, würde sie Teichmann nicht auf die Nase binden. »Im Moment bin ich als Rettungshundeführerin im Einsatz.«

Und sie musste gestehen, mittlerweile hatte sie die weitläufige Natur im Aischgrund sogar zu schätzen gelernt.

»Ach s-so?«

Siggi meinte, Teichmann stottern zu hören. Vielleicht bildete sie sich das aber auch nur ein, weil sie wusste, dass der Sprachfehler mal da gewesen war. Oder weil sie einfach gern irgendeinen Makel entdeckt hätte. »Dein Lehrling wird vermisst.«

Der Bestatter musterte skeptisch Siggis kniehohen Hund.

»Ich hab dem Kullenbacher schon gesagt, dass ich keine Ahnung habe, wo der Joschi steckt. Aber seinen Anzug hab ich hier.« Teichmann legte einen dunklen Zweiteiler mit Bügel auf einen Kirschholzsarg. Totengräber-Dienstkleidung. »Der Kullenbacher sagt, der Hund könnte dran schnüffeln wie im Fernsehen.«

Kommissar Kullenbacher hatte Teichmann bereits informiert, dass Siggi und Socke auftauchen würden. Anschließend hatte er offenbar die Frühstückspause eingelegt.

»Wo hast du den Anzug denn her?«, wollte Siggi wissen, während sich Socke zögernd dem Beerdigungsoutfit näherte.

»Der Joschi kommt mit dem Radl zur Arbeit. Der wohnt auf einem Dorf im Aischgrund. Dass so einer mal blau macht, ist aber kein Wunder.«

Das hatte Kommissar Kullenbacher am Telefon auch schon angedeutet, als er Siggi und Socke angefordert hatte. Der siebzehnjährige Josef Maier, Bestattungsfachkraft in Ausbildung, war gestern nach Feierabend nicht nach Hause gekommen.

»Wir wissen doch selbst, wie das in dem Alter ist, Siggi.« Teichmann klopfte ihr vertraulich auf die Schulter. »Die haben sich einen schönen Abend im Aischgrund gemacht. Mit einer Angel und einer Kiste Bier.«

Einen Augenblick lang dachte Siggi an Gitarrenmusik, gegrillte Karpfen und rote Haare. Joschis alleinerziehende Mutter hatte die Polizei verständigt, und weil der Junge minderjährig war, hatte Kullenbacher seinen Bierbauch in Bewegung setzen müssen.

Socke steuerte zielstrebig auf eine schmale Tür zwischen zwei Urnenregalen zu. Vermutlich allerdings, um den Raum fluchtartig zu verlassen. Dass ihr Hund so rasch eine Spur aufgenommen hatte, bezweifelte Siggi.

»Hysterisch seid ihr.« Teichmann öffnete kopfschüttelnd die Tür. »Hier findet dein Hund den Joschi garantiert nicht.«

Socke fegte durch einen kahlen Flur in den für Kunden unzugänglichen Bereich des Bestattungsunternehmens. Ein kalter Schauer kletterte Siggis Wirbelsäule hinauf.

Auf dem Weg hierher waren ihr einige Gründe eingefallen, weshalb Kullenbacher ausgerechnet sie morgens um halb acht aus dem Bett geklingelt hatte. Erstens, weil Socke der einzige »Mantrailer« unter den achtzehn Rettungshunden der Neustädter Staffel war. Ihr Mischling konnte die Fährte einer ganz bestimmten Person aufnehmen, während die übrigen Hunde einfach alle Menschen in der Umgebung fanden … zumindest alle lebendigen. Zweitens mussten die meisten ehrenamtlichen Retter morgens um acht zur Arbeit, während Siggis Schicht erst um sechzehn Uhr begann. Im Gegensatz zur Freiwilligen Feuerwehr bekamen Hundeführer für einen Rettungseinsatz nämlich keineswegs automatisch dienstfrei. Drittens kannte Kullenbacher Siggis Telefonnummer.

Doch erst, als Socke vor einer Blechtür stoppte, kam Siggi die Idee, dass diesen Job vielleicht einfach niemand hatte machen wollen. Tja, zu spät.

Neuer Pulli, Leichnam? Gehörte der dem Mofafahrer, den ihr letzte Woche reinbekommen habt? Hatte sie das damals wirklich gesagt?

In dem weiß gefliesten Raum standen drei Särge. Zwei waren offen, Siggi sah auf den ersten Blick, dass sie leer waren. Doch auf der hintersten Kiste an der weiß getünchten Wand lag ein Deckel. Ihr Nacken begann zu kribbeln.

Da der Leichengeruch im Raum ihren heldenhaften Rettungshund so eingeschüchtert hatte, dass der keine Pfote in Teichmanns gekühlten Arbeitsbereich setzte, näherte sich Siggi dem geschlossenen Sarg allein. »Liegt da jemand drin?«

»Ja, stell dir vor.«

Siggi griff nach dem Deckel. Es war eine Weile her, seit sie einen Toten gesehen hatte. Doch der Sarg ließ sich nicht öffnen, er war verschraubt.

Na ja, der Lehrling würde wohl kaum in der Kiste liegen, außer er wäre gestern Abend stockbesoffen hineingekippt. Oder gehörte Joschi zu diesen durchgeknallten Vampir-Fanatikern, die es cool fanden, in Särgen zu schlafen? Immerhin war seine Berufswahl nicht unbedingt alltäglich.

Siggi wandte sich ungeduldig Teichmann zu: »Machst du das Ding mal auf?«

»Der Joschi liegt da nicht drin«, versicherte der Bestatter mürrisch.

»Dann spricht ja nichts dagegen, dass ich einen Blick hineinwerfe.«

Brummelnd rückte Teichmann mit einem Akkuschrauber an. Als Siggi den Edelholzdeckel anhob, kam weißer Samt zum Vorschein. Und eine alte Frau.

Sie fröstelte. Vor dem ersten Kaffee vertrug sie den Anblick einer Leiche offenbar nicht mehr. Der Duft von Karamellbonbons schien aus dem Sarg zu steigen. Ob Teichmann ein Raumspray verwendete? Siggi betrachtete das dreieckige Gesicht der Toten: Die Wangenknochen standen weit auseinander, die pergamentdünne Haut spannte sich über ihnen, um straff auf das spitze Kinn zuzulaufen. Jemand hatte die langen, grauen Haare toupiert und keck über die linke Schulter drapiert. Dass die betagte Dame ihr Haar in lebendigem Zustand je wie ein Topmodel in einer Shampoowerbung getragen hatte, bezweifelte Siggi. Der aus drei goldenen Bändern geflochtene Ehering fiel ihr auf, den sollte sie offenbar mit ins Grab nehmen.

Irgendwie kam Siggi die Tote bekannt vor. Gut möglich, dass sie sich schon begegnet waren. An der Supermarktkasse.

Sockes Winseln lockte sie in den Nebenraum. In der düsteren Kammer stand ein alter Schrank neben einem Stuhl.

»Die Garderobe vom Joschi«, informierte Teichmann. »Das ist er übrigens.« Der Bestatter tippte auf ein zerknittertes Foto, das mit einer Reißzwecke ans Holz der knarzenden Schranktür gepinnt war. Darauf hielt ein bleicher Lockenkopf ein kahlrasiertes Mädchen mit zu vielen Unterlippenpiercings im Arm. Dass der Typ Gefallen an einer Übernachtung im Sarg finden könnte, schien plötzlich nicht mehr so absurd.

Siggi betrachtete den Totenkopfaufdruck des dunklen Shirts, das auf dem einzigen Bügel hing. Der Stoff roch süßlich. Tatsächlich entdeckte sie auf dem Schrankboden krümelige Tabakreste. Jede Wette, dass sich die Möchtegern-Untoten bei ihren Mitternachtstreffen am Karpfenteich keine Filterlosen drehten.

Weil der Lehrling nicht im Schrank steckte, strebte Socke zurück in den Ausstellungsraum auf die gläserne Eingangstür des Bestattungsinstitutes zu.

»Ich hab gleich gesagt, dass er nicht hier ist«, betonte Teichmann. »Das hätte ich doch gemerkt.«

Siggi wurde klar, was das bedeutete: Sie würde im Aischgrund suchen müssen. Quadratkilometerweise Natur. Wald,

Gebüsch und Teiche. Tausende von Teichen. Sie brauchte Verstärkung.

Oder nicht? Socke schnüffelte mit gesenktem Kopf in Richtung Innenstadt. Vampirliebhabern bot Neustadt noch ganz andere Möglichkeiten, sich zu gruseln, fiel ihr ein.

»Siggi?« Teichmann drückte ihr eine edle Visitenkarte in die Hand. »Magst du mal auf einen Kaffee vorbeischauen?«

Kaffee? Mit Teichmann, dem Leichnam? Da konnte sie sich ja gleich mit der »weißen Frau« verabreden, die im örtlichen Schloss spukte.

»Oder wollen wir mal zusammen angeln gehen?«

Der Friedhof in Neustadts ältestem Stadtteil Riedfeld war überfüllt. Dicht an dicht standen die Grabsteine, dazwischen ragten Marmorkreuze auf. In der Münchner Innenstadt eine Wohnung zu finden konnte nicht wesentlich schwieriger sein, als hier einen Platz zu ergattern.

Socke schnüffelte zwischen den Beinen der Besucher hindurch, die grüne Gießkannen die Wege entlangschleppten. Der Hund peilte die alten Gräber im hinteren Teil der Anlage an, unter den meterdicken Linden, direkt am Ufer der durch den Ort rauschenden Aisch. Hier übertönte das Wasser den Lärm der nahen Riedfelder Ortsstraße. An einem frischen, mit Blumen überschütteten Grab schnupperte Socke aufgeregt hin und her.

Der Platz war reserviert gewesen, bemerkte Siggi. Laut Grabstein weilte ein gewisser Alfons Scheubeldinger bereits seit 1989 am Aischufer. Seine Frau hingegen leistete ihm erst seit Kurzem Gesellschaft.

Ruhe sanft, Tante Frieda, stand auf einem der Kränze. Mit der sanften Ruhe nahm Socke es nicht so genau. Er kaute ein dezentes Schildchen aus den Blüten und hielt es Siggi schwanzwedelnd hin. Es roch nach Zuckerwatte.

Bestattungsunternehmen Teichmann, las Siggi.

»Superschnüffler«, lobte Siggi und kramte ein getrocknetes Schweineohr aus der Hosentasche. Hundebesitzer zogen ja ständig Dinge aus den Taschen, vor denen andere sich ekelten: getrocknete Tierfüße, stinkende Pansen und mit Scheiße gefüllte Plastikbeutelchen. Socke hatte sich sein Leckerli verdient: Er hatte die Spur des Bestatter-Azubis aufgenommen, denn der musste vor seinem Verschwinden an diesem Grab gearbeitet haben.

Als ihr Hund das Schweineohr knackend zerkaut hatte, schickte Siggi ihn erneut los, denn da der Junge kaum bekifft ins offene Grab gefallen und versehentlich verbuddelt worden war, mussten sie weitersuchen.

Und Siggi ahnte, wo.

In der Fußgängerzone wurde Socke plötzlich wieder schneller. Er zerrte Siggi am Rathaus vorbei, den Berg hinauf, aufs Nürnberger Tor zu. Das Wahrzeichen mit Wachturm bestätigte noch heute, dass die meterdicke Stadtmauer so effektiv vor Feinden geschützt hatte, wie die Geißbocksage behauptete. Angeblich hatten die Neustädter im Mittelalter der Belagerung durch Feinde wochenlang standhalten können, bis ihnen irgendwann die Nahrung ausging. Ein Schneider kam damals auf die rettende Idee, sich ins Fell eines Geißbocks einzunähen und fröhlich auf der Stadtmauer entlangzuhüpfen. Der fidele Bock frustrierte die Gegner. Wenn sogar die Viecher noch fit waren, mussten die Neustädter über Vorräte für weitere Wochen verfügen, nahmen die Feinde an und zogen ab.

Deshalb glotzte noch heute ein bronzener Geißbock vom Mauerrest, als Siggis Hund vor einem Anbau links vom Stadttor stehen blieb.

Siggi wusste, wohin die Tür führte – und dass sie auf Gruselfreaks eine geradezu magische Anziehungskraft ausübte. Außerdem wusste sie, wie sich die Tür öffnen ließ.

In der Mauerspalte neben dem Anbau fand sie tatsächlich noch den rostigen Henkel des alten Eimers, den sie vor Jahrzehnten dort versteckt hatte. Knackend hebelte das abgewinkelte Ende dieses laienhaften Dietrichs das einfache Schloss auf.

Modrig-feuchter Geruch schlug Siggi entgegen, als sie durch den Türspalt schlüpfte. Und noch etwas anderes. Süßeres.

Unter dem alten Stadttor befand sich ein gewaltiges, gemauertes Gewölbe, eine unterirdische Halle, die der Stadt früher als Kornspeicher gedient und in Kriegszeiten als Versteck der gesamten Bevölkerung Platz geboten hatte.

In der Finsternis raschelte es. Socke bellte aufgeregt. Siggi erinnerte sich, wo sich der Lichtschalter befand. Es wurde heller, als sie erwartet hatte. Die Stadt veranstaltete mittlerweile Führungen im »Untergrund« und hatte die Beleuchtung modernisiert.

Eine Bierkiste stand in der Ecke, einige Flaschen lagen zwischen Jacken und Decken auf dem Boden. In einem Steinkreis glänzte der Boden dunkel. Siggi tippte die nasse Stelle an. Eine Gänsehaut kribbelte ihr über Arme und Beine, als sich ihre Fingerkuppe rot färbte.

Joschi muss was zugestoßen sein!, glaubte die Mutter des Verschwundenen. Waren die Vampirfreaks zu weit gegangen?

Siggi wandte sich dem Eingang des niedrigen Tunnels zu, der in die Tiefe führte. Der gesamte am Berg liegende Teil der Stadt war untertunnelt. Die Gänge verbanden die Keller der einzelnen Häuser miteinander, sodass sich die Bürger früher unterirdisch bewegen konnten, wie Maulwürfe. Nur im tiefer gelegenen Stadtbereich funktionierte das wegen des hohen Grundwasserspiegels nicht.

Viele Bürger hatten ihre Kellerzugänge inzwischen zugemauert. Allerdings nicht alle. Einmal waren ihr Kumpel Danny und sie sogar ins Vorratslager des Tante-Emma-Ladens der Scheubeldingers gelangt. Siggi erinnerte sich an Hubba-Bubba-Riesenblasen, mit Bonbonmasse gefüllte Leckmuscheln und Karamellbonbons. Ein Gefühl, als hätten sie eine Schatzkammer entdeckt.

Im Tunnel klirrte es. Jemand fluchte leise. Offenbar hatte Neustadts Unterwelt ihre Faszination nicht verloren.

»Ich such den Joschi.« Siggi fand den Lichtschalter, und neue Lampen erleuchteten den niedrigen Gang bis zu dem Brunnenschacht, der im Falle einer erneuten Belagerung die Neustädter immer noch mit Wasser versorgen könnte.

»Joschi ist nicht da«, piepste es aus dem Untergrund.

Die glatzköpfige Blutsauger-Sympathisantin vom Foto aus der Bestatter-Umkleide drückte Siggi eine Flasche *Bamberger Hofbräu* in die Hand, nachdem sie, gefolgt von zwei Totenkopf-T-Shirt-Trägern, aus dem Tunnel gekrochen war. Der eine Totenkopf hatte einen Joint hinter dem Rücken hervorgeholt, Siggis Nase hatte sich nicht getäuscht. Sie griff nach dem Bier, schließlich war sie keine Drogenfahnderin mehr.

»Der Joschi ist weg.« Zum Beweis hielt das Mädchen Siggi ein Smartphone unter die Nase. »Der meldet sich seit gestern nicht.«

Die kiffenden Untoten ließen Siggi an der Zuverlässigkeit des Jungen zweifeln.

»Vielleicht meldet er sich nicht, weil das sein Blut ist?« Siggi deutete auf den nassen Fleck am Boden.

»Quatsch!«, fauchte das Mädchen. »Das war 'ne Ente.«

Siggis Blick wanderte in den Tunnel. Sie wusste, wo sie einen Versehentlich-Verstorbenen hätte verschwinden lassen.

Glatze klickerte die Schneidezähne auf ihre Unterlippenpiercings: »Eigentlich wollten wir Joschis Lohnerhöhung feiern. Ist schon komisch, dass er nicht auftaucht.«

»Von einer Lohnerhöhung hat Teichmann nichts gesagt!«

Siggi trat in den niedrigen Gang. Socke schnüffelte die Felswände entlang.

»Logisch«, rief Glatze hinter ihr her.

Siggi spähte in den Brunnenschacht. Den Grund konnte sie nicht sehen, doch die Vorsprünge der unregelmäßigen Felswände glänzten. Rot.

»Der Totengräber wird sicher nicht von seinem kleinen Nebengeschäft erzählen«, erklärte Glatze eilig. »Den Joschi musste der mitmachen lassen, sonst hätt er ja alles ausgeplaudert.«

Da war eindeutig Blut an den Felswänden. Lag Joschi im Brunnenschacht? Siggis Blick wanderte auf Socke, der sich neben ihr niedergelassen hatte. Supernase meinte: Nein.

»Was soll das für ein Nebengeschäft sein?«, erkundigte sie sich bei Glatze.

»Gold natürlich. Der sitzt direkt an der Quelle.« Das Mädchen tickerte auf ihrem Telefon herum, dann hielt sie Siggi den Apparat wieder hin. Eine Internet-Homepage war zu sehen.

Machen Sie Schmuck, Alt- und Zahngold schnell und unkompliziert zu Geld, las Siggi.

»Was glaubst denn du, was beim Einäschern deiner Oma mit den Goldzähnen und der künstlichen Hüfte geschieht?«, orakelte Glatze.

Siggis Blick blieb an einem der Bilder auf der Homepage kleben: Es zeigte einen goldenen Ring. Mit einer Streichbewegung über das Display vergrößerte sie das Bild. Das Schmuckstück war aus drei Goldstreifen geflochten.

Kriminalkommissar Danny Kullenbacher massierte staunend seinen rötlichen Bart.

Schillernde Libellen tanzten über dem Weiher, Grillen zirpten im hüfthohen Gras, braungrüne Kröten plumpsten vor ihren Füßen ins Wasser. Der Westwind kräuselte die glitzernde Oberfläche und zerrte am Schilf. Ein glänzendgrauer Fischleib verschwand glucksend zwischen den Wasserpflanzen. Schwer zu sagen, wie tief der Tümpel war.

Teichmann hatte seinen Lehrling umgebracht, weil der mitbekommen hatte, dass er seine verblichenen Kunden beklaute. Denn wäre der Diebstahl rausgekommen, wäre Leichnams schönes neues Leben als erfolgreicher »Beerdigungsunternehmer« geplatzt wie eine Weißwurscht in der Mikrowelle. Siggi war sicher, auch wenn ihre eigene Spürnase nicht mehr so gut im Training war wie die ihres Hundes.

Doch die Leiche hatte Teichmann beseitigt und zwar so clever, dass ihn nicht einmal Sockes Supernase beim Bestatterbesuch nervös gemacht hatte. Als Siggi das Beerdigungsinstitut erreicht hatte, war der Laden geschlossen gewesen. Mitten in der Woche.

Ihr Anruf hatte Kommissar Kullenbachers Kaffeepause beendet. Ihr fiel nur ein Ort ein, an dem der Bestatter den toten Jungen verschwinden lassen konnte.

Teichmanns Karpfenteiche waren durch künstlich angelegte Wege voneinander getrennt, auf denen sie ein Auto bequem umrunden konnte. Beziehungsweise ein Leichenwagen. Die schwarze Limousine parkte zwischen den Birken am Ufer. Die Hecktüren des Wagens standen offen.

In diesem Moment begann Siggis Schicht im Supermarkt. Vor Jahren waren Tante-Emma-Läden wie der von Frieda Scheubeldinger aus Neustadt verschwunden. Deshalb saß

Siggi, seit ihre Vorliebe für Rebellionen ihre Polizeikarriere beendet hatte, an der Kasse.

Tja, ab heute wohl voraussichtlich nicht mehr.

Ein lautes Klatschen riss Siggi aus ihren Gedanken. Im selben Moment kam Kullenbacher ungewöhnlich zügig in Bewegung. Siggi stockte der Atem, als sie den Grund entdeckte: Der Bestatter hatte einen olivgrünen Sack aus dem Wagen ins Wasser gewuchtet!

Was sich darin befand, war nicht schwer zu erraten.

Socke schien anderer Meinung, er versteckte sich hinter Siggis Beinen.

»Machst jetzt auch Seebestattungen, Leichnam?« Kullenbacher packte an Teichmann vorbei ins Wasser und erwischte den gluckernd versinkenden Sack an einem Zipfel.

»Oder lässt du deinen Lehrling verschwinden, weil er gemerkt hat, dass du deine Toten beklaust?«, fragte Siggi.

Kullenbacher zerrte den Sack zurück ans Ufer. Unter dem klitschnassen Stoff zeichneten sich die Konturen eines menschlichen Körpers ab.

»Ich – ich – ich –!« Teichmann stotterte, Siggi hatte es doch gewusst.

Kullenbacher zog den Reißverschluss auf. Doch statt des Möchtegern-Draculas erkannte Siggi das Gesicht der alten Frau, die sie bereits im Beerdigungsinstitut gesehen hatte – auch wenn ihr toupiertes Haar nun platt am Kopf klebte. Der geflochtene Ring an ihrer Hand fehlte.

»Tante Frieda?«, wunderte sich Kullenbacher.

»Ich hab gleich gesagt, dass ich nicht weiß, wo der Joschi steckt«, beschwerte sich Teichmann.

Siggi meinte erneut, Karamellbonbons zu riechen. Bei der Toten handelte es sich um Frieda Scheubeldinger, die ihr im Tante-Emma-Laden die Leckmuscheln verkauft hatte. Aber müsste Tante Frieda nicht längst sanft im für sie reservierten Grab auf dem Riedfelder Friedhof ruhen? Dafür, dass sie jetzt im Karpfenteich landen sollte, gab es nur eine Erklärung: Der begehrte Platz am Aischufer war kurzfristig anders besetzt worden.

Automatisch kramte Siggi ein Schweineohr aus der Tasche. Socke hatte von Anfang an recht gehabt.

Bernhard Aichner

Dürers Hase

Das Einzige, was dieses widerwärtige Schwein mit Dürer gemeinsam hatte, war sein Name. Albrecht Dürer. Abschaum, ein Taugenichts, den es nach Nürnberg verschlagen hatte, eine Namensgleichheit, die nichts als Schande brachte über diese Stadt. Albrecht Dürer, ein brutaler Dreckskerl, der es verstand, Menschen zu benutzen, sie auszubeuten, auszuquetschen, bis nichts mehr von ihnen übrig war. Nur noch Haut, eine Schale mit Wunden. Albrecht Dürer. Wie ein geschmackloser Witz, ein Parasit, ein verschlagener Mistkerl. Dieser Name, eine Demütigung. Kein Künstler, der Großes geschaffen hat, kein Sohn dieser Stadt, der Weltruhm erlangt hat, kein Mensch, auf den man stolz war, nach dem man Straßen und Häuser benannte. Nein. Albrecht Dürer war einfach nur ein Schwein. Ein Zuhälter, ein kleiner Ganove aus Wien, dessen genialster Einfall es war, nach Nürnberg zu ziehen, sich dort ein Haus zu kaufen und ein Bordell zu eröffnen. Mehr war da nicht. Albrecht Dürer war ein Kleingeist, ein Prolet, dem Menschlichkeit fremd war. Verachtenswert alles an ihm. Immer werde ich es sagen, die ganze Welt soll es wissen. Laut schreie ich es hinaus. Damit jeder es hören kann. Albrecht Dürer war ein widerwärtiges Schwein.

Warum ich das sage? Warum ich überhaupt über ihn rede? Diesen Namen in den Mund nehme? Weil er mich fast kaputt gemacht hat. Weil ich eines seiner Mädchen war, eine seiner Nutten, ich war einer seiner Hasen. So nennt man das in Wien. Ein fesches Katzerl, eine Bordsteinschwalbe. Tolle Beine, toller Arsch, geile Titten und eine Muschi zum Niederknien. Ich war Dürers Einser-Hase. Der Beste, den er hatte, sein Goldstück. Ich habe mehr Umsatz gemacht als alle anderen. Weil ich schön bin. Weil es die einzige Möglichkeit für mich war, zu überleben. Nicht unterzugehen.

Keine Aufenthaltsgenehmigung, keine Arbeitsgenehmigung, kein Geld, nichts. Illegal. Unsichtbar in Wien über Jahre, kein Pass, keine Versicherung, kein Recht, keine Hilfe. Nur von Dürer. Ein Leben unter dem Radar. Angst, auf die Straße zu gehen, aufzufallen, kontrolliert zu werden. Krank zu werden, eingesperrt, abgeschoben. Ich wollte nie wieder zurück, wo ich hergekommen war, ich hatte keine Geschichte, es war egal, in welchem Land ich vorher gelebt hatte, welche Sprache ich gesprochen hatte. Nie wieder zurück, kein Gedanke mehr daran, keine Erinnerung. Weil alles besser war als die Vergangenheit. Sogar Albrecht Dürer.

Die Prostitution war die einzige Möglichkeit gewesen zu überleben. Als ich Dürer kennenlernte, fühlte ich mich aufgehoben. Er behandelte mich gut, anfangs. Also bin ich mit ihm mitgegangen. Von Wien nach Nürnberg. Die Hurenhauptstadt Deutschlands, hat er gesagt. Eine göttliche Fügung, sein Name, sein Beruf, unsere wundervolle Zusammenarbeit. In Nürnberg wollte er das große Geld machen, er wollte zum Zuhälterkönig aufsteigen, es allen zeigen. Gemeinsam mit mir wollte er ganz nach oben. Ich war sein Vorzeigehase, die Chefnutte, sein Spielzeug. An guten Tagen versprach er mir sogar, mich zu heiraten, an schlechten Tagen schlug er mich. Mein Alltag in einer zauberhaften Stadt. Die Kirchen, die Burg, fast war es wie im Märchen. Wenn ich durch die Stadt spazierte wie alle anderen. Wenn ich auf der Fleischbrücke stand und Kieselsteine ins Wasser warf. Wie eine Touristin durch die Museen, meine Spaziergänge über den Johannisfriedhof. Stundenlang durch die Gassen der Sebalder Altstadt. Unerkannt, unberührt, außerhalb meines Zimmers, angezogen vor der Lorenzkirche in der Sonne. Weil ich es so wollte. Einfach nur dasitzen. Nur ich in einer wunderschönen Stadt. Immer wenn es ging, wenn die Nächte vorbei waren. Wenn der große Albrecht Dürer es mir erlaubte, mich von seinem Haus zu entfernen.

Sein verdammtes Haus. Eine Bruchbude, direkt an der Frauentormauer. Er hat das Haus gekauft, das Schild angebracht und von der besten Werbung aller Zeiten gesprochen, er lobte sich selbst in den Himmel, hielt uns Vorträge über Marketing und Wirtschaft. Er überschlug sich fast vor Begeisterung, die Zeitungen berichteten. Sie kamen und fotografierten das Haus, sie fotografierten uns, wie wir uns aus den Fenstern beugten und um die Freier warben. Dürers Hasen, die geilsten Weiber in der Stadt, das neue Bordell. Ein Skandal, was auf dem Schild stand. In großen, fetten Lettern sein Name, unverfroren und selbstbewusst: Albrecht-Dürer-Haus. Der kleine Zuhälter machte sich über die ganze Welt lustig, er verteilte Flyer in der Stadt, er verhöhnte Nürnberg. *Eine schnelle Nummer im Dürer-Haus. Wir machen Sie glücklich im Dürer-Haus.* Wochenlang schrieben die Zeitungen über ihn. Über uns.

Sie hassten uns. Und kamen in Scharen. Und je besser es lief, desto öfter schlug er mich. Er wollte mich kleinhalten, mir zeigen, dass er stärker war als ich, dass er die Hosen anhatte. Egal wie viel Geld ich verdiente, er nahm es mir weg. Fast alles. Ein Taschengeld durfte ich behalten. Weil er nicht wollte, dass ich weglief wie ein getretener Hund, er wollte, dass ich bleibe. Er zeigte es mir mit Schlägen, er sagte es mir liebevoll, wenn er betrunken war und Nähe suchte. Wenn er sich auf mich legte und es in mich hineinschrie. Der große Albrecht Dürer, der mich wundfickte, wenn er wütend war. Der mir sagte, dass er mich liebte. Mich verkaufte wie ein Stück Fleisch. Und mich wieder schlug. Immer wieder, weil er dachte, ich würde ihn betrügen. Dieses geldgierige Schwein. Viel zu lange ertrug ich das.

Kein Wunsch half. Ich musste bleiben, ich wusste nicht wohin, keinen Ort, an den ich hätte gehen können. Kein Pass, kein Geld. Nur Dürer. Nichts machte es besser. Monatelang nicht. Bis ich zum Hauptmarkt ging und am Ring drehte. Worüber ich mich im Stillen lustig machte, seit ich in Nürnberg war. Ich tat es einfach, ich stand vor dem Schönen Brunnen und rieb an diesem drehbaren Ring, der in die Eisengitter eingearbeitet ist, ein Meisterwerk der Schmiedekunst. Ich wollte an diese Geschichte glauben, die man sich in Nürnberg erzählt. Dass Wünsche in Erfüllung gehen, wenn man es tut. Weil ich am Ende war. Nichts mehr war gut, ich war leer, ausgebrannt, nur noch diese Schale mit Wunden. Verzweifelt ließ ich den Ring durch meine Finger gleiten und wünschte mir ein neues Leben.

Warten auf ein Wunder im Dürer-Haus. Darauf, dass es besser wurde. Mit leeren Augen in meinem Bett. Bereit unterzugehen. Doch es kam anders. Fast magisch war es, wie alles in Bewegung kam, wie sich von einem Moment zum anderen alles veränderte. Die Tür ging auf, und zwei junge Männer kamen in mein Zimmer. Betrunkene Jugendliche, die ich vom Fenster aus angemacht hatte. Leichte Beute, zufriedengestellt in wenigen Minuten, angenehme Kundschaft. Noch bevor ich nackt war, waren sie fertig, ich blieb beinahe unberührt. Grölend kamen sie, kleinlaut gingen sie. Zurück blieb nur ein bitterer Geschmack in meinem Mund und diese Reisetasche. Sie hatten vergessen, sie mitzunehmen, zu schnell wollten sie den Sündenpfuhl verlassen, sich von der billigen Nutte entfernen. Eine liegen gebliebene Tasche neben meinem Bett. Ich war neugierig, ich wollte wissen, was sie bei sich hatten, ob Geld in der Tasche war. Ich machte den Reißverschluss auf und schrie. Laut. Kurz. Dann hielt ich mir die Hand vor den Mund, ich wollte nicht, dass jemand in den Raum kam. Dass jemand sah, was da in der Tasche war. Das Entsetzen in meinem Gesicht.

Mein Mund stand weit offen. Neben ein paar Klamotten lag dieser Arm in der Tasche. Nackt, kalt, am Oberarm abgetrennt, vertrocknetes Blut, nur der Knochen, der herausstand, und rosarotes Fleisch, blasse Haut und fette kleine Wurstfinger. Mit allem hatte ich gerechnet, aber nicht damit. Mit einem Arm in der Tasche. Dem Arm eines Menschen, eines erwachsenen Mannes. Betrunkene Kids, die ein Geheimnis mit sich herumschleppten, ein Verbrechen, einen Mord. Tausend Gedanken schossen mir durch den Kopf. Polizei, Aufruhr, Abschiebung. Und Albrecht Dürer, der mich schlagen würde. Weil *ich* dafür verantwortlich war, weil *ich* diese Burschen in mein Zimmer gelockt hatte, weil *ich* Albrecht Dürer die Bullen an den Hals hetzte. Das durfte nicht passieren. Deshalb schwieg ich.

Schweigen. Auch wenn es in diesem Moment nicht so aussah, aber dieser abgetrennte Arm sollte der Beginn meines neuen Lebens werden. Mit diesem Stück Fleisch in meinen Händen saß ich auf dem Bett und überlegte. So sehr ich auch schreien wollte, ich durfte es nicht. Ich ekelte mich, und trotzdem hielt ich diesen Arm fest wie einen Schatz. Weil da noch mehr war als Fleisch und Knochen. An dem Finger. Wie es glänzte und funkelte. Ein Ring aus Gold. Und Edelsteinen. Wie sie mich anstrahlten. Echter Schmuck, ich war mir sicher, das war mein Startkapital, der Ring war wertvoll. Einige tausend Euro, mit denen ich endlich wegkonnte von ihm. Weit weg mit diesem Ring, der fest an seinem Finger steckte. Sich nicht bewegen ließ. Egal, wie sehr ich daran zerrte. Keine Möglichkeit, ihn abzunehmen, so viele Versuche. Zu fett war der Finger. Zu lange dauerte es. Ich musste mich beeilen,

Dürer kontrollierte stündlich die Zimmer, er kam, um die Eier einzusammeln, sobald sie gelegt waren.

Da war keine Zeit für eine sanfte Lösung. Alles musste schnell gehen, irgendwie musste ich diesen Ring von dem Finger bekommen. Wie, war egal. Keine Skrupel, kein schlechtes Gewissen, es war nur fremdes Fleisch. So wie sonst auch. Einfach nur der Teil eines fremden Körpers, der in meinem Bett lag. Ohne Geschichte, ohne Bedeutung. Sein Arm, sein Ring, sein Finger. Ich brach ihn. Ich schlug den Arm gegen den Kleiderschrank, mehrere Male seinen Finger gegen die Holzkante, kleine Knochen, die brachen. Doch keine Lösung. Immer noch steckte der Ring fest. Mein Traum wegzugehen, davonzulaufen, war dabei, zu zerplatzen. Ich musste etwas tun, handeln. Ich rannte an den anderen Frauen vorbei nach unten in die Küche, ich wühlte in den Schubladen und kam mit einem großen Fleischermesser wieder nach oben. Niemand konnte etwas ahnen, keiner hatte das Messer gesehen. Ich warf die Tür ins Schloss und schnitt ihn ab.

Ein fetter, kleiner Finger, der zu Boden fiel. Den ich unter meinem Bett versteckte. Schnell, damit niemand es sehen konnte. Ihn verbergen, den Ring in meiner Hand. Freiheit. Gold, das ich zu Geld machen wollte, Edelsteine, von denen Dürer nichts wusste. Geld, das wie durch ein Wunder in mein Zimmer gekommen war. Das Wunder, auf das ich gehofft hatte, in meiner Hand. Wunderschön. Wie alles plötzlich funkelte und glänzte. Wie viel Zukunft da plötzlich war. Ein paar Minuten lang. So lange, bis die Tür aufflog und er mir alles wieder wegnahm.

Albrecht Dürer. Wie er mir ins Gesicht schlug. Seine Wut, seine Angst, dass ich ihn hintergangen hätte. Wie er mich auf das Bett warf und mich anschrie. Wo die Tasche sei. Dass zwei Burschen eine Tasche vergessen hätten. Dass sie unten standen und einen Tanz aufführten, um sie wiederzubekommen. Dass er ihnen gedroht und sie weggeschickt hatte. Dürer wollte wissen, was in der Tasche war, er drohte mir, er wusste, dass sie da war, er wusste, dass ich etwas vor ihm verbarg. Er hörte nicht auf, mich zu schlagen. Überallhin. Fest. Und laut. Bis ich nicht mehr anders konnte und ihm den Ring gab. Weil er mich sonst umgebracht hätte, weil er wusste, dass da etwas von Wert war. Weil die Jugendlichen ihn wahrscheinlich verzweifelt darum gebeten hatten, noch einmal ins Haus zu dürfen. Sie wollten nicht, dass ich den Arm finde. Den Ring. Dürer war das egal. Er hat einfach zugeschlagen. Bis der Ring in seiner Hand lag. Ohne Worte. Mein Glück.

Dürer. Wie er wieder ging. Zufrieden, mit einem Grinsen im Gesicht. Und wie ich zurückblieb. Leer und kaputt wie ein Spielzeug, das er einfach an die Wand geworfen hatte. Meine Haut, mein Rücken, das Gesicht, jeder Gedanke. Alles tat weh. Die Tränen, die über meine Wangen liefen. Weil ich nicht mehr konnte, weil ich mir nicht vorstellen wollte, wie ich den nächsten Freier überleben sollte. Den nächsten Schwanz, der an meine Tür klopfte. In mich hineinwollte.

Heiner. Nur drei Minuten später. Nur drei Minuten, nachdem Albrecht Dürer mir meine Zukunft genommen hatte, betrat er das Zimmer. Dürer wollte mich bestrafen, er wollte mir zeigen, dass er es war, der hier das Sagen hatte. Nur er. Nicht ich. Ich musste funktionieren und den Stammfreier zufriedenstellen. Heiner. Weil er immer zu mir kam. Immer ins Dürer-Haus. Eine schnelle Nummer am Morgen vor der Arbeit, ein bisschen Glück für den schüchternen Heiner, der mich gernhatte.

Ein guter Mensch. Liebenswert fast. Weil ich Mitleid hatte für ihn. An manchen Tagen noch mehr für ihn als für mich. Heiner war verheiratet, unglücklich, Hunderte von unerfüllten

Wünschen plagten ihn, sein Leben war grau. Ohne Farbe seine Arbeit in der Bank, seit unzähligen Jahren in der Filiale am Lorenzer Platz, zuständig für die Kleinunternehmer in Nürnberg. Ein ordentlicher Mensch mit Scheitel. Und einem unbändigen Verlangen nach Zärtlichkeit. Zweimal in der Woche seine Sehnsucht nach Liebe. Für eine halbe Stunde tauchte Heiner unter bei mir, er verschwand aus der Welt, er kam in mein Zimmer und lächelte. Auch an diesem Morgen. Doch heute mischte sich sein Lächeln mit meinen Tränen. Er fragte, aber ich schwieg. Nichts darüber, warum ich weinte. Ich bat ihn, mich in Ruhe zu lassen. Heiner. Er sorgte sich, doch ich wollte das nicht. Ich wollte nur, dass er verschwand, ich wollte nur meine Wunden lecken, das Kissen über den Kopf ziehen und weinen. Alles vergessen wie Heiner. Stöhnen wie er. Mich auflösen. Fortgehen. Weit weg.

Heiner. Eine halbe Stunde, nachdem ich den Arm gefunden hatte, war er fertig und wollte gehen. Wäre ihm diese Münze nicht aus der Tasche gefallen, alles wäre beim Alten geblieben. Nichts von alldem, was dann kam, wäre passiert. Ein Fünfzig-Cent-Stück, das zu Boden fiel. Heiner bückte sich, um es aufzuheben. Er kroch unter das Bett und fand, was ich dort versteckt hatte. Einen Arm und einen abgetrennten Finger. Auch Heiner wollte laut losschreien, aber ich hielt ihm den Mund zu. Ich bat ihn, still zu sein, ich flehte ihn an und redete um mein Leben. Weil ich nur diese eine Möglichkeit hatte. Weil ich alles geben musste, damit er mir glaubte.

Zuerst Wien, dann Nürnberg, jahrelang Schläge, jahrelang das widerwärtige Dreckschwein Dürer, jahrelang nur Freier, Geilheit, Nacktheit, Gier. Ich wollte nicht mehr, ich konnte nicht mehr. Es gab nur diese eine Chance. Ich musste lügen, ihm eine Geschichte erzählen, ihn davon überzeugen, dass es um mein Leben ginge. Dass nur er es retten könne.

Dass alles an einem seidenen Faden hinge. Dass ich deshalb geweint hätte, als er in das Zimmer gekommen war. Dass ich verzweifelt sei. Dabei, durchzudrehen. Wegen dem Arm meines Bruders, wegen seinem Finger, den Albrecht Dürer ihm abgeschnitten habe. Mein Bruder, den es gar nicht gab.

Ja. Das war die Geschichte, die ich Heiner erzählte. Wie sie mir plötzlich einfiel. Albrecht Dürer habe meinem Bruder Arm und Finger abgeschnitten. Das erzählte ich dem guten Heiner. Mein Zuhälter, dieses brutale Schwein, habe ihn entführt und mir gedroht. Wenn ich nicht tun würde, was er von mir verlangte, würde Albrecht Dürer meinen Bruder töten. Arm und Finger seien nur ein Zeichen dafür, dass er es ernst meinte. Und Heiner solle mir helfen, dass nicht noch mehr passiere. Dass Albrecht Dürer ihn nicht töten würde. Ich log immer weiter, eine völlig absurde Geschichte, verrückt, unglaubwürdig. Aber Heiner glaubte mir. Ich brachte ihn dazu, mit mir die Bank am Lorenzer Platz zu berauben. Seine Bank. Das war der Plan.

Was für eine Geschichte. Was für ein Irrsinn. Was ein ganz normaler Tag hätte werden sollen, hatte sich noch vor dem Frühstück zum Albtraum entwickelt. Zu einem Albtraum, der Hoffnung machte. Ich spürte plötzlich die Freiheit, ich sah Licht, weil Heiner keine Sekunde zweifelte. Er starrte mich an und hörte mir zu. Er nickte. Wie einfach es war, ich konnte es selbst kaum fassen. Was ich ihm auftischte, worum ich ihn bat, wie verzweifelt meine Stimme war, wie ich weinte und den Finger meines Bruders hochhielt. Nur ein paar Stücke Fleisch und eine gute Geschichte. Wie ein Geschenk war der Arm aus der Tasche der Jungs. Ich hätte Heiner alles erzählen können, er hätte mir alles geglaubt, Heiner zögerte nicht, mir zu helfen. Von einem Moment zum anderen wurde er in ein Abenteuer hineingerissen, sein Leben wurde plötzlich bunter. Egal, ob er es wollte oder nicht.

Wie oft er mir von seiner Arbeit erzählt hatte. Heiner und die Bank. Wir hatten rauchend darüber gesprochen, wie man es anstellen müsste, einen Bankraub zu begehen. Fast romantisch waren meine Vorstellungen gewesen. Nach dem Geschlechtsverkehr, umarmt vom großen Geld geträumt. Der Banker und die Nutte. Weil es so schön klang, einfach in eine Bank zu spazieren und mit einem Sack voll Geld wieder zu verschwinden. Doch Heiner hatte diesen naiven Traum zerstört, punktgenau hatte er mir die Wirklichkeit erklärt. Dass es heute unmöglich sei, eine Bank auszurauben, dass es da kein Geld gebe am Schalter, nur lächerliche Summen. Dass es Zeitschlösser gebe, spezielle Schließsysteme im Tresorraum, Videoüberwachung, Sicherheitsdienste, größere Summen könne man nur mit persönlicher Vorbestellung beim jeweiligen Bankberater abheben. Es gebe also nichts Dümmeres als das Vorhaben, eine Bank zu überfallen. Und trotzdem dachte ich genau daran, als er sich übergeben musste.

Heiner hat Albrecht Dürers Perserteppich vollgekotzt. Sieben Minuten nach dem Orgasmus hat er sich noch einmal entleert. Was er gesehen hatte, was ich ihm erzählt hatte, worum ich ihn gebeten hatte. Es war zu viel für Heiner gewesen. Und trotzdem funktionierte es. Heiner wischte sich den Mund ab und hörte weiter zu. Er zitterte, er war mit allem einverstanden, er hatte Angst. Der Gedanke, die Polizei zu rufen, kam ihm nicht. Heiner. Er sollte mir nur helfen, das Geld für Albrecht Dürer zu besorgen. Dürer zwinge mich dazu. Mich und Heiner. Er wolle uns benutzen, uns beide. Dürer wisse, dass Heiner mich mochte, dass er in der Bank arbeitete und dass ich meinen Bruder nicht verlieren wollte. Alles Lügen, aber es funktionierte. Ich erzählte Heiner, dass mein Bruder zuerst in Sicherheit sein musste, dann erst sollte er Alarm schlagen. Am nächsten Tag erst. Wenn Dürer das Geld hätte und meinen Bruder freiließe. Genug Zeit also für mich, um die Stadt zu verlassen. Genug Zeit, um mit dem Geld zu verschwinden.

Heiner sollte sagen, dass er gezwungen worden sei. Dass er nicht anders gekonnt habe, dass ein Menschenleben auf dem Spiel gestanden habe. Und dass der große Albrecht Dürer dafür verantwortlich sei. Heiner sollte ihm die Polizei auf den Hals hetzen, er sollte ihnen sagen, wo sie den Arm und den Finger finden würden, er sollte ihn belasten und für immer ins Gefängnis bringen. Wegen Bankraub, Drohung, Nötigung. Albrecht Dürer sollte für immer in irgendeinem Loch verschwinden. Nie wieder sollte er mich berühren, mir weh tun, mir sagen, was ich zu tun hätte. Nie wieder. Weil ich zu diesem Zeitpunkt bereits im Zug Richtung Süden unterwegs wäre. Irgendwohin an einen schönen Ort, an dem ich Heiner vielleicht treffen würde, irgendwann. Und Heiner glaubte mir. Er tat mir leid, ich benutzte ihn, er war wie ein Kind. Mit verliebten Augen schaute er mich an und tat alles, was ich ihm sagte.

Alles kam so, wie ich es mir ausgedacht hatte. Das Geld, Dürer, Heiner. Gottseidank blieb er verschont. Er hatte niemanden gefährdet, ihn sperrte man nicht ein. Er hatte zwar gegen die Verhaltensregeln seiner Bank verstoßen und wurde gefeuert, aber er fand wieder Arbeit. Er hatte nur helfen wollen. Der Nutte und ihrem Bruder. Der Nutte, die von Albrecht Dürer zu allem gezwungen worden war. Sie ließen ihn gehen, die Polizei glaubte ihm, dass er nichts damit zu tun hatte. Dass ich es war, die mit dem Geld verschwunden war. Hunderttausend Euro, die er mir in die Hand gedrückt hatte. Hunderttausend Euro vom Konto einer großen Reinigungsfirma. Eine Barabhebung, das Geld vorbestellt, abholbereit für die vermeintliche Chefin der Firma. Für mich. So einfach war es gewesen. Ich hatte Heiner angesehen, unterschrieben mit irgendeinem Namen und war weggegangen. Durch die Halle, aus der Bank, hinaus in ein neues Leben.

Aus der Ferne habe ich alles beobachtet. Was mit Dürer passierte, und mit Heiner. Und ich habe erfahren, dass es ein Unfall gewesen war. Die Sache mit dem Arm. Der Mann, der ihn verloren hatte, war auf dem Weg nach Hause gewesen, zu Fuß, er hatte eine Abkürzung über die Bahngleise nehmen wollen. Kurz war er unachtsam gewesen, er hatte den Güterzug nicht rechtzeitig wahrgenommen, hatte nicht mehr rechtzeitig zurücktreten können. Ein sehr bedauerlicher Unfall. Sein Arm war von dem vorbeidonnernden Zug einfach abgerissen worden, auf der Ladefläche des Zuges war der Arm bis Nürnberg gereist, wo zwei Jugendliche ihn gefunden und mitgenommen hatten. Einfach so, weil sie betrunken waren, weil sie vielleicht den Ring wollten, genauso wie ich. Übermütige, betrunkene Jugendliche, die zu mir gekommen waren, nachdem ich am Schönen Brunnen gewesen war.

Fast ein Märchen wäre es. Fast. Wenn Albrecht Dürer nicht gewesen wäre, wenn mich die Gedanken an ihn nicht ständig daran erinnern würden. Es ist die Wirklichkeit. Dass dieser Wunsch tatsächlich in Erfüllung gegangen ist. Ich atme, ich bin noch da, ich lebe. An manchen Tagen bin ich sogar glücklich. Irgendwo auf einer Brücke stehe ich und werfe Kieselsteine ins Wasser. Dürers Hase. Mit einem Lächeln im Gesicht, weil ich daran glaube und nichts anderes sagen kann. Dass es dieser Ring am Schönen Brunnen war. Er hat alles verändert. Für immer.

Gunter Gerlach

Wie man einen Schatz findet

»Ich habe keine Lust mehr. Gangster wie ich sind am Aussterben.« Erich ist Einbrecher und fast fünfzig. Immer wenn ein Einbruch gut gelungen ist, bekommt er Depressionen.

Ich breite die Arme aus. »Du bist noch nie erwischt worden.«

»Genau deshalb wird die Wahrscheinlichkeit immer größer.« Erich sackt in den Sessel des Cafés zusammen, nur sein Kopf guckt noch über den Tisch. Mit der schwarzen Hornbrille und den wenigen zurückgekämmten Haaren sieht er aus wie Erich Honecker. Falls sich noch jemand an den erinnert.

»Was willst du denn machen?«, frage ich. »Du kannst doch nichts anderes.«

»Meinem Namen Ehre erweisen.«

»Erich?«

»Erich kommt von Ehre. Ich will ehrlich werden.«

»Ehrlich? Du bist verrückt.« Ich hebe die braune Obsttüte mit der Beute hoch. Es sind Neuntausend. Schwarzgeld eines Gemüsehändlers. Die wissen einfach nicht mehr, wohin mit ihrem Geld. Erich weiß immer, wo sie es verstecken.

Ich bin über zehn Jahre jünger als Erich. Und manchmal geben wir uns als Vater und Sohn aus. Bevor ich Erich traf, war ich Bankräuber. Mein Trick war eine Art umgekehrte Verkleidung. Ich habe extrem abstehende Ohren, und vor jedem Überfall klebte ich mir die flach an den Kopf. Ähnlich ist es mit meinen Schlupflidern, die hängen mir normalerweise bis zur Hälfte über die Augen. Vor den Überfällen habe ich die immer festgeklebt mit doppelseitigen Klebepunkten. Es macht einen starren Blick, ohne zu blinzeln. Nach einem Überfall befreite ich die Ohren dann und stellte die Lider wieder auf Halbschlaf. Aber das Geschäft lief immer schlechter, denn nach und nach gab es auch hinter den Tresen der Banken nur noch Geldautomaten.

Erst der dritte Kaffee richtet Erich wieder etwas auf. Er atmet tief ein, der Brustkorb hebt sich, der Kopf bekommt wieder einen Hals. Er rutscht nach vorn auf die Sesselkante. »Ich hab mir immer einen Job aufgehoben, den letzten. Und der ist fast schon ehrlich.« Er greift nach seinem Hut. Mit Hut sieht er erst recht aus wie Honecker.

»Wo willst du hin?«

»Vor die Tür zum Telefonieren.«

Vor dem Fenster des Cafés geht er auf und ab wie ein Tier im Käfig.

Als er zurückkommt, erklärt er, wir müssten in eine kleine Stadt namens Roth fahren. Dort läge ein großer Klumpen Gold versteckt. Der sei zu finden. Der Gärtner mache bereits Quartier für uns. Als Provision wolle der Gärtner eine Frau von uns.

»Der Gärtner?«

»Unser Kontaktmann.«

»Und wir sollen ihm eine Frau kaufen?«

»Nein, eine zum Heiraten.«

»Wir haben ja nicht mal selber eine.«

»Kommt Gold, kommt Rat«, sagt Erich.

»Ich denke, es heißt Roth?«

»Genau, kommt Roth, kommt Rat.«

Erich verlässt pfeifend das Café. Ich zahle unsere Rechnung aus der Obsttüte. Mir kommt die Geschichte wie ein

Märchen vor. Aber bisher konnte ich mich auf Erich verlassen.

Auf der Straße sagt Erich: »Geh rüber zur Bank, richte ein Konto ein und zahl die Hälfte vom Geld ein.«

Er zeigt schräg gegenüber auf eine Bankfiliale.

»Moment. Und wenn die mich wiedererkennen?«

»Ist das eine von denen?«

Ich nicke stumm.

»Guter Test. Geh schon«, sagt Erich.

In der Bank stand dasselbe Mädchen hinterm Tresen wie vor zwei Jahren. Sie hat mich nicht erkannt.

Das bringt mich auf den Gedanken, kurz bevor wir Roth erreichen, mir die Ohren und die Augenlider anzukleben.

»Das ist kein Überfall«, sagt Erich.

»Man weiß nie.«

»Wir agieren als Voraustruppe eines weltweit tätigen Maklers. Wir suchen Grundstücke. Der Gärtner hat für uns bereits ein Büro in der Hauptstraße gemietet, da wohnen wir auch.«

Wenigstens die Ohren klebe ich mir an. »Ich habe noch nie einen Makler mit abstehenden Ohren gesehen.«

»Es gibt sogar Schauspieler mit abstehenden Ohren.«

»Ja, Schauspieler kann man damit werden, aber niemals Makler. Als Makler musst du windschlüpfrig sein.«

In der Hauptstraße winkt uns ein jüngerer Mann mit Rucksack, dem die blonden Strähnen ins Gesicht fallen. Er steckt den Kopf durchs Fenster ins Auto. »Da drüben, in dem leer stehenden Haus, ist euer Laden. Ich hab dem Blumenhändler gesagt, er kann seine Ware davor stehen lassen. Ist doch eine gute Tarnung. Ihr müsst das Geld für die Miete schnell überweisen. Heute Morgen habe ich noch Vorhänge gekauft und vor die Fenster gehängt und ein paar Sachen reingestellt. Macht zweihundertfünfzig Euro.«

Er streckt die Hand aus. Erich nickt. Ich zähle das Geld ab. Der Gärtner gibt uns den Mietvertrag und den Ladenschlüssel.

Über dem Eingang unseres Büro hängt noch das alte Schild: *Der Schneiderladen.*

Als wir reingehen, zeige ich darauf. »Kein gutes Omen.«

Erich runzelt die Stirn. »Wieso?«

»Beim Skat bist du Schneider, wenn du nichts hast.«

»Wir haben was. Wir haben Glück. Immer.« Er zeigt auf unseren Wagen. Eine Politesse hat sich davor aufgebaut, will einen Strafzettel ausfüllen.

»Wir fahren gleich wieder weg!«, ruft Erich.

Die Frau hebt die Hand und geht weiter.

»Sag ich doch. Wir haben Glück.«

»Wo sind deine Depressionen?«

Im Laden stehen eine Tischplatte auf Böcken, zwei Klappstühle und zwei Feldbetten. Das Wichtigste: Der Gärtner hat uns auch sein Metallsuchgerät hingestellt.

Ich gehe ums Haus, wegen der Fluchtwege. Der Blumenhändler verkauft im Gang links zum Hinterhaus, dort hat er sein Lager. Rechts gäbe es einen schmalen Fluchtweg, aber wir haben keinen Hinterausgang, und alle Fenster nach hinten sind vergittert. Wir sitzen in der Falle.

Erich ist es egal.

»Was ist mit dem Blumenhändler?«, frage ich.

»Alte Einbrecherregel«, sagt Erich, »man klaut nicht beim Nachbarn.«

»Und dieser Gärtner, warum sucht er den Schatz nicht selbst?«

»Alte Piratenregel«, sagt Erich, »wenn du in der Höhle wohnst, wo der Schatz vergraben ist, findest du ihn nicht.«

Der Gärtner führt uns durch die Stadt. Sogar in die Kirche gehen wir. Überall sind Läden zu vermieten. Keine gute Gegend für Einzelhändler und Gangster, die den Händlern das Geld klauen wollen. Erich ist es egal.

»Stimmt«, sage ich, »du heißt ja jetzt nicht mehr Erich, sondern Ehrlich.«

Der Gärtner erklärt, dass in Roth seit dem Mittelalter Gold zu Draht und Fäden verarbeitet worden sei. »Leonische Ware heißt das. Für Uniformen zum Beispiel. Es gibt noch ein Industriemuseum, eine richtige kleine Fabrik, voll funktionsfähig, da kann man sehen, wie die das damals verwebt haben. Deshalb ist immer viel Gold in der Stadt gewesen.«

Der Gärtner zeigt uns Teile der Stadtmauer. Wir folgen ihrer Linie. An einer Stelle steckt noch eine Kanonenkugel in der Mauer.

Erich will wissen, was nun mit dem Gold sei.

»Vielleicht ist es hinter der Kanonenkugel«, grinst der Gärtner. Dann berichtet er, dass vor über hundert Jahren ein Goldklumpen gestohlen worden sei. Sein Urgroßvater habe einen der Diebe noch gekannt. Die haben das Gold vergraben und als Zeichen einen Baum darauf gepflanzt. Und auf den Bildern im Schloss soll man Hinweise auf das Versteck finden. Das Schloss Ratibor steht mitten in der Stadt und ist nur ein paar Meter von unserem Laden entfernt.

»Und was hast du auf den Bildern entdeckt?«

»Nichts«, sagt der Gärtner.

»Wenn man so viel über den Schatz weiß, warum wurde der noch nicht gefunden?«, frage ich.

»Alte Piratenregel«, flüstert mir Erich ins Ohr, »man sieht immer nur bis zum eigenen Horizont.«

Wir besichtigen das Schloss Ratibor. Ich bekomme eine Genickstarre, denn viele Bilder hängen an der Decke.

»Wonach suchen wir?«, frage ich und drehe meinen Kopf. Es knirscht im Genick.

»Einen frisch gepflanzten Baum zum Beispiel«, sagt der Gärtner.

»Typisch Gärtner«, sagt Erich. »Ein Baum, der vor über hundert Jahren gepflanzt worden ist, wäre gar nicht mehr da.«

»Doch, es gibt so alte Bäume«, sagt der Gärtner. »Mein Urgroßvater erzählte meinem Vater, die Diebe hätten das Gold nicht wiedergefunden, weil das in den Baum eingewachsen war, also mit ihm immer weiter hochgewachsen ist.«

»Die haben das Gold selbst nicht wiedergefunden?« Erichs Stimme donnert, und auf seiner Stirn bildet sich eine Falte in der Form eines Blitzes.

»Psst«, sagt der Gärtner. »Die Diebe haben sich für das Versteck an diesen Bildern orientiert – statt einen Schatzplan herzustellen. Die wollten das Gold erst dreißig Jahre später wieder ausgraben für einen sorgenfreien Lebensabend. Aber da war einer schon gestorben, und der zweite hatte Alzheimer, der fand die Stelle nicht mehr.«

Der Gärtner verabschiedet sich, wir machen eine zweite Runde durchs Schloss. Die ganze Zeit habe ich das Gefühl, dass der Gärtner doch noch hinter uns ist und uns belauscht. Schließlich verlassen wir das Schloss. Erich kauft noch eine Broschüre mit den Gemälden.

Wir gehen über den Schlosshof. »Den Goldklumpen habe ich schon gefunden«, sagt Erich. Er sieht sich um.

»Wo ist er?«

»Hier.« Er blättert die Broschüre durch. Ein Bild zeigt eine

Küchenszene. Ein Mädchen hält eine Waage in der Hand, darauf ein riesiger Goldklumpen.

»Das ist doch Käse«, sage ich.

Wir gehen durch den Torweg. Dahinter bleiben wir stehen und spähen zum Schlosseingang zurück. Nach kurzer Zeit kommt der Gärtner heraus.

»Dachte ich mir«, sagt Erich. »Es sind schon Leute für so viel Käse umgebracht worden.«

»Der Gärtner …«, sage ich und Erich ergänzt: »… ist immer der Mörder.«

Wir setzen uns draußen vor ein kleines Café neben der Kirche und bestellen Kaffee und Kuchen. Erich vertieft sich in die Broschüre. Zum zweiten Mal geht eine junge Frau vorbei in einem langen gelb-schwarz gestreiften Kleid. Diesmal fällt ihr die Einkaufstüte aus der Hand. Äpfel rollen über die Straße.

Ich springe auf und helfe ihr beim Aufsammeln.

»Danke«, sagt sie. »Ich dachte, ich kenne alle heiratsfähigen Männer in Roth.«

»Ich bin neu«, sage ich, »meine Name ist Neubert.« Ich heiße wirklich Bert.

Ich sehe an ihrem Kleid herab. »Ich nehme an, man nennt Sie ›Bienchen‹.«

»Woher wissen Sie das?«

»Das Kleid«, sage ich.

»Es gefällt Ihnen?«

»Auch der Inhalt.«

»Sie würden mich also auch in einem anderen Kleid wiedererkennen.«

»Unbedingt.« Es ist schon fast eine Verabredung.

»Das werde ich ausprobieren.«

Ich erzähle ihr, wo wir unser Büro haben. Sie weiß es schon. Dann gehe ich zu Erich zurück.

»Die nehmen wir als Provision für den Gärtner«, sagt Erich.

»Nein, die ist zu gut, die kriegt er nicht!«

Erich liegt auf dem Feldbett und denkt laut. »Gehen wir davon aus, dass der Goldklumpen mit dem Baum in die Höhe gewachsen ist. Wo war der Baum? Das größte Bild in der Mitte des Prunksaals muss die Hinweise geben. Da ist der Maler drauf, der mit dem Pinsel auf eine bestimmte Stelle zeigt. Er sitzt auf einer Brücke. Es ist also am Wasser, am größten Fluss hier, der Rednitz.«

»Na und?« Ich sitze am Tisch und stütze mit beiden Händen meinen Kopf. Er brummt, weil Bienchen darin herumsummt. Ich muss immer an sie denken, so einer Frau bin ich noch nie begegnet.

»Der Gärtner sagt, da an der großen Kreuzung vor der Brücke über die Rednitz, da hätte mal ein riesiger Baum gestanden«, fährt Erich fort, »also einer, der über hundert Jahre alt gewesen sein kann. Natürlich hat man das Holz verarbeitet. Ha, ich weiß wofür …« Er springt auf und greift sich das Metallsuchgerät. Ich schüttle mir Bienchen aus dem Kopf und nehme eine Kopfschmerztablette, um mich gegen die aufkommende Liebe etwas zu immunisieren, dann eile ich Erich nach und sehe ihn gerade noch in der Kirche verschwinden.

Drinnen fährt er mit dem Metalldetektor die Säulen auf und ab, als würde er sie absaugen. Er trägt einen Kopfhörer, der verrät durch seinen sich verändernden Ton, ob da Metall ist. Mir fällt erst jetzt auf, dass die Säulen in der Kirche tatsächlich aus Holz sind. Um ganz oben an die Säulen zu kommen, hat Erich sich einen Stuhl geholt. Zum Glück ist niemand in der Kirche. Sie gefällt mir gut, hat etwas Gemütliches.

Erich findet nichts. Er schüttelt die Arme, als müsse das Gold aus den Ärmeln fallen. »Ich habe Hunger«, knurrt er.

Vor der Kirchentür erwartet uns Biene. Sie hat sich umgezogen, trägt jetzt Jeans. Mein Herz hämmert im Brustkorb. Es will raus. Zu ihr. Es will sich ihr schenken.

Erich knurrt wieder, dass er Hunger hätte.

Mein Herz hangelt sich an der Speiseröhre nach oben, bis es auf meiner Zunge liegt und fragt: »Woher wusstest du, dass wir hier sind?«

Sie fängt das plötzliche Du auf. »Du, Neubert, du«, sagt sie, »dies ist eine Kleinstadt, da findet man immer jemanden, der alles weiß und es jedem gern erzählt.«

Erich lässt seinen Magen knurren.

Biene hat uns zu *Waldis Ranch* geführt. Erich ist begeistert, denn schon draußen stand auf einer Tafel, dass es Rinderrouladen gibt. Der Wirt erkennt uns als Neulinge. Er behauptet, er wäre der Burgermeister von Roth, weil er die besten Burger in der Stadt machen würde. Wir bleiben trotzdem bei den Rouladen.

Biene bestimmt einen Tisch und setzt sich mir gegenüber. Sie erzählt von dem Mann, mit dem sie immer noch verheiratet ist, der sie aber vor Jahren plötzlich verlassen hat. Er hat sich nie wieder gemeldet. Es sei nicht schade darum, denn er habe sie betrogen und gequält, sei überhaupt ein brutaler Kerl gewesen. Ich kann ihr gar nicht richtig zuhören, denn wenn ich in ihre Augen sehe, wird mir schwindelig. Ich blicke mich in der Kneipe um. An der Wand zum Durchgang nach hinten hängt der Kopf eines Rehs. Es sieht aus, als hätte es Schaum vorm Mund.

Erich hat entdeckt, dass die Tischbeine Ausschnitte aus Baumstämmen sind.

Er schaltet das Metallsuchgerät ein und fährt damit an ihnen entlang.

»Was wird denn das?«, fragt der Wirt.

»Ich teste nur unser Gerät.«

»Was hast du da eigentlich hinterm Ohr?«, fragt mich Biene. »Ist das ein Hörgerät?«

»Nee, das ist ein Klebstreifen. Ich hab so fürchterlich abstehende Ohren.«

»Lass sehen.«

»Nein.«

»Schämst du dich?«

Ich nicke und mache die Klebstreifen ab, meine Ohren klappen vor. Biene beugt sich über den Tisch und greift danach, zieht mich zu sich heran.

»Süß«, sagt sie und küsst mich.

Meine Ohren sind bestimmt ganz rot und ich habe – wie das Reh – Schaum vorm Mund.

»Noch mal«, sagt Biene und greift wieder nach meinen Ohren.

Die Liebe dreht mich auf dem Feldbett wie ein Hähnchen am Grill. Nach etlichen Umdrehungen kommt Erich mit dem Kopf hoch und sagt: »Willst du eine Tablette? Ich hab da welche, die nehme ich immer vor einem Bruch, dann bin ich ganz ruhig. Hilft bestimmt auch bei Liebe.«

Ich setze mich auf und schüttle den Kopf. »Nee, ich muss das auskosten. Mir war noch nie so.«

Ich stehe auf, wandere durch unser Büro. Wenn ich mich hinlege, rotiere ich nur wieder. »Wie findest du Biene?«, frage ich.

»Der Gärtner sagt, mit der müsste man vorsichtig sein.«

»Warum?«

Erich hebt die Schultern. »Vielleicht ist er bloß eifersüchtig.«

»Und wie findest du sie?«

»In Ordnung.«

Ich hatte mehr Begeisterung erwartet.

»Mal was anderes«, fährt er fort. »Wenn die damals das Gold in der Fabrik geklaut haben, dann müssen sie es doch auf dem Firmengelände vergraben haben. Denn bei einer Firma, die Gold verarbeitet, gab es damals bestimmt auch schon Kontrollen am Ausgang.«

»Du meinst, wir gehen übern Zaun.« Ich schiebe die Vorhänge vom Fenster ein Stück zur Seite. Draußen ist Nacht und niemand mehr unterwegs. »Vielleicht sollten wir das jetzt machen.«

Erich lacht. »Alte Einbrecherregel: niemals nachts. Da sind alle Alarmanlagen eingeschaltet. Ich gehe da morgen ganz normal durchs Tor rein, sag, ich hätte einen Termin mit Doktor Krumpelmann.«

»Du kennst da jemanden?«

»Nein, ich nuschle nur irgendeinen Namen. Und du kannst sicher sein, der Pförtner wiederholt einen Namen, von dem er meint, ich hätte den genannt. Und den wiederhole ich dann auch.«

»Und wenn der Pförtner dich anmeldet.«

»Dann sage ich, ich muss nur das Gerät liefern. Und dann halte ich unseren Metalldetektor in die Höhe.«

Wegen Biene bin ich spät eingeschlafen, und als ich erwache, summt sie schon wieder in meinem Kopf, dafür ist Erich weg. Doch plötzlich stürzt er zur Tür herein, geht zu seiner Tasche und wühlt darin, zieht eine Mappe heraus. Alle Fragen prallen an ihm ab. »Alles im Griff«, sagt er und verschwindet wieder.

Nach einer Stunde ist er wieder da. »Die haben mich eingestellt«, grinst er.

»Wie?«

»Da hing ein Schild, dass sie Mechaniker suchen. Die haben eigene Hausmechaniker für ihre Maschinen.«

»Das kannst du doch gar nicht.«

»Ich habe sogar mal Maschinenbau studiert. Das kommt einem als Einbrecher zugute.«

»Stimmt.«

»Übermorgen fange ich an. Ich hab sogar Vorschuss bekommen, weil ich mir ja hier eine Wohnung suchen muss.«

»Das ja optimal, so kannst du das Gelände erkunden.«

»Da ist nix, das habe ich gleich gesehen.«

»Und warum hast du dich dann anstellen lassen?«

»Weißt du, die zahlen ziemlich gut, und es ist ein angenehmer Job. Besser als Goldsuche und die ganze Einbrecherei.«

»Du willst wirklich …«

»… ehrlich werden«, ergänzt er. Und plötzlich sieht er nicht mehr aus wie Honecker.

Erich ist bei seiner neuen Arbeit. Er hat auch schon eine kleine Einliegerwohnung für sich gefunden. Für mich ist da kein Platz. Ich besuche Biene, vielleicht kann ich bei ihr wohnen. Sie reitet gerade auf dem Staubsauger durch das Haus. Ich berichte ihr von Erichs neuem Job und wie glücklich er damit ist.

»Ich hab mir gleich gedacht, dass ihr keine Makler seid«, sagt sie. »Und was machst du jetzt?«

Ich erzähle ihr, dass wir wegen des Goldes nach Roth gekommen sind. »Wir sind Schatzsucher.«

»Dann kannst du gut mit der Schaufel umgehen. Ich mach uns was zu essen, und du könntest schon mal hinten im Garten ein neues Gemüsebeet anlegen. Das hätte ich gern wieder.«

Sie führt mich in den großen Garten mit mehreren Gewächshäusern. Alles ist überwachsen und verwildert.

»Als mein Mann noch da war, haben wir professionell Gemüse angebaut und verkauft.«

»Das könnte man doch wieder hinkriegen.« Ich denke, das wäre ein Job für mich.

»Kannst du das?«

»Mein Großvater hatte eine Gärtnerei. Ich habe bei ihm gearbeitet.«

Biene öffnet den Schuppen mit den Gartengeräten und zeigt mir eine Ecke für das Beet. Kaum ist sie wieder im Haus, denke ich, es gäbe eine bessere Stelle mit mehr Sonne. Beim Umgraben kommt mir der Gedanke, dass auf dem Gemälde mit dem Goldklumpen viel Gemüse zu sehen war. Vielleicht ist das ja der richtige Hinweis.

Ich bin fast fertig, als der Spaten auf etwas trifft, das weiches Metall sein könnte.

In diesem Moment ruft mich Biene zum Essen. Ich glätte die Erde und gehe ins Haus. Biene schickt mich unter die Dusche und kommt gleich selber mit.

In der Nacht erwache ich. Bienes Atem neben mir geht gleichmäßig. Ich schleiche mich hinaus in den Garten und hole den Spaten. Ich finde die Stelle in dem Beet sofort. Ich brauche nicht tief zu graben. Doch was ich im Licht des Mondes in den Händen halte, ist der Totenschädel eines Menschen.

Ich vergrabe ihn wieder – ich habe längst etwas Besseres als Gold gefunden –, dann schleiche ich mich zurück ins Bett. Mein Schatz schläft tief und fest.

Andreas Gruber

Das tapfere Schneiderlein

Warum glauben die Leute eigentlich immer alles, was ihnen auf die Nase gebunden wird? Die Altstadt von Schwabach ist zwar der schönste Teil der Stadt, ein heiteres Sammelsurium aus Torbögen, Giebeldächern, bunten Häuserfassaden, Brunnen, Kirchen und holprigen Kopfsteingässchen, aber dennoch ist sie ein kriminelles Pflaster, eine Brutstätte für Mord und Totschlag. Eine Goldschlägerstadt für die einen – eine Totschlägerstadt für die anderen. Ich kann es beurteilen, immerhin wohne ich bereits ein Leben lang dort. Seit fünfunddreißig Jahren, um genau zu sein. In einem alten Fachwerkhaus neben der Fleischbrücke, im ersten Stock, mit Balkon und Aussicht auf die funkelnde Schwabach, die mitten durch die Innenstadt fließt – der einzige Lichtblick meines eintönigen Alltags. Ich verdiene meine Brötchen als Marionettenspieler im Schwabacher Puppentheater. An den Wochenenden spielen wir oft zwei Vorstellungen pro Tag – die Eltern laden ihre Kleinen bei uns ab, damit sie wenigstens für eine Stunde ihre Ruhe haben.

Am letzten Sonntag im Mai nach der Mittagsvorstellung – ich weiß noch, es hatte gerade aufgehört zu regnen – kam ich nach Hause, wollte die Wohnungstür aufsperren und merkte, dass etwas nicht stimmte.

Das Schloss war aufgebrochen, die Eingangstür war nur angelehnt und hing verbogen im Rahmen. Holzspäne lagen auf dem Schuhabtreter. Natürlich hätte ich gleich die Polizei verständigen können, das wäre sogar vernünftig gewesen, doch – und das verstehen so wenige – *meine Welt ist nicht immer logisch, und ich handle nicht immer schlüssig.* Mit zitternden

Händen hob ich die Späne auf. Mein Herz pochte bis zum Hals, ich konnte keinen klaren Gedanken fassen und stolperte wie benommen in die Wohnung. Es roch nach Pfannkuchensuppe und knusprig gebratenem Schäufele mit Klößen. Annemarie bereitete gerade das Mittagessen zu. Hoffentlich war ihr nichts zugestoßen!

»Annemarie! Um Himmels willen, Annemarie?«, rief ich nach meiner Frau und lief durch Vorraum und Wohnzimmer.

Sie lag auf dem Küchenboden, ein umgekippter Kochtopf neben ihr. Ihre Küchenschürze war hochgerutscht, bis über ihre Oberschenkel. Annemarie war nur zwei Jahre älter als ich und sah unendlich hübsch aus – sogar jetzt, obwohl ihrer Pose etwas Obszönes anhaftete. Ihr Hals war unnatürlich verrenkt. Die kalten, aufgerissenen Augen starrten mich anklagend an. *Wie konntest du mich nur allein lassen, anstatt zu verhindern, dass ich hier verblute?* Ein schwarzer Messergriff ragte aus ihrem Hals, und in diesem Moment erkannte ich, dass die dunkle Pfütze unter ihrem Kopf keine Bratensoße war.

Mein Herz raste und noch bevor ich nach ihrem Puls fühlen konnte, ließ mich ein Geräusch erstarren, als hätte man mir einen Eimer Eiswasser über den Rücken gegossen.

Jemand durchwühlte im Schlafzimmer die Schubladen und bemühte sich dabei nicht einmal, besonders leise zu sein.

Spätestens jetzt hätte ich die Polizei verständigen sollen, doch in einer Situation wie dieser konnte ich nicht rational denken. Wie hypnotisiert betrat ich das Schlafzimmer. Da stand er und kehrte mir kurz die Seite, danach den Rücken zu. Er erinnerte mich an mich, als ich zwanzig war, sportlich, kurzes schwarzes Haar und eine dunkle Windjacke. Matsch klebte an seinen Schuhen. Gierig stopfte er Annemaries Schmuck aus ihrer Perlmuttschatulle in seine Jackentasche. Hinter ihm lagen die offenen Medikamentenschachteln auf dem Boden verstreut, jede Menge Silberfolien mit Haldol- und Risperdal-Tabletten.

Er musste mich gehört haben, denn plötzlich fuhr er wie ein Raubtier herum. Unsere Blicke trafen sich. Was war ich doch nur für ein Idiot gewesen! Angstvoll wich ich zurück. Ein fast doppelt so alter Puppenspieler stellte für ihn keine Gefahr dar. Das musste er nicht nur an meinem Zittern, sondern auch an meinem Blick erkannt haben.

Ansatzlos stürzte er auf mich zu, stieß mich rücklings an die Wand und wollte aus dem Schlafzimmer rennen. Doch in einer unüberlegten Reaktion packte ich ihn am Ärmel. Dieser Wahnsinnige hatte Annemarie getötet! Ich konnte ihn nicht so einfach davonkommen lassen.

Jetzt endlich schrie ich um Hilfe und packte ihn an der Kehle. Sogleich fuhren seine Finger in mein Gesicht, stießen in meine Augen und krallten sich in meine Wangen. Ich musste loslassen. Tränen schossen mir in die Augen, Blut lief mir übers Gesicht. Als ich wieder klar sehen konnte, war er verschwunden.

Im Wohnzimmer stand die Balkontür offen. Dieser Mistkerl war über die Brüstung auf den schmalen grünen Uferstreifen neben der Schwabach gesprungen. Als ich ins Freie taumelte, sah ich nur noch, wie er unter der Brücke verschwand.

Kurz darauf traf ein fetter Mann vom Kriminaldauerdienst ein. Ein Kerl mit Seehundbart, langen Koteletten, aber dem Blick eines Wiesels. Jemand im Haus hatte meine Hilferufe gehört und die Polizei alarmiert.

Ich gab meine Aussage zu Protokoll. Der Beamte schrieb jedes Wort mit, massierte sich dabei aber ständig die Schläfe.

»Sie haben wohl nicht zufällig Melperon im Haus?«, fragte er schließlich.

»Was? Nein.« Ich schüttelte den Kopf. »So etwas nehme ich nicht.«

Er sah zum Kotzen aus, doch das interessierte mich nicht die Bohne.

Völlig verstört und gebrochen saß ich auf der Wohnzimmercouch. Der Beamte musste mich wohl für verrückt halten, denn ich wollte Annemarie noch einmal sehen, doch er ließ mich nicht zu ihr in die Küche. Die Spezialisten von der Spurensicherung mussten vorher kommen, alles aufnehmen, und erst dann würde die Leiche abtransportiert werden.

»Sind wir fertig?«, wollte ich wissen.

»Eine Frage habe ich noch«, antwortete er und blätterte durch seine Notizen. »Sie haben ausgesagt, dass Sie beim Betreten der Wohnung laut nach Ihrer Frau gerufen haben?«

Ich nickte.

»Trotzdem hat der Dieb im Schlafzimmer weitergemacht? Hätte er Ihr Rufen nicht hören müssen?«

Ich zuckte mit den Achseln. Woher sollte ich wissen, was im Kopf dieses Mannes vorgegangen war?

»Und obwohl Sie wussten, dass sich ein Mörder in Ihrem Schlafzimmer aufhielt, haben Sie es unbewaffnet betreten. Warum?«

Ich zuckte erneut mit den Achseln. »Keine Ahnung. Sind wir fertig?«

»Eine Frage noch.« Er musterte mich aufmerksam. »Sie sagten, Sie hätten während des Kampfes mit dem mutmaßlichen Mörder um Hilfe gerufen.«

»Mutmaßlich?«, wiederholte ich.

Er hob wie zur Bestätigung die Augenbrauen. »Aber die Nachbarn hörten im Treppenhaus nur die Rufe einer *Frau*, worauf sie die Polizei verständigten. Niemand hörte den Ruf eines *Mannes*. Wie erklären Sie sich das?«

»Hören Sie, woher soll ich das wissen?«

»Sie sagten, Sie wären geradewegs von der Mittagsvorstellung des Puppentheaters nach Hause gekommen. An Ihren Schuhen klebt aber Matsch, der in der ganzen Wohnung verteilt ist. Woher stammt er?«

»Ich weiß es nicht. Womöglich bin ich durch den Park heimgelaufen.«

»Ein Umweg durch den Park, obwohl – wie Sie sagten – Ihre Frau mit dem Mittagessen auf Sie wartete?«

Nun war es offensichtlich, dass mir der Fettsack etwas anhängen wollte. »Ich kann mich nicht mehr erinnern«, behauptete ich deshalb, um mich nicht tiefer in den Schlamassel zu reiten.

»Die Kratzspuren an Ihren Wangen sehen aus wie von den Fingernägeln einer Frau.« Er deutete mit dem Kugelschreiber auf mein Gesicht. »Unter den Fingernägeln Ihrer Ehefrau habe ich Blutspuren und Hautreste gefunden. Wie erklären Sie sich das?«

Ich wurde zornig. »Bezichtigen Sie etwa *mich* des Mordes?«

»Ich möchte, dass Sie sich konzentrieren und meine Fragen beantworten. Sie sagten, der Mann wäre über den Balkon gesprungen. Am Bachufer befinden sich aber keine Schuhabdrücke oder Vertiefungen.«

Ich entgegnete nichts.

»Hatten Sie Streit mit Ihrer Frau?«, fragte er.

»Wie lange dauert es noch, bis Ihre Kollegen von der Spurensicherung eintreffen?«, fragte ich.

Er blickte auf die Armbanduhr. »Etwa fünf Minu…«

Das kurzstielige, zweischneidige Messer mit dem schwarzen Griff ging wie durch Butter in seinen Hals.

Er sprach den Satz nicht zu Ende, sondern röchelte bloß mit weit aufgerissenen Augen. Sein Notizbuch fiel zu Boden.

Seine schwabbeligen Arme schlugen wenige Sekunden lang um sich. Während er kopfüber von der Couch sackte, hörte sein Herz auf zu schlagen, und der Blutschwall, der im Sekundentakt aus seiner Halsschlagader pulsierte, versiegte langsam.

Warum ich das getan habe? Nein, ich bin nicht verrückt, aber wie ich zuvor schon sagte, man darf nicht alles glauben, was einem erzählt wird. Manchmal lüge ich. Natürlich habe *ich* Annemarie getötet, aber ich hätte nicht gedacht, dass der fette Kerl die Unstimmigkeiten meiner Geschichte so schnell entlarven würde. Was hätte ich machen sollen? Ihn doch nicht etwa am Leben lassen oder aufs Revier begleiten?

Ich hatte also nur noch vier Minuten Zeit, bevor seine Kollegen von der Spurensicherung eintreffen würden. Zeit genug, um beide Messer aus den Leichen zu ziehen, Schmuck, Reisepass und einen schönen Batzen Bargeld zusammenzuraffen, meine blutbesudelten Kleider zu wechseln und die Wohnung zu verlassen. Über den Balkon.

Ja, richtig. *Über den Balkon!* Drei Meter in die Tiefe. In Wahrheit bin ich nicht so unsportlich, wie man vielleicht vermuten würde.

Während der Kripowagen durch die Fußgängerzone heranraste, lief ich unter der Brücke am Ufer der Schwabach entlang, kletterte an der nächsten Brücke empor und ging zügig über das Kopfsteinpflaster. Es klarte auf. Die ersten Sonnenstrahlen an diesem Tag trockneten die Pfützen, die Steine dampften, und die Giebeldächer der Fachwerkhäuser glänzten.

Ich verließ unauffällig die Altstadt und ging in die Wittelsbacherstraße, wo sich das Schwabacher Puppentheater befand. Die Plakate im Schaufenster zeigten Szenen aus unserem aktuellen Stück: *Das tapfere Schneiderlein.*

Der Torbogen stand offen. Ich betrat den Innenhof.

Rechts lag die Marionettenbühne. Die Glastür sah aus wie eine ehemalige Gefängnistür, was nicht verwunderte, da das Gebäude seit 1750 existierte und schon als Frauengefängnis und Irrenanstalt gedient hatte. Irgendwie passte die Arbeit eines Marionettenspielers dazu, die in ihren Grundzügen eine leicht schizophrene Tendenz trug.

In dem Gebäude war es totenstill. Ich betrat den rückwärtigen Bühnenbereich. Die letzten Kinder hatten längst die Vorstellung verlassen, und meine Kollegin befand sich schon beim Mittagessen. Um diese Tageszeit war man hier völlig ungestört. Daher hatte ich diesen Platz als Treffpunkt mit Evelyn ausgewählt.

Sie erwartete mich bereits. Lautlos wie ein Geist trat sie aus der Dunkelheit hervor. Ihr langes, schwarzes, glänzendes Haar floss lasziv wie dunkle Schokolade über ihre Schultern. Sie trug hochhackige Schuhe und ein eng tailliertes, schulterfreies rotes Cocktailkleid. Evelyn war eine rassige Schönheit, die es wert war, mit ihr durchzubrennen – falls nötig, bis ans Ende der Welt.

Halb im Schatten, halb im Sonnenlicht, das durch ein winziges Dachlukenfenster fiel, verharrte sie im Zwielicht, umgeben von Holzpuppen, die an langen Fäden hingen. Sie hielt eine Marionette im Arm und bewegte den Holzkiefer der Figur.

»Alles erledigt, mein tapferes Schneiderlein?«, kiekste sie mit verstellter Stimme.

»Hör auf, das ist nicht witzig«, entgegnete ich. »Ja, alles erledigt.«

Ich zog sie zu mir heran und presste ihren Schoß gegen meine Lenden.

»Uuuh …«, stöhnte sie und setzte die Holzfigur auf das Mischpult für die Ton- und Beleuchtungstechnik.

Ihre Pobacken fühlten sich fantastisch an.

Sie umschlang meinen Hals und fuhr mir mit den Fingern durch den Seitenscheitel. »Ich liebe deinen muskulösen Körper und deine starken Arme.« Sie schmiegte sich an meinen Brustkorb. »Woher hast du eigentlich diese Jacke?«

Sie stellte den Kragen meiner schwarz-gelb gestreiften Jack-Wolfskin-Jacke auf.

»Aus Annemaries Wandschrank. Gehört wahrscheinlich ihrem Mann.«

»Hast du den Schmuck gefunden?«, fragte sie.

Ich nickte. Allerdings verschwieg ich, dass ich auch 37.000 Euro hatte mitgehen lassen. Annemaries Mann war der Stadtkämmerer von Schwabach. Er verwahrte seit wenigen Tagen diese Summe Bargeld zu Hause, die für die Lieferung eines Kilogramms Goldgranulat für die Goldschlägerwerkstatt seines Schwiegervaters bestimmt gewesen war.

»Hier ist der Rest.« Sie reichte mir ein Kuvert, in dem sich die vereinbarten 20.000 Euro befanden.

Manche Männer töten aus Liebe, andere wegen des Geldes. Ich gehörte nicht zu jener Sorte, die sich von einer Frau blenden ließ und im Affekt eine hormongesteuerte Tat beging. Ob ich tatsächlich im Puppentheater arbeite? Ach bitte! Wie schon gesagt, man sollte nicht immer alles glauben, was einem erzählt wird. Ich nehme nur gut bezahlte Aufträge an. Die Frau, die ich getötet habe, war auch nicht meine Ehefrau gewesen. Bloß ein weiterer Job.

Und Evelyn? Meine Geliebte? Leider nicht. Bloß eine Auftraggeberin, die ich allerdings sehr attraktiv fand. Nichts weiter als eine Frau, die eine Konkurrentin aus dem Weg räumen wollte. Evelyn hatte sich aus welchen Gründen auch immer in den Kopf gesetzt, erst Frau Stadtkämmerer und später Frau Bürgermeister zu werden. Die Welt war verrückt – drehte sich im Kreis wie ein Karussell voller Narren. Und ich bediente den Hebel.

Nachdem ich einen kurzen Blick auf die violetten Scheine in dem Kuvert geworfen hatte, ließ ich es in meiner Jackentasche verschwinden und griff zur Marionette. Das tapfere Schneiderlein hing an mehreren durchsichtigen, reißfesten Nylonfäden, die stark genug waren, dass sie auch als Angelschnur für die Hochseefischerei verwendet werden konnten. Mit geübtem Griff wickelte ich die Schnur zweimal um Evelyns Hals und zog zu. Sie starrte mich entsetzt an und versuchte wie ein Fisch nach Luft zu schnappen. Ihre Fingernägel wollten sich in meinen Hals krallen, aber ich ließ ihr nicht einmal die Möglichkeit, um Hilfe zu schreien oder *Piep* zu sagen.

Die Nylonschnur schnitt mir in die Handballen, doch nach einer Minute war alles vorüber. Evelyns schlaffer Körper sackte zu Boden, und ihr schönes blutrotes Kleid glänzte im Licht des Dachlukenfensters. Wie gesagt – die Welt war ein verrückter Ort.

Der Auftrag war bezahlt, das Geld des Opfers geklaut, sozusagen als Bonus – und alle Spuren beseitigt. Immerhin wäre es naheliegend gewesen, dass Evelyn in Verdacht geraten wäre und nach einem zweistündigen Verhör alles gestanden hätte, was sie über mich wusste. Das war zwar nicht viel, aber selbst eine kurze Personenbeschreibung – schlank, hoch gewachsen, pockennarbiges Gesicht und Seitenscheitel – hätte mir und meinem Geschäft schon schaden können. Wer sauber arbeitet, darf keine Spuren hinterlassen.

Und die Leiche?

Ich hätte sie durch die Bodenluke in den hohlen Unterbau der Bühne zerren oder in einem der Felsenkeller der alten Hugenotten verstecken können, die sich wie ein Labyrinth unter der Altstadt ausbreiteten. Doch ich brauchte die Leiche genau dort, wo sie jetzt lag. Schließlich hatte ich einen anderen Plan … Aber zu dem komme ich noch früh genug.

Ich verschwand also durch den Innenhof genauso unauffällig ins Freie, wie ich gekommen war, und lief durch den Park Richtung Bahnhof. Dieselbe Strecke, die ich zuvor durch die matschige Wiese genommen hatte.

Ich besaß Evelyns 20.000 Euro, Annemaries Schmuck und das gesamte Vermögen ihres Vaters, des Goldschlägers. Damit ließ es sich bis Jahresende erstklassig leben. Zudem lag ich gut in der Zeit. Der Zug nach Nürnberg würde in zehn Minuten im Bahnhof einfahren. Ich kaufte noch eine Sonnenbrille am Kiosk, lief zum Bahnsteig und sprang in den letzten Waggon. Alles klappte perfekt. Es musste dieser Zug sein, eine Sonderfahrt mit Dampflok und Nostalgiewaggons, die einmal im Jahr durch Schwabach ratterten. Ich liebe diese alten Abteile, deren Falttüren man während der Fahrt öffnen, die Plattform betreten und den Kopf in den Fahrtwind hinausstrecken konnte. Der Duft der weiten Welt. *Freiheit!*

Auf dem Weg zum Speisewagen kam mir ein großer Mann in meiner Statur mit kurzen blonden Haaren entgegen.

Er versperrte mir den Weg, starrte mich eine Weile an und tippte mir schließlich mit dem Finger auf die Brust. »Das ist meine Jacke.«

»Ich weiß, auf meiner klebt Blut. Ich habe sie aus dem Schrank deiner Frau.«

»Und Annemarie?«

»Tot.«

Er nickte langsam. Endlich schien er zu begreifen. »Und Evelyn?«

»Ebenfalls.«

Wiederum nickte er langsam. »Ich hätte nicht gedacht, dass du es tatsächlich durchziehst.«

»Tja, Max …« Ich lächelte. »Wo die Liebe hinfällt. Und du?«

Max lächelte ebenfalls. »Ich komme gerade aus dem Rathaus. Das Büro des Oberbürgermeisters stand wie immer offen.« Er stellte eine blaue Sporttasche zu Boden und zippte sie auf. Darin lag eine wuchtige Holzschatulle. »Die Gemeinde wird frühestens im Juli bei der 75-Jahrfeier des Parkbades entdecken, dass die Amtskette des Oberbürgermeisters fehlt.« Er öffnete die Schatulle und ließ mich einen Blick hineinwerfen.

Ich schätzte, dass die mit Goldwappen bestückte Kette auf dem Schwarzmarkt mindestens 15.000 Euro bringen würde, schon allein deshalb, weil sie aus der Goldschlägerstadt Schwabach stammte.

Max zippte die Tasche zu, stand auf, umarmte und küsste mich. Seine Zunge schmeckte nach Pfefferminz-Bonbon. Er wusste, dass ich diesen Geschmack liebte.

Meine Hand fuhr hinten in seine Hose und umklammerte seine stramme Pobacke. Wie immer trug er keinen Slip.

Er kniff den Arsch zusammen. »Du Tier«, keuchte er.

Wer mich kennt, weiß, dass ich tatsächlich ein Tier bin. Und was für eines! In Wahrheit gab mir Evelyn die 20.000 Euro, um Annemarie, Maximilians Frau, aus dem Weg zu räumen, ahnte jedoch nicht, dass Maximilian lieber Schwänze mochte. Als Stadtkämmerer musste er so tun, als wäre er glücklich verheiratet, obwohl er am liebsten mit einem Mann durchbrennen wollte. Und so reifte in uns der Plan, die goldene Amtskette zu klauen, das Geld der Goldschlägerwerkstatt abzustauben und zusätzlich Evelyn um 20.000 Euro zu erleichtern. Anders wären wir an ihr Geld nicht rangekommen. Und so hatte das tapfere Schneiderlein beide Frauen auf einen Streich erledigt.

»Ich brauche einen Joint«, sagte ich.

Max küsste mich. »Den hast du dir redlich verdient.«

Wir gingen zum Ende des Waggons, wo die Anhängerkupplungen lautstark unter uns klapperten. Ich steckte mir eine selbst gedrehte Zigarette an und zog die Falttür auf. Kühler Fahrtwind vertrieb den Geruch nach Shit. Die Bäume rasten an uns vorbei. Bald würden wir in die nächste Station einfahren. Reichelsdorfer Keller. Der Wald lichtete sich, und das weitläufige Ufer der Rednitz kam in Sicht.

»Pass bloß auf, dass du nicht runterfällst«, sagte Max.

»Keine Sorge.«

Der Zug rumpelte über die Brücke, die über den Fluss führte.

»Komm her, nimm einen Zug, dann bist du entspannter.« Ich hielt ihm den Joint hin.

Max griff nach der Zigarette. Da packte ich ihn am Kragen und warf ihn vom Zug. Er kam nicht einmal dazu, zu schreien. Sein Körper knallte gegen das Eisengeländer, stürzte in die Tiefe und versank in der grauen Flut. So kann es gehen, sehr geehrter Herr Stadtkämmerer – gerade noch oben, und im nächsten Moment steht einem das Wasser bis zum Hals. Man darf eben nicht alles glauben, was einem auf die Nase gebunden wird.

In Wahrheit hasse ich Pfefferminzgeschmack genauso wie Schwule. Aber hätte ich mich nicht an Max rangemacht, hätte er Evelyn niemals dazu überredet, für ihr gesamtes erspartes Geld einen Auftragsmörder zu engagieren, der seine Frau aus dem Weg räumen würde.

Ich wischte meine Fingerabdrücke von den beiden zweischneidigen Messern und warf sie ebenfalls aus dem Zug ins Wasser. Die Kripobeamten würden sie garantiert finden.

Nun hatte ich tatsächlich alle Spuren beseitigt, die auf mich hätten hindeuten können. Für die Kripo würde der Fall eindeutig auf der Hand liegen: Stadtrat Maximilian Ivanovic war hinter das lesbische Verhältnis zwischen Evelyn und seiner Frau gekommen, hatte beide ermordet, als Draufgabe noch einen Beamten vom Kriminaldauerdienst erstochen und anschließend Selbstmord begangen. Alles war perfekt.

In der nächsten Station stieg ich aus und lief über den Bahnsteig zum Parkplatz, wo mein Leihwagen stand. Doch drei Männer kamen aus der Unterführung und stellten sich mir in den Weg. Die Sonne zeichnete einen Regenbogen im Nieselregen. Weit und breit war niemand sonst zu sehen.

»Wohin so schnell?«, fragte der schmächtige Weißhaarige.

»Ich denke nicht, dass Sie das etwas angeht.« Ich wollte mich an dem alten Knaben vorbeidrängen, doch seine Begleiter, ziemlich kräftige Hünen, traten links und rechts an mich heran. Einer legte mir mit einer herablassenden Selbstverständlichkeit die Hand auf die Schulter, was ich gar nicht leiden konnte.

Der Weißhaarige musterte mich eindringlich. »Haben Sie schon wieder vier Menschen ermordet?«

Der Scheißkerl kannte die Wahrheit! Ich sah es an seinem Blick. Aber woher? Ich hatte doch an alles gedacht. Und warum *schon wieder*? Falls er nicht lockerlassen würde, musste ich auch ihn und seine Begleiter loswerden – dann hätte ich tatsächlich *sieben* an einem Tag erledigt.

»Ich kann Ihnen Geld geben«, bot ich an.

»Ich glaube nicht, dass Sie genug dabei haben.«

»Doch.« Ich kramte in meiner Jackentasche. Sie war leer. Mir wurde heiß, als ich die Taschen durchsuchte. Annemaries Schmuck und das Bargeld waren genauso verschwunden wie Evelyns Kuvert. Wo war die blaue Sporttasche mit der Schatulle und der Amtskette?

»Was zum Teufel …?«

»Diese Lügen bringen uns doch nicht weiter.« Er gab den beiden Männern ein Zeichen. Sie packten mich, krempelten meinen Hemdsärmel hoch, und der Weißhaarige setzte mir eine Spritze in die Vene.

»Hilfe!«, rief ich, aber ich bekam keine Luft mehr. Bestimmt waren sie von der Polizei, wollten mir eine Wahrheitsdroge verabreichen und ein Geständnis aus mir herauspressen. Ich musste weg! Ich versuchte mich zu befreien, doch je mehr ich zappelte, desto fester packten sie mich. *Hilfe! Sieht denn niemand, was die hier mit mir machen?* Meine Knie wurden weich, und die beiden Hünen zwängten meine Arme in eine Jacke. Alles wurde plötzlich so langsam und easy, als hätte ich eine Überdosis Shit inhaliert.

Die Männer führten mich über die Treppe in die Bahnunterführung. Merkwürdigerweise roch es gar nicht nach Erbrochenem oder Katzenpisse, sondern nach Arzneimitteln. Plötzlich stand da ein Krankenbett an einer weiß gefliesten Wand. Sie legten mich aufs Bett, entfernten meinen Hosengürtel und die Schnürsenkel von meinen Schuhen. Danach fixierten sie meine Hände und Füße am Bett.

»Ich möchte einen Anwalt sprechen«, murmelte ich mit schwerer Zunge.

»Sie sind nicht in Haft«, sagte der Weißhaarige emotionslos, öffnete eine Dose und entnahm eine farblose Tablette, die er zwischen den Fingern drehte. »Seit drei Monaten höre ich immer wieder die gleiche Geschichte von Ihnen. Es wird Ihnen leichter fallen, die Wahrheit zu akzeptieren, wenn ich Ihre Dosis erhöhe. Diesmal *werden* Sie Ihr Medikament nehmen, und ich mache eine Mundkontrolle.«

Er presste meinen Mund auf, legte mir die Pille auf die Zunge, hielt mir die Nase zu und kippte Wasser aus einem Becher nach. Ich spuckte das Wasser aus, röchelte, doch dann musste ich schlucken. Kurz darauf fielen mir die Augen zu, und ich träumte von einer Zeit, als ich noch …

»Mama! Mama, ich bin mit den Hausaufgaben fertig.«

»Endlich! Räume deine Schultasche für morgen ein, Zähne putzen, Pyjama anziehen, ein Abendgebet sprechen und dann ab ins Bett.«

Draußen dunkelte es bereits.

»Aber Mama.«

»Nichts da.« Sie setzte den roten Lippenstift kurz ab und sah mich an. »Mama hat heute noch viel zu tun.«

Mutter hatte es schon wieder vergessen. Tränen schossen mir in die Augen.

»Aber Mama, du hast doch gesagt, dass ich zehn Mark für mein Sparschwein bekomme, wenn ich noch vor acht mit den Hausaufgaben fertig werde.«

Sie schüttelte den Kopf. »Was du alles erfindest!«

»Erfindest? Mama, ich habe mich extra beeilt!«

»Zehn Mark! In welcher Traumwelt lebst du eigentlich?«

»Mama, tu nicht so! Du hast es versprochen.«

»Hör auf, mich zu nerven. Du weißt doch, was ich alles um die Ohren habe. Worum soll ich mich denn noch kümmern? Wäre dein Vater noch hier, dann … Ach, aber der ist ja mit diesem Mistkerl …«

Meine Mutter sprach nicht weiter und schob mich stattdessen ins Badezimmer.

»Aber du hast es versprochen, Mama!«

»Gar nichts habe ich, du Nichtsnutz. Hör auf zu heulen!«

»Du hast es gesagt, genauso wie Onkel Alfred letzte Woche. Der hat auch versprochen, dass ich …«

»Wie oft habe ich dir schon gesagt, dass du nicht immer alles glauben sollst, was man dir so erzählt!«

Langsam öffnete ich die Augen und hörte eine bekannte männliche Stimme … eine Stimme, die ich hasste.

»Ja, es sind noch Besuchszeiten. Kommen Sie rein, er ist gerade aufgewacht.«

Ein Mann stand im Türrahmen. Er flüsterte mit einer älteren Frau. Ich sah sie nur unscharf, aber ich kannte sie.

»Er war mit Medikamenten nicht ausreichend eingestellt und hatte gestern eine akut-psychotische Phase. Wir wissen noch nicht, wie er sich rausmogeln konnte. Jedenfalls wollte er das Krankenhausgelände verlassen, aber wir konnten ihn rechtzeitig …«

»Hat er schon wieder …?«

»Die gleiche Geschichte wie immer. Möglicherweise – wie ich Ihnen schon sagte – ein nicht verarbeitetes jahrelanges Trauma.«

»Aber woher hat er bloß diese wahnhaften Vorstellungen?«

»Paranoide Schizophrenie kann über Generationen vererbt werden. Oder vielleicht stammt das Trauma aus seiner Kindheit. Oft genügen kleine banale Dinge als Auslöser.«

»Darf ich kurz zu ihm?«

»Selbstverständlich, Frau Schneider.«

Sie kam an mein Bett und nahm meine Hand.

»Du wirst gesund«, flüsterte sie.

Mama, du lügst schon wieder.

Regula Venske

Goldherz aus Stein

Dieses goldene Flirren im grünen Blätterwerk der Bäume, genauso wie damals. *Glück eines Frühsommertages*, hatte es Mama genannt, grüngoldenes Juniglück. Die Luft duftete so herrlich, und das Licht duftete auch. Licht und Luft. »Das ist der Waldmeister«, sagte Mama, »davon pflücken wir später ein Büschel und trocknen es über Nacht. Und morgen bereite ich für Ulfs Feier eine schöne Bowle. Und du, mein Goldherz, kriegst auch was davon ab, wirst sehen, eine leckere Waldmeister-Apfelsaft-Bowle.«

Aber es hatte nie eine Bowle gegeben. Alles, was sie bekam, war ein Schlag ins Gesicht und Mamas Tränen und ihre traurigen Blicke.

Und der Jasmin, auch er duftete genauso wie damals. Diesen Duft hatte sie früh gekannt. Es war ihr Duft, der Duft, der zu ihrem Namen gehörte. Jasmin. Ihr Name klang rot und weiß, rot wie Johannisbeeren und weiß wie die Wattewölkchen hoch droben am blauen Himmel. *Sommerfarben* hatte Mama damals gesagt. Aber heute würde es die Farbe von Blut sein. Die Farbe seines Blutes: Rot würde es über den weißen Hals rinnen. Den weißen Altmännerhals, der aus einem blauen Hemdkragen ragte. Nicht lange mehr, allenfalls noch zwei Stunden, dann röche der Frühsommer für immer nach Blut und Jasmin.

Dr. Lothar Schiller zückte zum wiederholten Mal sein Handy, um nach der Uhrzeit und den eingegangenen Nachrichten zu schauen. Schon gleich halb drei, und vom Preisträger noch immer kein Lebenszeichen. Es half nichts, sie mussten mit der Pressekonferenz beginnen, leider in Abwesenheit dessen, um den es eigentlich ging. Das war ihm im Laufe seiner langen Berufsjahre als Leiter des Kulturamts der Stadt Stein noch nicht widerfahren. Meist mussten sie bangen, ob überhaupt ein Journalist zur Pressekonferenz kam, so manches Mal hatten der Erste Bürgermeister, der Pressereferent und er allein hier gesessen. Da er für den Pressereferenten stets die besten Vorlagen verfasste und da sein Kollege ebenfalls bekannt für seine eleganten Formulierungen war, machten sie es den Herren und Damen von der Presse zu leicht und ersparten ihnen allzu oft den Weg ins Steiner Rathaus. Aber wahrscheinlich war es besser, wenn die Journalisten die ihnen gelieferten Meldungen brav abdruckten, als dass sie irgendwelchen eigenen Unfug verzapften. Wären sie doch nur auch heute zu Hause geblieben! Dann würde morgen in den diversen Blättern der Republik zu lesen sein, dass sich der Grandseigneur der deutschen Comicliteratur Ulf Baumgärtner bei der gestrigen Pressekonferenz im Steiner Rathaus sehr erfreut über die ihm erwiesene Ehre gezeigt hätte, als erster Preisträger für sein Gesamtlebenswerk mit dem neu gestifteten *Goldenen Bleistift* der Stadt Stein ausgezeichnet zu werden. Daneben hätten in kleinen Schaukästen die nötigen Informationen gestanden, Lebensdaten, wichtigste Werke, vorherige Auszeichnungen des Preisträgers, dazu vielleicht sein Statement, er fahre jedes Jahr zum Großeinkauf bei Faber-Castell nach Stein: »Meine Stifte kaufe ich nur direkt ab Werk, genauso wie meine Autos. Meist mache ich auf der Rückfahrt dann noch einen Abstecher nach Zuffenhausen, um mir einen neuen Porsche zu holen.«

Auf diese Weise hatte Baumgärtner in ihrem Telefongespräch vor zwei Wochen mit seinem Erfolg kokettiert. Schiller hatte jedes Wort mitgeschrieben und für ein paar Zitate die Abdruckgenehmigung eingeholt. Wäre es nach ihm gegangen, hätten sie den *Goldenen Bleistift* für Nachwuchsillustratoren ausgelobt. In der Kinderbuchszene gab es so viele talentierte junge Menschen, die um ihre Existenz kämpfen mussten und obendrein noch sympathisch waren. Einer wie Baumgärtner hatte solch einen Preis doch gar nicht mehr nötig! Und gar nicht verdient! Im Grunde war das schöne Preisgeld in Höhe von 25.000 Euro an diesen Mann völlig verschwendet. Wie wenig der Mann ihre Auszeichnung schätzte, sah man ja nun. Aber diese Engelhardt'sche hatte sich mal wieder durchsetzen müssen. Wenn die mit ihren schönen Augen plinkerte, fielen die Männer reihenweise darauf herein. Nur er nicht, so sehr sie sich auch bemühte. Eine unangenehm ehrgeizige junge Kollegin, auch wenn sie noch so naiv und unschuldig tat. Er hatte sie früh schon durchschaut. Die machte sich Hoffnung auf seinen Posten und sägte hinter seinem Rücken an seinem Stuhl, da machte er sich nichts vor.

Schiller sah es gelassen. Wenn das Älterwerden einen Vorteil mit sich brachte, so den, dass man es nicht mehr nötig hatte, wie die Jungen aufgeregt im Hamsterrad seine Runden zu drehen. Mit ihrer Hyperaktivität schaufelten sich diese Ehrgeizlinge nur ihr eigenes Grab. Doch war jetzt keine Zeit mehr, noch länger seinen Gedanken nachzuhängen und abzuwarten, sie mussten mit der Pressekonferenz beginnen, ehe der erste Journalist nach vergeblichem Warten wieder verschwand. Schiller räusperte sich. »Guten Tag, liebe Damen und Herren, wir freuen uns, dass Sie so zahlreich den Weg zu uns in die Bleistiftstadt Stein gefunden haben, um heute mit uns die feierliche Verleihung des *Goldenen Bleistifts* an Ulf Baumgärtner zu feiern, der in …« – er checkte sein Handy – »… ungefähr anderthalb Stunden im Steiner Schloss überreicht werden wird …«

Die feierliche Verleihung zu feiern? Das war doppelt gemoppelt. In Gedanken redigierte er seinen Text. Genug abgeschweift, er musste sich konzentrieren. Es waren schließlich Kameras auf ihn gerichtet, Mikrofone wurden ihm entgegengehalten, der eine oder andere Journalist schrieb seine Worte ganz altmodisch auf kleinem Spiralblock mit. Aber sei's drum, bei den Printmedien würde das gedruckte Wort gelten, und die Reden mit den schönen Pressezitaten lagen ja vor. Er sollte noch einmal darauf hinweisen. Am wichtigsten war jetzt, auf den Fotos halbwegs fotogen rüberzukommen. Schiller strich seine Krawatte glatt und schenkte der Pressemeute ein Lächeln.

Ulf Baumgärtner legte das Büchlein, in dem er geblättert hatte, auf dem Tisch ab – *Historische Spaziergänge: Die Bleistiftstadt Stein* –, schloss die Augen und wandte sein Gesicht der Sonne entgegen. Das Hotel, in dem man ihn untergebracht hatte, *Kunst.Quartier.Stein*, verfügte über einen schönen Innenhof, in dem man gern den Rest seiner Tage – und Abende – zubringen würde, zumal der Hotelbesitzer ein ausgezeichneter Koch war und ihn bei seiner späten Ankunft gestern Abend mit einer vorzüglichen gegrillten Dorade in Wildkräutern überrascht hatte. Baumgärtner hatte nicht mit irgendeiner gastronomischen Offenbarung in Stein gerechnet und vorsorglich schon in Nürnberg eine mittelgroße Portion Rostbratwürstchen gegessen. In solchen kleineren Städten waren abends ja meist nur noch eine Dönerbude, ein Asia-Imbiss und allenfalls eine Pizzeria geöffnet. Er kam aus dem Sauerland und wusste, wovon er sprach. Aber mithilfe eines exzellenten Weißburgunders hatte die Dorade dann auch noch den Weg in seinen Magen gefunden. Und jetzt hatte der Chef, der in einem früheren Leben Leiter der Akademie Faber-Castell gewesen war, ihm als Mittagsimbiss einen Teller mit schmackhaften »Hollerküchle« bereitet und dazu ein Glas »Hugo«

kredenzt, das Kultgetränk von vor ein paar Jahren, das zu probieren Baumgärtner sich wegen des albernen Namens immer geweigert hatte. Auch wenn er sonst mehr zu schottischem Whisky neigte, musste er zugeben, dass dieser »Hugo« unter der Steiner Junisonne äußerst wohlschmeckend mundete. Anscheinend war ebenfalls Holunder darin. Allmählich fand er Gefallen an dieser Preisverleihung und fing an zu vergessen, wie sehr er sich vor seiner Abreise gegrämt hatte und am liebsten zu Hause geblieben wäre. Baumgärtner reiste nicht mehr gern, er spürte allmählich das Alter.

Auch sein Zimmer gefiel ihm. Statt einer Zimmernummer ein Name. Chromoxidgelb. Eigenwillig. Gelb war überhaupt eine gute Farbe. Neapelgelb. Sienagelb. Medievalgelb. Indischgelb. Mit Uralgelbgrün eine gute Mischung. Und die herrlichen Gelb-, Braun- und Goldockertöne. Und Bernsteingelb. Für sein nächstes Buch könnte er nur Gelbtöne verwenden. Kanariengelb. Zitronengelb und Maigrün, sparsam verwendet. Aber in erster Linie Uringelb und Graphit. Er hatte stets das Düstere vorgezogen. Sollte sich das am Ende noch ändern?

Dieses Städtchen wirkte enorm inspirierend. Irisierend, dachte Baumgärtner, als er die Augen öffnete und seinen Blick schweifen ließ. Vielleicht war es ein Fehler gewesen, dass er bei seinen alljährlichen Stippvisiten immer auf schnellstem Weg davongedüst war. Er hatte nie in Stein übernachtet. Guter Ort. Gute Lage. Gute Aura. Bodenständiger Name. Interessante Geschichte auch. Expansion, Unternehmergeist, soziales Engagement. Ihm seelenverwandt. Tatkräftiges Selbstbewusstsein und schwungvoll gekreuzte Bleistifte, selbst das Wappen der Stadt könnte sein eigenes sein.

Er gönnte sich einen letzten Schluck und noch einen und leerte sein Glas. Nun galt es noch die Pressekonferenz und einen Empfang hinter sich zu bringen, später ein Essen mit den Honoratioren, und dann bald zu Bett und morgen früh gestärkt in Richtung Italien. Schade eigentlich. Stein lohnte durchaus einen längeren Aufenthalt. Sich das alles hier einmal in Ruhe ansehen. Im Süden gibt es stets mehr Kultur als im Norden. Aber natürlich hatte er einen guten Grund gehabt, jeweils möglichst schnell zu verduften. Sich abzusetzen, sich zu entziehen. Mein Gott, um ein Haar hätte er diese Frau geheiratet damals, nicht auszudenken, was daraus geworden wäre. All die Jahre über, wenn sie sich begegneten, immer noch dieser Vorwurf im Blick. Schlimmer, als wenn sie ihm weiter Vorhaltungen gemacht hätte. Aber süß war sie schon gewesen. Marlies Engelhardt. Rollte das »R« auf diese unnachahmlich fränkische Weise. Erotisierte ihn regelrecht mit ihrem »R«. Aber wollte ein Kind mit in die Ehe bringen. Gottlob, dass er es damals gerade noch rechtzeitig begriff. Kinder und Kunst schlossen sich aus. Ihm reichten seine exotischen Fische. Immer wieder neu inspirierendes Farbenspiel. Hinter den Augenlidern jetzt Apricot und Rosa Granit, vermischt mit Kapuzinerorange. So stellte er sich die Ewigkeit vor. Vielleicht würden sich im Himmel noch ein paar Spuren Venezianerrot und Preußischblau kreuzen. Aber hoffentlich, hoffentlich wartete im Himmel nicht diese Marlies mit den traurigen Augen auf ihn. Und hoffentlich war sie aus Stein weggezogen und tauchte heute Nachmittag nicht hier auf. Soweit er gehört hatte, war sie vor drei Jahren in Rente gegangen.

Sie hatte nicht ins Sauerland ziehen wollen. Sauerland, das war ein matschbrauner Klang, so hässlich wie die Farben, die Ulf Baumgärtner in seinen Bildern verwandte. Sie hatte in Franken bleiben wollen, zu Hause in Stein, und wollte nach den Sommerferien gemeinsam mit Röschen eingeschult werden. Auch die Ferien hätte sie lieber daheim verbracht und wäre mit Röschen und ihrer großen Schwester ins Schwimmbad gegangen. »Aber du wirst schon sehen«, hatte ihre Mutter gesagt, »im Sauerland wird's dir gefallen. Der Herr Baumgärtner ist ein sehr netter Mann, und vielleicht wird er dein neuer Papa.« Fürs Erste sollte sie Onkel Ulf zu ihm sagen.

Jasmin hatte sich vorgestellt, dass ein Comiczeichner lustige Sachen zeichnen würde, Micky Mäuse und Bambis oder römische Krieger, die sich mit Wikingern kloppten. Mein Gott, wie war sie naiv! Ein kleines Dummerchen, hatte Baumgärtner sie genannt, nur wenige Stunden, bevor er sie als Scheißgöre beschimpfte. Er zeichnete Comics für große Leute und brauchte Unmengen Buntstifte dafür, und so kam es, dass Mama und er sich kennengelernt hatten. Ein berühmter Kunde, der große Bestellungen bei ihnen aufgab und den man sich warmhalten musste. Einmal im Jahr kam er persönlich nach Stein, holte seine Bestellungen ab und probierte neue Produkte. Dabei hatte es zwischen ihm und Mama gefunkt, so hatte Mama ihr auf der Hinfahrt strahlend erklärt, während er tankte und sie in seinem Porsche sitzen geblieben waren. Als Kind stellte Jasmin sich vor, wie zwischen ihrer Mutter und diesem fremden Mann kleine Blitze hin und her zuckten. Sie hatte Angst um ihre Mutter empfunden. Durch die Blitze, die von diesem Mann ausgingen, war auch die Mutter ihr fremd geworden. Eine fremde Frau mit einem fremden Mann in einem fremden, matschbraun riechenden Haus.

»Ulf Baumgärtner ist nicht nur ein begnadeter, wiewohl kommerzieller Comiczeichner. Er ist ein großer Künstler von eigenem Rang«, hörte Schiller sich sagen. »Längst hängen seine großformatigen Buntstiftzeichnungen in sämtlichen renommierten Museen rund um den Globus. Und da er momentan leider noch nicht bei uns sein kann, erlaube ich mir, Ihnen zum Abschluss unserer kleinen Pressekonferenz schon einmal den *Goldenen Bleistift* zu zeigen, mit dem wir den Künstler in …« – wieder checkte er sein Mobiltelefon – »in einer guten Stunde im Schloss zu Stein für sein beeindruckendes Lebenswerk ehren wollen.«

Er griff nach der Schatulle, die er auf dem Platz vor sich abgestellt hatte, und überlegte, wie viele und vor allem, welche Informationen er über diese kostbare Trophäe ausplaudern durfte. Massivgold, 18 Karat Gelbgold, solche Formulierungen weckten Begehren. Aber während Schiller noch nachdachte, hatte er schon das Kästchen geöffnet und war zur Salzsäule erstarrt. Die Begehrlichkeiten, über die er nur rein hypothetisch spekuliert hatte, waren bereits zum Zuge gekommen: Der *Goldene Bleistift*, den er vorhin eigenhändig aus der Schatulle herausgenommen und einmal probeweise seinem Spiegelbild auf der Herrentoilette entgegengestreckt hatte, bevor er ihn wieder darin verstaute – und er war sich sicher, dass er den Stift hineingelegt, und zwar sorgfältig hineingelegt hatte! –, war verschwunden. Die Schatulle war leer.

»Nicht wahr, in so ein großes Haus gehört Leben«, hatte Baumgärtner zu ihrer Mutter gesagt, und die war im Gesicht so rot angelaufen wie Xaver im Kindergarten, wenn er in die Hose gepischert hatte, und hatte albern gekichert. Aber es stimmte, solch ein großer Garten, und darin nur ein einziges Kind, das passte nicht gut zusammen. Er hatte ihr einen Ball gegeben, mit dem sie sich für den Rest des Nachmittags beschäftigen sollte. Ihn in die Luft werfen und auffangen üben, aber es war ein blöder Ball, kein goldener, wie ihn die Prinzessinnen hatten. Ein blöder schwarz-weiß gefleckter Fußball, der nach altem Gummi und Männerschweiß roch. Er war viel zu schwer, um ihn aufzufangen. Jasmin hatte ihm einen kräftigen Stoß verpasst, und da war er bis nah ans Haus rangeflogen, über die Terrasse gekullert und knapp vor der Schiebetür zu Baumgärtners Atelier liegen geblieben. Wie hatte ihr Herz geklopft! In der Glasscheibe der Terrassentür hatte sich das grüngoldene Flirren gespiegelt. Und dann hatte sie gesehen, dass die Tür einen Spalt breit offen stand, zu schmal für einen Erwachsenen, um sich ins Zimmer zu zwängen. Baumgärtner hatte die Tür, als Mama und er nach seiner Atelierführung sein Arbeitszimmer verließen, mit einem Griff festgestellt. Aber er hatte nicht mit einem so dünnen Mädchen, wie sie eines war, gerechnet.

Sie musste nicht einmal die Luft anhalten und den Bauch einziehen, schon war sie ins Zimmer geschlüpft. Kühl lag es im Halbdunkel vor ihr. Sie traute sich nicht, die Neonleuchten einzuschalten, in deren Licht Baumgärtner zu arbeiten pflegte; beim Verlassen des Ateliers hatte er alle Schalter betätigt. In Ruhe wartete sie ab, bis sich ihre Augen an das Dämmerlicht gewöhnten, und schaute sich dann neugierig um. Hier also arbeitete dieser Mann, den Mama heiraten wollte, der sich aber gar nicht für Mama und sie interessierte und nur von sich selbst redete. Hier zeichnete er seine gar nicht lustigen Bücher. Manche waren noch nicht einmal bunt, nur schwarzgrau, das sah traurig und langweilig aus. Jasmin fand die Bilder hässlich. Auch riesengroße waren dabei, aber nicht mit Wachsmalkreiden oder Tusche oder Fingerfarben gemalt, wie sie es im Kindergarten taten, sondern alles fein mit Buntstift schraffiert, so hatte es Mama erklärt. Das Bild, das auf dem Arbeitstisch lag, war wohl so groß wie Mamas Bett, das Bett, in dem auch Jasmin meistens schlief. Aber so hässlich und düster! Jasmin beschloss, das Bild bunt anzumalen.

Sie hatte gehofft, ihrer Mutter eine Freude zu machen. Und diesem Onkel Ulf auch. Dafür würde Mama sie sicherlich loben. Denn seit sie dort waren, hatte ihre Mutter kein einziges Mal mehr »Goldherz« zu ihr gesagt. Auf einmal hieß es nur noch »Ulf, mein Schatz«, und »Marlies, Mai-Darling«. Als wäre Jasmin gar nicht da.

Wenn sie heute an jenen Nachmittag dachte, sah sie sich selbst wie in einem Film bei allem zu. Wie sie die Holzkiste aufklappte, in der die Buntstifte in mehreren Lagen fein säuberlich nach Farben geordnet nebeneinander lagen, wie Soldaten in Reih und Glied. Den Ausdruck hatte sie einmal von ihrem Opa gehört, und jetzt schien er zu passen. Die Stifte sahen wirklich aus, als ob sie gleich in einen Kampf ziehen wollten, so scharf waren sie gespitzt. Sie sah das kleine Mädchen, das sie damals gewesen war. Wie sie zugreifen und einen Stift herausnehmen wollte, einen leuchtenden, sommergrünen, der nach Pistazieneis roch, und wie ihr Herz wieder anfing, wie wild zu pochen. Wie sie ihre Hand zurückzog, während die Stifte »Verboten, verboten!« riefen. Sie sah sich, wie sie den Wackelzahn in ihrem Mund hin und her schob und unschlüssig dastand. Wie ihr Blick auf das große Gefäß aus Plexiglas fiel, das neben dem Arbeitstisch in der Ecke auf dem Fußboden stand. Es hatte die Form einer altmodischen Milchkanne und war fast bis zum Rand mit Buntstiftstummeln gefüllt. Er bewahre all seine Stummel auf und versteigere die Sammlung jeweils, wenn der Eimer gefüllt war, hatte Ulf Baumgärtner ihrer Mutter erklärt. »Nicht, dass ich damit angeben möchte«, hatte er gesagt, »aber hier steht ein Porsche in der Ecke, dass du's nur weißt, Mai-Darling.« Als ob er nicht wüsste, dass längst Juni war, hatte sie damals gedacht. Aber ihre Mutter hatte nur mehr albern gekichert und ihn mit ihrem verliebten Blick angeschaut. Sie hatte ausgesehen wie die doofe Eva im Kindergarten, über die sich die Jungs lustig machten.

Ob sie ein paar von den Stummeln benutzte oder nicht, das würde Onkel Ulf gar nicht merken, hatte Jasmin damals gedacht. Sie sah es noch wie in einem Film und konnte es gleichzeitig fühlen: wie sie sich mit beiden Händen in die Plexiglaskanne voller Buntstiftstummel hineingewühlt und schließlich eine Handvoll in verschiedenen Farben herausgezogen hatte. Sorgfältig hatte sie die Stummel neben das Bild vor sich hin auf die Arbeitsplatte gelegt. Und nach reichlichem Nachdenken hatte sie einen blauen Stift ausgewählt, er roch nach Sonntag und Pflaumenkuchen, und damit begonnen, in das Bild einen Himmel zu malen.

»Ganz entzückend, dass Sie mich abholen«, sagte Ulf Baumgärtner, und plinkerte der jungen Dame zu, indem er ein Auge zukniff, eine Geste, die einmal charmant gewesen sein mochte, mit fortschreitendem Alter aber nur mehr wie ein nervöser Tick wirkte. »Wie, sagten Sie, war doch gleich der Name?«

Die junge Frau wiederholte, was sie schon einmal gesagt hatte, aber wie alle jungen Leute sprach sie für seine Begriffe zu schnell. Obendrein nuschelte sie dermaßen, dass er sie zum zweiten Mal nicht verstand. Aber sei es drum. Mit einem charmanten »Herzchen« kam man jederzeit über die Runden.

»Hatte Dr. Schiller nicht gesagt, es finde erst noch eine Pressekonferenz im Rathaus statt?«, fragte er.

»Nein, nein, oder vielleicht, ja, mag sein, ursprünglich hat es diesen Plan wohl gegeben. Aber der Ballsaal im Schloss ist ja viel schöner, das werden Sie gleich sehen. Übrigens hat Ernest Hemingway mal im Schloss gewohnt, er war ja damals Reporter bei den Nürnberger Kriegsverbrecherprozessen.«

Ach, auch sie hatte dieses bezaubernde fränkische »R«. Vielleicht kam sie ihm deshalb so vertraut vor. Allmählich hörte er sich in ihren Singsang ein und konnte sie besser verstehen.

»Ja, ich erinnere mich«, sagte er. Über Hemingway in Stein sprach hier ja praktisch jeder.

»Das klingt ja fast, als wären Sie damals auch schon dabei gewesen.«

Sollte das etwa kokett sein? Baumgärtner war verblüfft und leicht ärgerlich. »Sie scheinen zu denken, dass ich mein eigener Großvater bin.« Er wollte noch etwas entgegnen, aber dem Lächeln einer hübschen jungen Frau konnte er nicht widerstehen, erst recht, wenn es ein wenig nervös wirkte. »Und Sie?« Er bemühte sich, einen heiteren Ton zu halten. »Ich wette, Sie haben als kleines Mädchen davon geträumt, einen Prinzen zu heiraten und in diesem Schloss zu wohnen.«

Sie hatten die schwere Eingangstür erreicht, und die junge Frau öffnete sie und hielt sie höflich für ihn auf. »Ach nein. Meine Traumwohnung war eher Rattatas Höhle. Die ist so schön geheimnisvoll.« Sie biss sich auf die Lippen, als wolle sie sich ein weiteres Geständnis verbieten. Aber dann fuhr sie doch fort: »In früheren Zeiten wurde dort Sand abgebaut, Stubensand, wissen Sie, mit dem die Fußböden in den Stuben und Wohnräumen gescheuert wurden.«

»Das klingt interessant. Ist Rattata nicht diese Pokémon-Maus mit den großen Zähnen?«

Nun war es an ihr, ihn verblüfft anzugucken. Diese Kenntnis hatte sie ihm offenbar nicht zugetraut. »Rattata hieß der letzte Mann, der dort …«

Zwei junge Burschen in T-Shirts und Jeans kamen ihnen entgegen und hinderten sie am Reden. »Hi, Frau Engelhardt.« – »Servus, Jungs.«

Baumgärtner blickte der jungen Frau, die jetzt ein paar Stufen vor ihm die prächtigen Marmortreppen hinaufstapfte, aufmerksam hinterher. Engelhardt? Das konnte natürlich ein Zufall sein. Aber durfte man in Kleinstädten an Zufälle glauben? Oder war dies etwa die Göre, die ihm damals ein Zweihunderttausend-Mark-Bild ruiniert und überdies seine kostbare Stummelsammlung in die Brennnesseln geschmissen hatte? Dann hatte sie sich immerhin zu ihrem Vorteil verändert. Und wer weiß, vielleicht hatte sie ja – zu Recht – ein schlechtes Gewissen und machte den entstandenen Schaden heute auf ihre Art wieder gut? Auch wenn er die Mutter natürlich verklagt und sie den Schaden abbezahlt hatte, der immaterielle Schaden war nicht zu ersetzen gewesen. Das Bild war für immer verdorben, mit einem kitschigen blauen Himmel und dürren Möwen und einer lachenden Sonne darin. Noch jetzt schüttelte es ihn, wenn er daran dachte.

Ein fantastisches Treppenhaus. Hier einmal sich einquartieren und zeichnen, zeichnen, zeichnen. Was sollte er mit diesem goldenen Stift, sie hätten ihm lieber drei Monate Residenz im Schloss der Faber-Castells schenken sollen. Oder sechs Monate, wenn er schon einmal hier war. In dem Buch, das man ihm auf den Nachttisch gelegt hatte, hatte er Fotos vom Herrenbad und Damenbadezimmer gesehen. Damals nach neuestem Schrei eingerichtet. Wobei ihm das Damenbad besser gefiel. Mit Anmut gestaltet, beim Herrn dagegen eher martialisch. Entsprach so der Zeit. Ach, einmal mit dieser Göre sich im Damenbadezimmer vergnügen, das wäre ein Spaß! Ein Wortspiel kam Baumgärtner in den Sinn, kokette Kokotte, war das abgegriffen, oder hatte er es eben erfunden? Er war aus der Puste und musste auf dem Treppenabsatz innehalten. Schwerfällig setzte er sich auf eine der Stufen.

»Gleich ist es geschafft«, sagte sie.

Dieses grüngoldene Flirren, fast wie damals. Aber heute – gleich – würden sich blutrote Sprenkel dareinmischen.

Eine Weile hatte sie das Bild damals schön weitergemalt, dann war sie auf die Idee gekommen, in dem kleinen Waldstück hinter dem Haus Buntstiftbäume zu säen. Wie hatte sie sich abgeschleppt im Bemühen, diese Plexiglaskanne aus dem Zimmer zu zerren, quer durchs Atelier und durch die Tür und über die Terrasse und die Wiese bis zum Wäldchen hinunter. Dort war der Weg abschüssig, sie war gestolpert und ins Rutschen gekommen und hatte sich das Knie aufgeschrammt und den Kopf an der großen Kanne gestoßen. Aber dann hatte sie an einem kleinen Abhang innegehalten, vor ihrem inneren Auge sah sie sich noch immer dort stehen, und hatte mit beiden Händen in den Eimer gegriffen. Herrlich, wie sie jeweils zwei Handvoll Buntstiftstummel mit großem Schwung in die Büsche warf! Ein Feuerwerk aus Stiften! Und noch zwei Handvoll und noch einmal zwei!

Aber plötzlich diese aufgeregten Rufe vom Haus her in ihre selige Stille, ihre Mutter und dieser Mann, die um die Wette schrien. »Verdammt, wo ist das Gör!« – »Jasmiiin! Jasmiiihiiin! Komm sofort hierher!«

Seit jenem Tag hatte Mama nie wieder »Mein Goldherz« zu ihr gesagt. Und in Mamas großem Bett durfte sie auch nicht mehr schlafen. Das Bett wurde sowieso bald verkauft, wie auch das Haus, das schon Mamas Eltern gehört hatte, und sie waren in eine kleine Wohnung zur Miete gezogen, in der Mama auf einer Schlafcouch im Wohnzimmer schlief. Wenn Jasmin sie nachts durch die dünne Wand weinen hörte, hätte sie sich am liebsten in Rattatas Höhle versteckt.

Zwar hatte ihre Mutter mit Baumgärtner geschimpft und gesagt, dass man ein Kind niemals schlagen dürfe. Aber böse war sie trotzdem mit ihr gewesen – und hatte seitdem nicht mehr aufgehört, mit ihr böse zu sein. Mit strengem Ton hetzte sie Jasmin in die Büsche, Buntstiftstummel einsammeln,

Marsch! Auf allen vieren waren sie beide in den Brennnesseln herumgekrochen. Und die ganze Zeit über hatte Mama gejammert. Mein Gott, wie sie schrie und schimpfte! Bis Baumgärtner ihre andere Schandtat entdeckte. Da hatte ihre Mutter nur mehr schrill aufgeheult. »Oh, Kind, was hast du getan! Das kostbare Bild!«

Ein ganz blödes Bild war das doch! Ob Baumgärtner es wohl noch hatte? Oder hatte Mama es ihm wenigstens abgekauft? Bezahlt hatte sie ja teuer dafür. Und sie, Jasmin, auch. Auf der gesamten Heimfahrt kein Sterbenswörtchen. Natürlich fuhr Baumgärtner ihre Mutter und sie nicht mehr in seinem Porsche nach Hause. Und das war sicher ein Glück gewesen. So wütend, wie er war, hätte er den Wagen bestimmt gegen eine Eiche gesetzt. Oder eine Buche oder irgendeinen anderen Baum, der kein schöner Buntstiftbaum war.

Stattdessen fuhren sie mit der Bahn. Mussten mehrmals umsteigen, nachts ein paar Stunden auf einem Bahnsteig warten. Und die ganze Zeit sprach Mama kein Wort. Sie weinte nur, erst laut und furchterregend, schließlich nur mehr unterdrückt vor sich hin. Jasmin hätte nicht sagen können, welches Weinen das schlimmere war. Sie hatte viele Arten von Weinen kennengelernt in den nachfolgenden Jahren. Baumgärtners Wut hatte das Leben ihrer Mutter und damit auch das ihre zerstört.

Seltsam, dass sie beide so ganz alleine hier hinaufstiegen. Die Leute müssten doch längst in Scharen herbeiströmen, Journalisten, geladene Gäste. Wo blieben die alle? Sie hatten sich doch nicht etwa in der Uhrzeit vertan? Diese zarten Blondinen waren ja manchmal ein wenig verplant. Plötzlich sah er wieder die großen Kinderaugen des Mädchens vor sich. Wie sie ihn angestarrt hatte, als er ihr die Ohrfeige verpasste. Eine

Watschen, so sagte man vermutlich hier unten in Franken. Taten andere Leute auch, sonst gäb's keine Wörter dafür. Kein Grund, sich so aufzuregen, wie ihre Mutter es damals tat. Hatte sogar gedroht, dass sie ihn anzeigen wollte. War aber nur abgereist. Mit der Bahn. Hatte vermutlich gehofft, dass er sich entschuldigen und sie zur Rückkehr bewegen würde. Er aber hatte seine Tür hinter den beiden verschlossen und war froh, seine Ruhe zu haben. 200.000 Mark Verlust! Von den ungezählten Buntstiftstummeln, die sie nicht wiedergefunden hatten, ganz zu schweigen! Ein Drittel Porsche war das wohl auch gewesen. Die konnte froh sein, dass er ihr nur das Bild in Rechnung gestellt hatte. Hatte erst nicht zahlen wollen, ihm noch brieflich was vorgejammert. Von wegen, keine Haftpflichtversicherung. Sollte etwa er dafür büßen? Aber Schwamm drüber, so viel zum Thema Kinder! Kleine Luder waren das. Und später, wenn man Glück hatte, große. Hübsche Beine hatte sie jedenfalls.

Endlich waren sie in der oberen Etage angelangt, Baumgärtner stützte sich aufs Treppengeländer. Sein Atem ging schwer.

Dem Mann schien ernsthaft übel zu sein. Starb er etwa hier vor ihren Augen im Treppenhaus, ohne dass sie nachhelfen musste? Jasmin wusste nicht, ob sie sich das wünschen sollte. Sie hatte doch alles seit Jahren geplant. Sich informiert, davon geträumt, es sich bunt ausgemalt. Dieser Mann hatte Mamas Leben zerstört. Mamas Wohlstand. Mamas Liebe zu ihr. Und heute war der Tag der Rache gekommen. Nur aus diesem Grund hatte sie sich als Mitarbeiterin im Steiner Rathaus beworben und jahrelang hartnäckig für die Einrichtung dieses Preises und für Baumgärtner als dessen ersten Preisträger gekämpft. Heute wollte sie ihn zur Rechenschaft ziehen. Für den Schlag ins Gesicht. Für die Lieblosigkeit. Dafür, dass ihre Mutter noch als Rentnerin putzen ging, weil sie sich von diesen 200.000 Mark Schulden nicht mehr erholte. Aber hier auf dem Treppenabsatz konnte sie es nicht tun. Mein Gott, wie der Mann nach Luft schnappte und hechelte! Beinahe erbarmungswürdig! Hoffentlich hielt er noch durch – wenigstens zehn Minuten!

»Geht es noch?«, fragte seine Begleiterin. Ihre Stimme klang aufrichtig besorgt. »Ich habe Sie ein wenig früher abgeholt als nötig. So können Sie sich noch einen Moment ausruhen und den schönen Saal bewundern. Kommen Sie.« Sie ergriff seinen Arm und führte ihn mit langsamen Schritten in den Ballsaal hinüber. »Hier hat man Gotik, Renaissance und Barock mit Jugendstil recht hemmungslos kombiniert. Echtes Crossover. Aber ich finde das in diesem großen Saal eher lustig, oder? Wie gefällt es Ihnen?«

Etwas war in ihrem Blick, das ihn irritierte. »Und bitte schön, was sagen Sie zu unseren Poussiernischen?«

Sie wies auf mehrere gotische Seitentürmchen, die sich zum Raum hin öffneten und durch Vorhänge zu verschließen waren. Innen luden bequeme Lederbänke zum Sitzen ein. »Kommen Sie. Von hier haben Sie einen schönen Blick in den Garten.«

Sie glitt ihm geschmeidig zwei, drei Schritte voraus, nahm auf einem Bänkchen in einer der Nischen Platz und klopfte neben sich auf das Polster. Baumgärtner folgte ihr brav und ließ sich niedersinken. Er hatte gestern Abend wohl doch etwas zu reichlich gegessen. Die Würste, die getoasteten Brothäppchen mit Olivenpaste, der Fisch. Und vorhin auch noch diese Hollerküchle, dazu das ungewohnte Getränk. Und dann diese Hitze! Sein Kreislauf spielte verrückt. Er lockerte den Hemdkragen und schloss kurz die Augen. Als er sie wieder öffnete, sah er vor sich etwas Graugoldenes blitzen.

»Zirndorf und Stein brauchen ein Zuchthaus allein«, hörte Schiller sich sagen. Gemeinsam mit der Journalistenmeute befand er sich auf dem Weg zum Schloss und machte halbherzig Konversation mit dem Redakteur einer norddeutschen Tageszeitung, der extra für diesen »Event«, wie er den Anlass nannte, nach Franken gefahren war. Insgeheim überlegte Schiller fieberhaft, wann er die Schatulle aus den Augen gelassen hatte. Wie er es auch drehte und wendete, sein Verdacht blieb immer wieder bei der Engelhardt'schen hängen. Wollte sie die Preisverleihung torpedieren? Aber warum und wozu? Welchen Nutzen konnte sie sich davon versprechen? Was hatte sie vor? Wenn man es recht bedachte, war dieser Preis – und sein erster Preisträger – ihre Idee gewesen. Sabotage sah anders aus. »Im Schloss sind übrigens verschiedene Filme gedreht worden«, plauderte er weiter, »*Väter und Söhne* über die Geschichte der IG Farben und *Hanni und Nanni*, aber Sie scheinen sich ja schon bestens in der Geschichte Steins auszukennen.«

»Apropos *Hanni und Nanni*«, sagte der Journalist, leider hatte Schiller den Namen des Blattes, für das der Mann schrieb, überhört, »die schlechte Kinderzucht der rohen und verwilderten Fabrikarbeiter in Stein ist ja geradezu sprichwörtlich bekannt. Gut, dass sich die Zeiten geändert haben.«

»Das liegt ja nun schon bald zweihundert Jahre zurück«, beschwichtigte Schiller. »Das vorbildliche Engagement Lothar Fabers hat hier viel Gutes bewirkt.«

»Trotzdem«, der Journalist holte tief Luft, und man merkte, dass er jetzt mit dem wörtlichen Deklamieren begann: »Der Ort Stein besteht größtenteils aus rohen und verwilderten Fabrikarbeitern, die eine schlechte Kinderzucht führen. Die Kinder werden nicht, wie es sein sollte, zum fleißigen Schulbesuch angehalten. Die dortige Jugend der ohnedies großenteils moralisch sehr niedrig stehenden Fabrikarbeiter verwildert immer mehr …«

Offenbar hatte der Mann die historischen Quellen auswendig gelernt und seinen Text schon geschrieben. Zum Glück wurde Schiller durch einen Kollegen seines Gesprächspartners erlöst, der diesen für sich in Beschlag nahm, sodass Schiller die letzten Meter zum Schloss unbehelligt zurücklegen konnte. Vor dem Eingang herrschte reges Kommen und Treiben. Verdammt, wo blieb Ulf Baumgärtner? Und wo steckte die Engelhardt? Und wie hatte er den *Goldenen Bleistift* nur je aus den Augen lassen können? Und warum musste der Erste Bürgermeister vor dem Eingang auf ihn warten, um ihn abzufangen und beiseite zu nehmen? Sicher wollte er ihm eine seiner berüchtigten Standpauken halten. Aber doch bitte nicht jetzt! Fieberhaft suchte Schiller nach einem Ausweg, um dem bevorstehenden Rüffel zu entgehen, aber es tat sich ihm keiner auf.

Wie oft hatte sie sich diese Aktion ausgemalt, jeden Schritt in Gedanken geübt! Doch es funktionierte nicht so, wie sie es sich ausgedacht hatte. Noch einmal stach Jasmin mit dem Bleistift zu, sie hatte extra den mit dem stärksten Härtegrad genommen. Aber mit diesem zähen Altmännerhals hatte sie nicht gerechnet. Baumgärtners ledrige Haut leistete Widerstand, die harte Faber-Castell-Mine, die beste aller Minen, brach ab. Der Mann röchelte nur und schaute sie an aus Augen, die nichts verstanden. »Was soll das, zum Teufel …?«

Sollte sie fliehen? Sich auf einen Scherz rausreden? Wie in Trance bückte sie sich nach der abgebrochenen Mine.

»Jasmin!«

Sie schaute auf. Was tat ihre Mutter hier? Sie trug den hässlichen geblümten Putzkittel, den sie bei ihrem Job mit der Putzkolonne trug. Soweit Jasmin wusste, putzte sie nur im Rathaus, sie selbst hatte der Mutter den Job dort vermittelt. Seit wann putzte sie auch im Schloss? Und wieso jetzt, zu dieser Uhrzeit? Gleich würden die ersten Gäste und ihre Kollegen kommen. Sie mussten fliehen!

»Mama?«

»Psst, ganz ruhig, mein Kind.«

Ihre Mutter glitt an ihr vorbei, und Jasmin sah etwas Goldenes blitzen.

Baumgärtner wollte sich an den Hals greifen, etwas sagen, er verstand nicht, was mit ihm geschah. Aber hinter seinen Augenlidern zerflossen schon die Farben. Venezianerrot und Preußischblau waren nicht mehr dabei.

Der Ballsaal hatte sich schon mehr als zur Hälfte gefüllt. Gespannte Erwartung lag in der Luft, das Publikum freute sich auf einen kurzweiligen Nachmittag mit dem prominenten Gast, der immerhin, so hatte Schiller telefonisch in Erfahrung gebracht, das Hotelzimmer schon verlassen hatte. Aber wieso waren die Vorhänge vor der Poussiernische zugezogen? Jetzt war wahrhaftig nicht der Moment für neckische Schäferspiele. »Mehr Licht!«, dachte Lothar Schiller. Mit einem Ruck riss er den Vorhang zur Seite. Auf der Sitzbank vor ihm hing Ulf Baumgärtner und starrte ihn aus glasigen Augen an. An seinem Hals war eine kleine rote Wunde zu sehen. Sie sah so unscheinbar aus, fast elegant, dass sie kaum der Rede wert gewesen wäre. Einzig das dicke Hämatom, das sich darunter gebildet hatte, wirkte unvorteilhaft. Aber der Blick des Mannes ließ keinen Zweifel übrig, dass Ulf Baumgärtner, dem ersten Preisträger des *Goldenen Bleistifts* der Stadt Stein, die ihm verliehene Ehrung nur mehr posthum zuteil werden würde.

Ihre Mutter hatte sie bei der Hand ergriffen und war mit ihr die Treppen hinuntergelaufen, gerade noch rechtzeitig, bevor der große Pulk Gäste kam. Ein paar Leute nur waren ihnen entgegengekommen und hatten verwundert geguckt. Aber niemand hatte sie aufgehalten. Jetzt saßen sie im Faberpark hinter den Büschen, und Mama hielt sie in ihrem Arm, ganz wie in alten Zeiten. Mitten in Jasmins Wimmern hinein sagte Mama: »Verzeih mir, mein Kind.«

Sie wiegte Jasmin, und Jasmin drückte sich an sie, während es um sie herum grüngolden flirrte. Es duftete nach Blut und Jasmin.

Irgendwann, nach einer Ewigkeit, löste ihre Mutter sich von ihr und schob sie weg.

»Was immer passieren wird«, sagte sie. »Du warst nicht hier. Hörst du! Du warst nicht hier. Dies ist allein meine Sache.« Sie stand auf und klopfte ein paar Zweige von ihrem Kittel.

»Ich hab dich sehr lieb, mein Goldherz, mein Kind. Vielleicht kommst du mich einmal im Gefängnis besuchen. Aber jetzt geh. Lauf! Schau nicht zurück. Und pflanz einen Goldstiftbaum!«

Sämtliche Personen sind frei erfunden. Bei der Beschreibung des Ballsaals zitieren Jasmin und die Verfasserin aus Asta Scheibs Roman: *Eine Zierde in ihrem Hause. Die Geschichte der Ottilie von Faber-Castell* (1998), Rowohlt Taschenbuch, 20. Aufl. Reinbek 2012, S. 391; der Redakteur eines norddeutschen Tageblatts verdankt sein Wissen Wolf Hergert: *Stein. Die Bleistiftstadt. Historische Spaziergänge 8*, hrsg. v. Geschichte für Alle e.V. – Institut für Regionalgeschichte, Nürnberg 2011. In diesem Büchlein blättert auch Ulf Baumgärtner, dem es nun leider nicht mehr vergönnt ist, die Stadt Stein bei Nürnberg näher kennenzulernen. RV **

Jutta Siorpaes

Zwei Fremde

Der Tag, der Claudia Reicharts Leben für immer veränderte, war wie jeder andere und begann mit dem Läuten des Weckers um Punkt sieben Uhr. Claudia fiel es schwer, aufzustehen. Jeder Knochen in ihrem Körper schmerzte, die Muskeln fühlten sich nach der Anspannung der vergangenen Nacht an wie nach einem Boxkampf. Sie ging zu der verspiegelten Front ihres Schlafzimmerschrankes hinüber und zog ihr XL-Schlafshirt nach oben. Entsetzt betrachtete sie ihren Bauch und die Beine. Dann drehte sie sich zur Seite, um auch den Rücken begutachten zu können. Er war übersät mit rot unterlaufenen Blutergüssen. Es wurde mit jedem Mal schlimmer. Wenn nicht bald etwas geschah, lief sie ernsthaft Gefahr, dass ihr noch etwas zustieß. Das durfte sie schon wegen Moritz nicht zulassen, der in diesem Augenblick auf nackten Füßchen ins Schlafzimmer tapste.

»Ich hab Hunger, Mami!«, rief er und streckte seiner Mutter die Arme entgegen.

Claudia hob den Vierjährigen hoch und spürte dabei einen ziehenden Schmerz in ihrer rechten Schulter, auf die sie letzte Nacht gestürzt war. Ihr Kopf hatte dabei nur knapp die metallene Ecke des Wohnzimmertisches verfehlt. Nein, bestärkte sie sich im Stillen. Moritz brauchte sie. Er würde sie noch viele Jahre brauchen. Sie musste am Leben und gesund bleiben, denn sonst ließe sie ihren Sohn allein bei seinem Vater zurück. Ein Gedanke, der ihr Tränen der Verzweiflung in die Augen trieb. Ein Schluchzer entwich ihrer Kehle, aber Moritz' irritierter Seitenblick half ihr augenblicklich, die Fassung wiederzuerlangen. Sie trug ihn in die Küche und setzte ihn auf einen Stuhl an den Tisch. Dann räumte sie Wolfgangs Frühstücksgeschirr in den Spüler. Er war schon früh aufgebrochen, weil er eine wichtige Besprechung in Frankfurt hatte, zu der er nicht zu spät kommen durfte. Claudia war froh darüber. Sie konnte nicht so übergangslos wie er am nächsten Morgen zur Tagesordnung übergehen, als sei nichts geschehen. Daher genoss sie die Stille, die nur von den Geräuschen unterbrochen wurde, die Moritz bei dem Versuch erzeugte, einen Automotor nachzuahmen. Sie setzte Teewasser auf und bereitete Moritz seine Honig-Smacks mit Milch zu. Dann sprang sie unter die Dusche. Das warme Wasser tat gut. Ihre Muskeln lockerten sich. Schon etwas entspannter, zog Claudia sich an und schminkte sich das unversehrte Gesicht, das Wolfgang immer aussparte, um ihrer beider kleines Geheimnis, wie er es nannte, zu wahren. Über das sie selbstredend mit niemandem sprechen durfte, weil er sie sonst selbstredend totschlüge. So, wie er sie totschlüge, falls sie ihn anzeigen, ins Frauenhaus flüchten oder die Scheidung einreichen sollte. Und selbst wenn das Gerede vom Totschlagen – vielleicht – seiner Tobsucht zuzuschreiben war, so wusste sie dennoch, dass sie gegen ihn keine Chance hatte. Denn er, der gewiefte Scheidungsanwalt, der von Berufs wegen darauf spezialisiert war, die Expartner seiner Mandanten mit allen Mitteln zu bekämpfen, würde sie überall aufspüren und fertigmachen. »Du würdest dein Kind nie wiedersehen, das muss dir klar sein«, vergaß er nie, ihr zwischen den Zähnen zuzuzischen, wenn er sie verprügelt hatte und Claudia ihm ansah, wie gern er ihr auch noch ins Gesicht geschlagen hätte. Aber bisher hatte er sich immer so weit im Griff gehabt, lediglich solange wutschnaubend auf ihren Körper einzuschlagen, bis sie wie ein Taschenmesser zusammenklappte. Dann entschuldigte er sich meist lapidar und ging ins Bett, wo er wartete, bis sie kam, um sich besitzergreifend auf ihren geschundenen Körper zu schieben.

Claudia spürte, wie bei dieser Erinnerung die Übelkeit in ihr hochstieg. Angewidert warf sie die Wimperntusche auf die Etagere und holte Moritz' Kleider aus seinem Zimmer.

Eine halbe Stunde später verabschiedeten sich Mutter und Sohn in der Garderobe des städtischen Kindergartens voneinander, wo Moritz seine Ärmchen um Claudias Hals schlang und ihr ein Küsschen gab, während er schon ungeduldig nach seinem Freund Julian schielte. Dann war er weg.

Claudia fuhr in die Redaktion des *Weißenburger Tagblatts*, wo ihr Chef sie bereits erwartete. »Der bierbegeisterte Regisseur der Musicaltruppe kommt etwas später zum Interview in die Brauerei Schneider, aber die Sängerin will pünktlich sein. Ich glaube, die ist froh, wenn sie sich ohne ihn in Szene setzen kann!«, rief er ihr über seinen Schreibtisch hinweg zu.

Claudia grinste. »Ich werde mich bemühen, der Dame die gebührende Aufmerksamkeit zukommen zu lassen.«

Sie setzte sich an ihren Platz, um ein paar E-Mails zu beantworten. Dann googelte sie die Sängerin, die im Sommer im Weißenburger Bergwaldtheater auftreten sollte, und informierte sich über das besondere Bier, dessen Herstellung den Regisseur so brennend interessierte.

Als sie dergestalt vorbereitet im *Bräustüberl Zur Kanne* eintraf, das zur Brauerei Schneider gehörte, war von der Sängerin jedoch noch nichts zu sehen. Lediglich der Bierbrauer Thomas Schneider und sein Braumeister saßen in der Gaststube und hatten nur ein Thema: den neuen Sud, den sie heute erstmals mit dem teuren Hopfen aus Simco, Kalifornien, angesetzt hatten. I. P. A. wollten sie brauen, Indian Pale Ale, jenes Kolonialbier, das die Engländer einst der besseren Haltbarkeit wegen besonders stark gebraut und nach Indien verschifft hatten. Mit der Empfehlung, das Bier, sobald es dort angekommen war, 1:1 mit Wasser zu verdünnen.

»Was natürlich keiner gemacht hat«, lachte Thomas Schneider und bot Claudia einen Platz an.

»Das kann ich mir denken«, sagte sie und setzte sich zu den beiden Männern an den Stammtisch, wo ihr sofort ein Glas Bier hingestellt wurde.

»Prost!«, rief der Brauer gut gelaunt. Dann tranken alle, und Claudia war trotz ihrer privaten Misere gleich ein bisschen leichter zumute. Sie würde ihr Leben ändern. Es schaffen, sich aus dieser Zwangslage zu befreien, auch wenn Wolfgang noch so wüste Drohungen gegen sie ausstieß. Sie musste es nur durchziehen. Wie zum Trost nahm sie noch einen Schluck.

»Damals gab es noch keinen Suezkanal, wissen Sie«, fuhr der Brauer mit seinen Erklärungen fort. »Die mussten den ganzen Weg ums Kap der Guten Hoffnung herumfahren, und das Bier durfte auf der Reise nicht schlecht werden.« Er hielt inne. »Unser Pale Ale wird übrigens ›Biericiana‹ heißen, in Anlehnung an das Weißenburger Römerlager ›Biriciana‹.« Wieder unterbrach er sich, schaute auf die Uhr und schob unvermittelt sein halb volles Bierglas von sich. »Aber jetzt müssen Sie mich leider entschuldigen. Ich muss nach Leipzig, da wartet mein Geschäftsführer schon sehnsüchtig auf mich.« Er hob bedauernd die Schultern. »Das Fernsehen berichtet wegen der Buchmesse aus meinem dortigen Lokal, dem *Bayerischen Bahnhof*. Sagt Ihnen das was?« Und ohne ihre Antwort abzuwarten, setzte er hinzu: »Aber mein Braumeister bleibt hier und führt Sie nachher mit den beiden Künstlern durch die Brauerei.« Er deutete auf seinen Mitarbeiter. Dann waren beide Männer auch schon draußen, und Claudia holte ihr Notebook aus der Tasche, um die Zeit bis zum Eintreffen der Sängerin zu überbrücken.

Eine Stunde später tippte Claudia immer noch eifrig auf ihren Computer ein, als eine sonore Stimme neben ihr fragte: »Frau Reichart?«

Claudia schaute von ihrem Bildschirm auf. Vor ihr stand eine imposante Erscheinung im weißen Sakko und einem weißen Hut auf dem Kopf. »Herr Legrand?«, fragte sie zurück, da der Mann augenscheinlich kein Weißenburger war.

Er strahlte sie an, als hielte sie bereits einen Fotoapparat in der Hand. »Ganz recht, gestatten, Richard Legrand.« Er verbeugte sich, als stünde er nach einer glanzvollen Premiere im Blumenregen auf der Bühne. »Ich hoffe, Sie verzeihen die Verspätung, aber Sigrid Fucker, die Dame vom Kulturamt, wollte mir unbedingt sofort ihr zauberhaftes Bergwaldtheater zeigen, weil heute Mittag auch der Techniker Zeit hatte.« Er zog einen Stuhl heran und setzte sich neben sie. »Ist doch immer wieder spannend für fahrendes Volk wie uns, neue Bühnen kennenzulernen.« Er lachte manieriert. Dann sah er sich suchend um. »Aber ich denke, Frau Kessler hat mich in der Zwischenzeit würdig vertreten.«

Claudia zuckte die Achseln. »Frau Kessler ist bis jetzt nicht aufgetaucht«, erklärte sie.

»Ach.« Legrand stutzte. »Das ist aber merkwürdig. Sie hatte mir fest versprochen, pünktlich in der Brauerei zu erscheinen.« Er beugte sich lächelnd zu Claudia. »Obwohl das Bier ja eher mein Steckenpferd ist. Sie trinkt am liebsten Weißwein. Wegen der Zähne.« Er bleckte seine strahlend weiß gebleichten Jacketkronen wie ein Pferd und zog sein Handy aus der Jackentasche. »Ich rufe sie an. Wir können Sie und den Braumeister schließlich nicht ewig warten lassen«, brummte er kopfschüttelnd.

Aber auch am Handy meldete sich die Sängerin nicht, weshalb der Regisseur kurz entschlossen aufsprang und verärgert rief: »Nun gut, kommt sie eben nicht mit aufs Foto!«

Aha, dachte Claudia, jetzt ist er es, der sich lieber allein in Szene setzt. Sie packte eilig ihr Notebook ein und folgte

Legrand hinaus in den Hof der Brauerei, wo der Braumeister bereits auf sie wartete.

»Wir sind komplett«, schnaubte der Theatermann, worauf der Braumeister nicht mehr nach der Sängerin zu fragen wagte. Stattdessen führte er seine Gäste die schmale Stiege hinauf ins Sudhaus und eröffnete seinen Vortrag mit einem Zitat über das Bierbrauen, das mit dem Einmaischen von sechzig Grad warmem Wasser und Malz in der Maischepfanne begann. Die sogenannte Maische wurde unter ständigem Rühren auf fünfundsiebzig Grad erhitzt, ehe die festen Bestandteile von der flüssigen »Würze«, sprich dem zukünftigen Bier, getrennt wurden.

»Die Würze fließt anschließend in die Würzpfanne, in die wir heute erstmals den Hopfen aus Amerika dazugegeben haben. Das Ganze kocht jetzt bei etwa hundert Grad vor sich hin«, erklärte der Braumeister und deutete auf den größten Kessel im Sudhaus.

»Hundert Grad«, wiederholte Claudia beeindruckt, die eifrig mitschrieb. »Dürfen wir mal sehen?« Sie warf dem Regisseur einen Blick zu. Der nickte. »Deshalb sind wir ja hier!«, stimmte er zu, worauf der Braumeister die Schiebetür öffnete.

Doch anstatt seinen interessierten Gästen einen Blick zu gewähren, rief er entsetzt: »Allmächd!« Dann beugte er sich in den Sudkessel, so weit er konnte, fuhr zurück und starrte Claudia und den Regisseur mit vor Entsetzen weit aufgerissenen Augen an. »Unser Ale! Kaputt! Da drinnen schwimmt einer«, stammelte er und ließ sich auf diese Worte hin widerstandslos vom Regisseur zur Seite schieben.

Nur Claudia drängte sich nicht vor, um in den Kessel zu blicken. Sie zog ihr Handy aus der Tasche und wählte, so ruhig sie konnte, die 110. »Wir müssen die Polizei rufen«, erklärte sie ihren zwei Begleitern mit zitternder Stimme. Ihr Magen war kurz davor, seinen Inhalt ans Tageslicht zu befördern, aber sie riss sich zusammen. »Ich nehme an, der Mann ist tot. So etwas kann kein Mensch überleben.«

Es dauerte nicht lang, und das Sudhaus wimmelte nur so von Menschen. Zuerst traf die Weißenburger Polizei ein, die sofort Verstärkung anforderte. Wenig später drängten Kriminalbeamte und Spurensicherer aus Ansbach an den ungewöhnlichen Tatort. Auch der Gerichtsmediziner aus Erlangen reiste umgehend an. Aber keiner der Beteiligten machte zur Enttäuschung der Presse, die im Hof wartete, irgendwelche Angaben zur Leiche. Zu deren Zustand erklärte der Gerichtsmediziner lediglich, dass wohl jeder wüsste, was mit einem Huhn im Suppentopf passierte. Dann verschwand auch er im Sudhaus.

Den Braumeister, den Regisseur und Claudia hatte man mit der Anweisung, sich im *Bräustüberl* für Fragen der Kriminalbeamten bereitzuhalten, vom Tatort verbannt. Claudia verspürte zwar den übermächtigen Wunsch, diesen entsetzlichen Ort so schnell wie möglich zu verlassen, aber auch der Verweis auf Moritz half ihr nicht. Also rief sie Julians Mutter an, bat sie, auch Moritz nach dem Kindergarten mit zu sich nach Hause zu nehmen, und fügte sich in ihr Schicksal.

Das gelang ihr immerhin besser als Richard Legrand, der weinte wie ein Kind, als ihm ein Kriminalbeamter mit betroffener Miene beibrachte, dass es sich bei der Leiche im Sudkessel um keinen Mann, sondern um die Sängerin Irene Kessler handelte, die diesen Sommer im Bergwaldtheater hätte singen sollen. Eigentlich – wenn sie nicht aus völlig unerfindlichen Gründen in hundert Grad heißem Biersud gelandet wäre. Niemand konnte sich vorstellen, wie das hatte passieren können, aber alle Anwesenden waren sich einig, dass es ein Unfall gewesen sein musste.

»Vielleicht wollte sie Sie mit einem Foto von sich und dem Pale Ale überraschen und ist bei dem Versuch, es zu schießen, hineingefallen«, sagte der Braumeister zum Regisseur, doch der brauste trotz seines Kummers ungehalten auf: »Ein noch größerer Blödsinn fällt Ihnen wohl nicht ein?«

»Das ist nicht so abwegig, wie Sie meinen«, verteidigte sich der Mann. »Es ist schon mal jemand in den Sudkessel gestürzt.«

Legrand starrte den Braumeister an. Seine Erscheinung hatte jetzt nichts Imposantes mehr. »Kommen Sie mir doch nicht mit solchen Ammenmärchen«, brüllte er los. »Das war Irenes Mann. Der Kerl hasst sie, seitdem sie mit mir zusammen ist. Er hat sie auch schon bedroht. Da war ich sogar dabei. Die beiden leben in Scheidung und streiten um die Kinder, verstehen Sie? Deswegen will er sie loswerden. Und die Sache mit dem Bier hat er sich ausgedacht, um mich, seinen Rivalen, zu treffen.« Er sprang auf und warf dabei seinen Stuhl um. »Ich muss mit der Polizei reden. Sofort!« Mit diesen Worten stürmte Legrand hinaus und ließ Claudia und den Braumeister bestürzt zurück.

»Das ist ja furchtbar«, stammelte Claudia, die plötzlich ganz bleich geworden war. »Ein Mord bei uns in Weißenburg.«

»Ein schwarzer Tag, fürwahr«, seufzte der Braumeister, der nicht nur an die Tote, sondern auch an die siebentausend Flaschen Bier dachte, die unwiederbringlich verloren waren.

Aber dann besann sich Claudia darauf, nicht nur Zeugin, sondern auch Journalistin zu sein, die dringend in die Redaktion zurück musste, wollte sie diese Story selber schreiben. Daher drückte sie dem Braumeister zum Abschied die Hand und lief ebenfalls hinaus. Sie nahm den Weg, der an den Toiletten vorbei durch die Hintertür der Braustube in den Hof führte, den sie vorhin schon einmal gegangen war, als sie auf die unglückliche Sängerin gewartet hatte. Draußen war man gerade dabei, den Sack mit der Leiche in den Transportsarg zu legen. Der Regisseur stand dabei und schluchzte erneut fassungslos, während ihn eine junge Polizistin am Arm tätschelte. »Kommt denn nun bald jemand für den Mann?«, hörte sie einen Polizisten neben sich sagen. »Die Psychologin ist unterwegs«, erwiderte ein anderer.

Claudia beschloss, diesen heiklen Moment noch abzuwarten. Als die Bestatter den Hof verlassen hatten, wandte sie sich an den Polizisten neben ihr: »Brauchen Sie mich noch? Ich müsste dringend in die Redaktion und den Artikel zu diesem Fall hier schreiben.«

»Sind Sie die Journalistin, die die Sängerin interviewen wollte?«

»Genau.« Claudia nickte. »Aber ich kann Ihnen nichts sagen, weil ich die Frau nie kennengelernt habe.«

»Sie haben nichts bemerkt?«

»Nichts.«

»Wo haben Sie sich denn die ganze Zeit über aufgehalten?« »Ich saß eine knappe Stunde im *Bräustüberl* und habe gearbeitet, während ich auf Frau Kessler wartete.« Sie überlegte. »Ich war nur einmal kurz auf der Toilette.« Claudia deutete auf die Tür zum Stüberl hinter sich.

Der Beamte folgte ihrer Bewegung mit den Augen. »Von dort aus konnten Sie den Hof sehen.« Er zog die Augenbrauen zusammen. »Und den Eingang zum Sudhaus.«

»Stimmt«, erwiderte Claudia. »Aber es war niemand da.« Sie zuckte mit den Achseln. »Tut mir leid, dass ich Ihnen nicht weiterhelfen kann.« Dann beugte sie sich vor und fügte mit gesenkter Stimme hinzu: »Darf ich Ihnen als Journalistin auch ein paar Fragen stellen?«

Der Polizist musterte sie. »Kommt darauf an.«

»Es geht um den Ehemann der Toten, den der Freund von Frau Kessler schwer beschuldigt hat«, sagte Claudia und kramte in ihrer Tasche nach ihrem Notizblock.

»In diesem Fall kann ich Ihnen nur raten, sich nicht zu öffentlichen Mutmaßungen hinreißen zu lassen«, erwiderte der Beamte streng. »Der Ehemann war zur Tatzeit an seinem Arbeitsplatz in Frankfurt.«

»Damit hat er ein Alibi.«

»Richtig. Er betreut die Garage eines großen Nobelhotels und war den ganzen Tag über dort.« Der Polizist unterbrach sich. Dann fügte er noch hinzu: »Was ich Ihnen jetzt sage, schreiben Sie aber nicht, doch wenn Sie mich fragen, war das ein bedauerlicher Unfall, wie auch immer er passiert sein mag. Abgesehen von den Ehestreitigkeiten fehlt jedes Motiv für ein Verbrechen. Nicht einmal Eifersüchteleien innerhalb der Musicaltruppe gab es laut unseren bisherigen Ermittlungen. Mit dem Handy, das wir in ihrer Handtasche fanden, hat Frau Kessler nur abwechselnd mit dem Ehemann und ihrem Freund telefoniert. Und ob der Gerichtsmediziner an einer Leiche in dem Zustand überhaupt noch Spuren von Gewaltanwendung feststellen kann, falls es welche gibt, ist mehr als fraglich.«

»Weiß man denn, was Frau Kessler im Sudhaus wollte?«, fragte Claudia.

»Wir vermuten, dass sie irrtümlicherweise annahm, der Treffpunkt sei dort«, erwiderte der Beamte. »Und dann war sie vielleicht neugierig, hat in den Kessel hineingeschaut, wollte kosten.« Er zuckte die Achseln. »Wir wissen es nicht und werden es wahrscheinlich nie erfahren.«

Nachdem Claudia an diesem Schreckenstag endlich wieder zu Hause ankam, konnte sie es kaum erwarten, Moritz ins Bett zu bringen. Dann holte sie das Wertkartenhandy aus seinem Versteck im Küchenschrank, das sie vor Monaten bei einem Shoppingausflug in Nürnberg gekauft hatte, und legte zum letzten Mal die SIM-Karte ein. Sie tippte die Worte »Zwei Fremde« und schickte die SMS wie vereinbart an Jürgen Kessler, Kfz-Mechanikermeister und Hobbyfotograf aus Frankfurt, in Scheidung lebend und Vater von zwei kleinen Töchtern. Claudia hatte mit dem Mann und sechzehn weiteren Fotografie-Interessierten den Workshop »Mit Fotos Geld verdienen« in Berlin besucht. Abends an der Bar war man ins Reden gekommen. Hatte nach ein paar Gläsern dem anderen die eigene Zwangslage offenbart. Und entdeckt, dass die subtile Gewalt einer Ehebrecherin, die ihren Mann als Kinderschänder denunziert, der rohen Gewalt eines prügelnden, vergewaltigenden Ehemanns an Grausamkeit in nichts nachstand. Man hatte sich die größte aller Sorgen gestanden, die jeweils beteiligten Kinder an den verhassten Partner zu verlieren. Und zugegeben, vor ohnmächtiger Wut am liebsten zum Äußersten gehen zu wollen. Und damit war der Gedanke plötzlich ausgesprochen gewesen: Mord. Man dachte an den perfekten Mord. Den mit zwei Leichen und zwei tausendprozentigen Alibis. Wie im Roman. Zu Anfang war man noch erschreckt über die eigene Courage gewesen, einen Wildfremden derart ins Vertrauen zu ziehen. Aber die Einmaligkeit der Chance hatte es leicht gemacht, sämtliche Bedenken über Bord zu werfen und einen geheimen Pakt zu schließen.

Natürlich war Claudia in den folgenden Monaten des Planens und zermürbenden Wartens auf die richtige Gelegenheit von der Vorstellung gepeinigt worden, jemanden töten zu müssen, den sie gar nicht kannte. Den sie vielleicht sogar gemocht hätte. Und Jürgen erging es ebenso. Aber sie bestärkten sich gegenseitig darin, im Moment der Tat denjenigen vor ihrem inneren Auge auferstehen zu lassen, der sie seit Jahren demütigte und quälte. Dennoch hatte Claudia zwischenzeitlich immer wieder daran gedacht, die Sache abzublasen. Zu grauenvoll erschien ihr plötzlich der Gedanke, einen Menschen zu töten. Ihm sein Leben zu nehmen.

Deshalb wären die Bremsschläuche von Wolfgangs Porsche in der Hotelgarage in Frankfurt wahrscheinlich doch unberührt geblieben, wenn er sich zu guter Letzt nicht noch an Moritz vergriffen hätte. Und auch Irene Kessler wäre dann nie blitzschnell an den Beinen gepackt und hochgerissen worden, sodass sie kopfüber in den Sudkessel stürzte, noch ehe sie einen Schrei ausstoßen konnte. Und das Wertkartenhandy wäre samt SIM-Karte einfach im Müll verschwunden.

Als Claudia jedoch gesehen hatte, wie ihr Mann in jäher Wut auf den kleinen vierjährigen Jungen eindrosch, nur weil er ein Glas Saft verschüttete, erkannte sie, dass ihr nichts anderes übrigblieb, als es durchzuziehen.

Jürgens Antwort ließ nicht lange auf sich warten. Claudia las die Worte »im Zug« auf dem Handydisplay. Zwei Fremde im Zug respektive an der Bar, die sich nie mehr wiedersehen würden. Erleichtert zerschnitt Claudia die SIM-Karte in kleine Schnipsel und warf sie ins WC. Das Handy spülte sie in der Spülmaschine und trug es anschließend in einem Plastikbeutel zu den Müllcontainern der Wohnanlage. Danach wartete sie auf die Polizisten, die spät am Abend an der Wohnungstür läuteten, um ihr mitzuteilen, dass ihr Mann auf der Autobahn vermutlich wegen überhöhter Geschwindigkeit die Kontrolle über seinen Wagen verloren hatte und gegen einen Brückenpfeiler gekracht war. Claudia war untröstlich. Ganz so, wie es sich für eine Witwe gehörte.

Sabine Trinkaus

Messer, Hammer, Beil

Irmchen kontrolliert im Geiste noch einmal den Inhalt des Koffers. Feinripp, Socken, Bundfaltenhosen, die Wandersandalen. Bettwäsche und Desinfektionsmittel, man weiß ja nie mit Hotels, sagt Gustav. Es kommt einiges zusammen, der Koffer ist schwer. Und auch ihre Handtasche. Das Döschen mit dem Digitalis wiegt fast nichts. Aber sie hat auch das scharfe Bratenmesser eingepackt. Zur Sicherheit noch den großen Hammer und das kleine Beil aus dem Schuppen. Martialischer Ballast, der sie nervös macht und eine Menge wiegt. Heimlich hofft sie, dass die Sache auf einen Unfall hinauslaufen wird. Ein Unfall, das wäre perfekt, denkt sie, und während sie das denkt, fühlt sie sich ganz fremd in ihrem Kopf. Ganz anders. Aber das ist gut so. Frau Dr. Haller sagt, dass Menschen sich ändern können. Ändern müssen sogar, jedenfalls in Irmchens Fall. Probleme lösen sich nämlich nicht von selbst. Man muss den Konflikt erkennen und angehen, das Übel bei der Wurzel packen. Positiv visualisieren, dann findet sich ein Weg. Frau Dr. Haller ist eine kluge Frau. Anders als Irmchen, jedenfalls wenn man Gustav fragt. Gustav weiß natürlich nichts von Frau Dr. Haller. Von so einem Psycho-Unsinn hält er nichts, so etwas braucht man nicht in Gustavs Familie. Darum hat Irmchen nur Rita erzählt, dass sie zu Frau Dr. Haller geht. Die fand das eigentlich in Ordnung. Allerdings sagt Frau Dr. Haller, dass Irmchen auch mal »nein« sagen muss. Rita meint, dass sie sehr zu Egoismus neigt, seit sie zu Frau Dr. Haller geht.

Irmchen schiebt den Gedanken weg. Sie muss sich auf das konzentrieren, was vor ihr liegt. Positiv visualisieren.

Ein Wochenende in Zirndorf, nur sie und Gustav. Zeit und Ruhe, um den Konflikt anzugehen, das Übel bei der Wurzel zu packen. Probleme lösen sich nicht von selbst, aber hier ist sie einfach zu abgelenkt. Immer so viel zu tun, und außerdem möchte sie keine Schweinerei in ihrem Haus.

Gustav freut sich auf Zirndorf. Er ist ein großer Fan von Wallenstein, der fränkischen Küche und natürlich dem Bier. Es ist gut, dass er es schön haben wird an diesem Wochenende. Es ist ja immerhin sein letztes.

Er sitzt schon auf dem Fahrersitz, hat die Zeit, die Irmchen mit dem Gepäck braucht, genutzt, um die Spiegel zu justieren. Langsam wird er ungeduldig. Irmchen will gerade die Kofferraumklappe schließen, als sie plötzlich Ritas Stimme hört. Das ist merkwürdig. Rita ist sicher nicht gekommen, um ihre Eltern zu verabschieden. Sie fahren ja nur ein Wochenende nach Zirndorf und machen keine Weltreise. Außerdem ist Rita nicht gut auf Gustav zu sprechen, genau genommen spricht sie gar nicht mehr mit ihm. Bevor Irmchen Gelegenheit hat, diese Gedanken zu Ende zu denken, überholt sie die Realität. Rita hebt zwei kleine Koffer in den Kofferraum. »Schön brav sein«, ruft sie den Kindern zu, die auf die Rückbank klettern. »Ich brauche wirklich mal zwei Tage für mich«, sagt sie zu Irmchen.

Die ist fassungslos. Sie hat mit Rita über dieses Wochenende gesprochen. Sie hat ihr alles erklärt. Den Konflikt angehen, das Übel bei der Wurzel packen. Sie ist nicht ins Detail gegangen, aber sie hat völlig klar gemacht, dass es ihr ernst ist und wichtig.

»Es gibt da diesen Funpark«, fährt Rita fort. »Das gefällt ihnen bestimmt. Es macht dir doch sicher nichts aus.« Irmchen denkt an Frau Dr. Haller. Ganz fest. »Nein!«, sagt sie bestimmt, ist kurz stolz auf sich, bis ihr auffällt, dass sie natürlich »doch« hätte sagen müssen. Jetzt ist es zu spät, Rita hat sich schon umgedreht und eilt die Straße entlang.

Irmchen liebt ihre Enkel. Wirklich. Und sie versteht, dass Rita es nicht leicht hat als alleinerziehende Mutter. Darum greift sie ihr gern ein bisschen unter die Arme. Holt die Kinder täglich von der Schule ab, kocht ihnen Essen, bringt sie zum Turnen und Flöten. Sie schaut ein bisschen nach Ritas Haushalt und der Wäsche. Sie tut das gern, obwohl es Gustav gar nicht gefällt. Er ist nämlich der Ansicht, dass Rita selbst schuld ist. Alleinerziehend mit zwei Kindern, das kommt ja nicht von ungefähr, findet er, und wie man sich bettet, so liegt man. Und er meint, dass Irmchen mit ihm und ihrem eigenen Haushalt wirklich genug zu tun hat. Damit hat er im Grunde recht.

Irgendwie haben immer alle im Grunde recht. Das ist verwirrend und macht Irmchens Leben sehr kompliziert.

Unterwegs erzählt Gustav Irmchen natürlich ein paar Takte. Darüber, was alles schief gelaufen ist in Ritas Erziehung. Es klingt immer so, als habe er nichts mit dieser Erziehung zu tun. Genau genommen stimmt das wohl auch. Gustav hat es noch nie mit Kindern gehabt, auch nicht mit seinem eigenen. So jedenfalls, sagt er, so geht das nicht weiter. Es muss auch Grenzen geben, die Irmchen dringend zu setzen hat, denn er, Gustav, ist es wirklich leid. Und so weiter. Und so fort. Irmchen hört nur mit halbem Ohr zu. Das reicht, denn sie hört das alles ja nicht zum ersten Mal.

Dann ist er fertig und verströmt stumme Missbilligung. Irmchen denkt über einen Unfall nach, aber das ist natürlich Unsinn. Mit den Kindern auf der Rückbank geht das auf keinen Fall.

Als sie ankommen, steuert Gustav direkt die Kirche an. Irmchen hätte sich gern erst ein bisschen frisch gemacht, aber das geht halt nicht mit Gustav. Erst die Kirche, dann das Vergnügen. Gustav ist ein Mann mit Prinzipien.

»Guck mal, ein nackter Arsch, voll krass!« Jan deutet auf ein Fries an der Mauer. Aus irgendwelchen Gründen sieht der Junge immer genau das, was er nicht sehen soll. Leonie fängt an zu kichern. Irmchen wirft Gustav einen besorgten Blick zu, aber dem scheint es zu gefallen, dass Jan so aufmerksam ist. Bevor Irmchen den Jungen wegen seiner kruden Wortwahl tadeln kann, hebt Gustav zu einem Vortrag über mittelalterlichen Volksglauben an, nach dem böse Kräfte durch obszöne Gebärden und Darstellungen ferngehalten werden können. Irmchen findet das ganz interessant. Jan leider nicht so. Er hört nicht zu, sondern fängt an, Pipi-Kacka-Popo-Witze zu machen. Leonie lohnt es mit hysterischem Kichern. »Keine fünf Minuten können diese Kinder sich konzentrieren«, sagt Gustav zu Irmchen, sehr vorwurfsvoll.

Irmchen spürt das Gewicht ihrer Handtasche. Das mit dem Beil war ein Fehler. Die Tasche ist viel zu schwer, ihre Schulter tut jetzt schon weh.

In der Kirche läuft Jan zu Höchstform auf. Leonie kommt aus dem Kichern gar nicht mehr raus. Und Irmchen nicht aus dem Schämen. Sie sind zwar allein, und es ist ja auch eine evangelische Kirche. Aber auch bei den Protestanten gehören Pipi-Kacka-Popo-Themen sicher nicht vor den Tisch des Herrn. »Schluss jetzt«, zischt sie also. »Wenn ich eines dieser Worte noch ein einziges Mal in der Kirche höre, dann gibt es kein Eis. Und auch keinen Funpark!« Die Kinder gucken beleidigt, gehorchen aber und setzen sich schmollend in eine Bank. Irmchen kann sich wieder auf Gustav konzentrieren. Der erläutert lang und wortreich, dass das heutige

Holztonnengewölbe der Kirche einer noch vor dem Tode des Markgrafen Georg Friedrich abgeschlossenen Bauphase entstammt, genau wie die Neugestaltung der Portale, der Fenster und ihrer barock bemalten Einfassungen. Und so weiter. Und so fort. Es ist ganz erstaunlich, was der Mann, der in mehr als dreißig Jahren nicht einmal an ihren Geburtstag gedacht hat, sich alles so merken kann.

Irmchens Blick hängt an der großen Statue von Johannes dem Täufer. Sie fragt sich, wie stabil er wohl da steht auf dem Sockel und ob er wohl jemanden erschlagen könnte, wenn er umstürzt. Sie denkt an Frau Dr. Haller, aber Kirche und Konflikt und Übel und Wurzel, das geht nicht zusammen, findet sie.

Als sie nach einer knappen Stunde die Kirche verlassen, ist Leonies Hose nass. Dafür kann sie aber nichts, erklärt ihr Bruder, immerhin hätte sie, die Oma, ja persönlich verboten, »Pipi« zu sagen in der Kirche. Gustav ergeht sich in einer langen Tirade über Schulkinder und Blasenkontrolle, und dass da wohl einiges schiefläuft in der Erziehung. Irmchen spürt das Gewicht ihrer Handtasche, sie denkt an Messer, Hammer und Beil, an Konflikt und Übel und Wurzel, aber es ist kein guter Moment, denkt sie, wirklich nicht, denn Leonie riecht ein wenig streng und wird sich sicher erkälten, wenn sie nicht schnell etwas Trockenes anzieht.

Zum Glück ist es nicht weit bis zum *Hotel Maroni.*

Irmchen hat hier ein Doppelzimmer gebucht, weil der Name ihr gefiel. Er klingt nach Italien. Da wollte sie schon immer mal hin. Aber Gustav findet, dass das Verschwendung wäre, mit einer wie ihr, die so gar nichts von Kunst und Geschichte versteht. Außerdem traut er den Italienern nicht. Man kennt das bei den Ausländern, sagt er, kaum dreht man sich um, ist der Koffer weg und das Auto. Zirndorf ist zwar nicht Ausland, aber trotzdem ist Gustav ganz froh, wenn die Koffer aus dem Kofferraum sind, man weiß ja nie.

Der Mann an der Rezeption ist furchtbar nett und verspricht, sich sofort um zwei Beistellbetten für die Kinder zu kümmern. Gustav geht schon mal hoch, während Irmchen die Koffer aus dem Auto holt. Leider kommt der Aufzug nicht, und der nette Mann ist nirgends zu sehen. Er kümmert sich vermutlich um die Beistellbetten. Darum muss Irmchen halt die Treppe nehmen. Sie muss sich beeilen, wegen der nassen Hose von Leonie, und außerdem will sie Gustav nicht zu lang allein lassen mit den Kindern. Das ist nicht gut für seinen Blutdruck. Genau wie Kofferschleppen. Ganz schlecht für Blutdruck und Rücken, sagt er.

Irmchen macht an jedem Treppenabsatz eine Pause. Handtasche und Koffer, das ist wirklich viel Gewicht.

Als sie in der dritten Etage ankommt, hält Jan ihr sein Handy entgegen. »Die Mama«, sagt er. »Für dich!« Irmchen nimmt vorsichtig den kleinen Apparat. Hört Ritas Stimme: »Verschon meine Kinder gefälligst mit deinen unsensiblen, verklemmten Hygiene-Erziehungsmethoden«, sagt sie. »Leonie hat es weiß Gott schwer genug …« Bevor Irmchen etwas erwidern kann, kommt Gustav aus dem Bad. Er sieht sie mit dem Handy, schüttelt empört den Kopf. »Ich habe dir doch tausendmal erklärt, was die Strahlen im Kopf anrichten«, tadelt er. »Und du hast weiß Gott kein Gehirnschmalz zu verschenken!« Irmchen drückt schnell auf den roten Knopf und gibt Jan das Handy zurück. Für einen Moment kämpft sie mit den Tränen. Sie riecht Pipi-Gestank und begreift, dass es wirklich allerhöchste Zeit ist, das Übel bei der Wurzel zu packen. »Ich gehe schon mal«, sagt Gustav. »Ich brauch wirklich ein Bier. Wir essen im *Goldenen Löwen.* Und beeil dich bitte ein bisschen, ich habe Hunger!«

Irmchen lächelt erleichtert. Bier ist gut. Bier ist Alkohol, und Alkohol ist Gift für Gustav. Das hat sein Hausarzt gesagt. Alkohol und fettes Essen sind mindestens so schlimm wie Kofferschleppen, aber Gustav möchte natürlich nicht auf alles verzichten. Sie erlaubt sich einen Moment der Hoffnung. Visualisiert sehr, sehr positiv. Immerhin besteht ja die Möglichkeit, dass sich doch mal ein Problem von selbst löst.

Aber nicht dieses und nicht jetzt. Gustavs Gesicht ist zwar ziemlich rot, Irmchen daher sicher, dass es mindestens zwei Bier waren, und außerdem steht ein leeres Schnapsglas auf dem Tisch, trotzdem bestellt er quicklebendig Schäufele für sich und Irmchen und Bratwurst und Sauerkraut für die Kinder. Die Kinder mögen aber kein Sauerkraut und auch keine Wurst, sie wollen Pommes und heulen. Darum kommt Irmchen gar nicht dazu, Gustav zu sagen, dass sie eigentlich kein Schäufele möchte. Das ist allerdings sowieso egal, denn abbestellen können sie jetzt nichts mehr, darum gibt es extra Pommes für die Kinder. Irmchen isst aus Höflichkeit und Hunger beide Portionen Bratwurst und Sauerkraut, während Gustav sich um die Schäufele kümmert und dabei immer wieder Bier bestellt. Eine Menge Gift für ihn, aber er beklagt sich nur darüber, dass es nicht möglich ist, ein einziges Mal zivilisiert essen zu gehen mit einer Frau wie Irmchen, ohne dass es immer gleich ein Drama gibt. Irmchen will widersprechen, aber da wirft Jan seine Fanta um, und als Leonie die gelbe Brühe fließen sieht, muss sie sofort aufs Klo, dringend, und als sie ankommen, ist es schon wieder zu spät. Und während Irmchen das zur Kenntnis nimmt, erinnert sie sich an die Dose mit dem Digitalis. Auch zu spät, erkennt sie, zu spät.

Zum Glück liegt das Hotel auf dem Weg zum Museum, darum kann Irmchen schnell aufs Zimmer und sich um Leonies Malheur kümmern. Jan sagt, dass das Zimmer eklig stinkt, nach Pipi, und er hat nicht ganz unrecht. Außerdem ist es sehr eng, jetzt, wo die Beistellbetten da sind. Irmchen ist ein bisschen schlecht. Sie hat zu viel gegessen. Sie sehnt sich nach einem Mittagsschlaf, aber das kommt natürlich nicht infrage.

Das Museum ist in dem wunderschönen Fachwerkhaus mit den blauen Fensterläden untergebracht. Zwei Stockwerke. Irmchen schätzt, dass Gustav ungefähr eine Stunde pro Etage brauchen wird. Schon aus Prinzip. Das ist lang für die Kinder, die sich ziemlich tapfer halten, langsam aber ein bisschen quengelig wirken, weil sie endlich in den Funpark wollen. Die nette Frau an der Kasse zeigt ihnen gleich die Spielecke, wo es sogar Videos gibt. Dann entschuldigt sie sich, weil sie nach oben will, zu Gustav, der nämlich ein paar Fragen hat. Irmchen folgt ihr. Sie hat kein gutes Gefühl. Gustav nimmt sie gar nicht weiter zur Kenntnis. Er ist ganz und gar in die Geschichte Zirndorfs während des Dreißigjährigen Krieges versunken, verschmilzt quasi mit Wallenstein und seinem gewaltigen Heerlager. Umgehend fängt er an, die nette Frau vom Museum mit Fangfragen zu bombardieren. Irmchen studiert sorgfältig die Waffen, die an der Wand hängen. Eine Art Gewehr und so ein Spieß, dessen zwei Spitzen allerdings gebogen sind. Die Schusswaffe sieht sehr kompliziert aus, Irmchen kennt sich mit so etwas gar nicht aus. Wahrscheinlich ist sie ohnehin nicht geladen. Sie tätschelt gedankenverloren die Handtasche. Es war idiotisch, Hammer und Beil mitzunehmen. Sie ist so erschöpft, sie könnte sie nicht mal heben. Das Messer, das ginge. Aber solange die nette Museumsfrau da ist, kann sie nichts tun. Die wirkt mittlerweile ohnehin schon ein bisschen verstört angesichts Gustavs historisch-kritischer Wallenstein-Theorie. Von unten ertönt ein lautes Scheppern,

Jan schreit. Irmchen sieht die Museumsfrau an, aber die rührt sich nicht. Hilft ja nichts, denkt Irmchen ein bisschen resigniert, und eilt die Treppe hinunter.

Zum Glück ist nur der Maltisch umgefallen und in eine der Vitrinen gestürzt. Sie hat nur einen winzigen Sprung.

Irmchen quetscht sich auf einen der Kinderstühle und betrachtet das ausgestellte alte Blechspielzeug, das sie an ihre Kindheit erinnert.

»Wann gehen wir denn in den Playmo-Park?«, fragt Jan. Irmchen zuckt die Schultern. »Bald«, lügt sie halbherzig. »Wir müssen erst noch zum Turm.«

»Ich will keinen Turm. Ich will Playmo«, jammert Leonie.

Irmchen streicht ihr über das weiche, blonde Haar. Sie fühlt sich so erschöpft wie noch nie in ihrem Leben. Da ist wieder der Schmerz in Schulter und Oberarm. Dieses verfluchte Zeug in ihrer Tasche! Warum hat sie es überhaupt mitgenommen? Hat sie sich wirklich eingebildet, zu so etwas imstande zu sein? Einen Konflikt angehen, ein Übel bei der Wurzel packen, auf diese Weise, radikal und endgültig? Für eine Sekunde ist sie sicher, dass Gustav recht hat. Und auch Rita. Sie kann es nicht. Weil sie nämlich gar nichts kann. Ihre Probleme lösen sich von selbst. Oder eben gar nicht.

Natürlich könnte sie jetzt alles auf die Kinder schieben, aber sie weiß, dass das ungerecht wäre. Sie ist eine dumme, unnütze, alte Frau. Da hilft alles positive Visualisieren nichts.

»Omimi …« Leonie drückt sich an sie. »Warum weinst du denn? Nicht weinen, meine Omimi …«, flötet sie.

Der Schmerz in Irmchens Schulter und Herz lässt ein bisschen nach. Sie schnieft ihre Nase frei und nimmt das Kind in die Arme. »Ist schon gut«, sagt sie. »Ich weine ja gar nicht.« Sie saugt den im Moment ganz pipifreien Kinderduft auf und versteht, dass sie sich zusammenreißen muss.

»Ich gehe mit euch in den Funpark«, visualisiert sie laut und positiv. »Wir müssen nur noch zu dem Turm, ich muss noch etwas erledigen, und danach hab ich Zeit für euch. Und jetzt malt ihr ein schönes Bild für die Mama, bis der Opa oben fertig ist.« Sie betrachtet lächelnd, wie die Kinder ernst nicken und sich eifrig ans Werk machen.

Sie malen drei Bilder, beide, bis Gustavs Schritte auf der Treppe dröhnen. »Wir gehen jetzt«, sagt er, schaut recht unzufrieden. »So ohne kompetente Führung bringt das hier ja nichts.«

Die nette Museumsfrau ist kreidebleich. Ihre Augen sind ein wenig geschwollen, als hätte sie geweint. Sie zittert. Kaum sind sie aus der Tür, hört man, wie von innen abgeschlossen wird.

Gustav braucht jetzt erst mal ein Bier und einen Schnaps.

Wegen der strapazierten Nerven, weil es Frauen ganz offensichtlich nicht gegeben ist, sich historische Fakten und Feinheiten korrekt anzueignen, sagt er. Keine Ahnung von nichts, diese Person, aber ihm ständig widersprechen, nein, das kann Gustav wirklich gar nicht leiden.

Die Kinder benehmen sich musterhaft, sie kriegen ein Eis und murren nur ein winziges bisschen, als sie sich auf den Weg machen. Einen ziemlich weiten Weg, wenn man so eine schwere Handtasche hat oder so kleine Beine wie die Kinder. Aber Gustav kennt da nichts, und außerdem kann er sowieso nicht mehr fahren nach all dem Bier und Schnaps. Und soweit, dass er Irmchen ans Steuer seines Autos lässt, kommt es wohl gerade noch, da kann er es ja gleich selbst in den Graben fahren, sagt er. Sein Gesicht ist ziemlich rot. Irmchen visualisiert einen Gott des hohen Blutdrucks und bittet ihn inständig, ein Einsehen zu haben. Aber obwohl Gustav bedenklich schnauft, während er ein paar Schritte vor ihnen hermarschiert, wirkt er ziemlich stabil. Ab und zu dreht er sich um, um sich zu erkundigen, ob sie denn wohl heute noch ankommen wollen, so, wie sie schleichen. Irmchen geht es immer schlechter. Bratwurst und Sauerkraut liegen wie Steine in ihrem Magen.

»Dann mal los«, sagt Gustav, als sie endlich vor dem Turm stehen. Leonie zupft Irmchen am Ärmel. »Oma«, wispert sie, »jetzt, schon wieder, dringend.«

Gustav stöhnt. »Es ist zum Auswachsen mit diesem Pipimädchen«, sagt er. »Ihr könnt dann ja nachkommen!« Er betritt den Turm, ohne sich noch einmal umzudrehen.

Irmchen geht mit Leonie und Jan ein Stück in den Wald. Während sie Leonie abhält, zeigt ihr Jan, wie toll und weit er Pipi machen kann. Sie lobt ihn für diese Fähigkeiten und Leonie dafür, dass quasi faktisch so gut wie nichts in die Hose gegangen ist. Sie gehen zurück zum Turm. Irmchen spürt das Gewicht der Handtasche. Vorwurfsvoll zerren Messer, Hammer und Beil an der schmerzenden Schulter, und auf einmal begreift Irmchen, dass es jetzt sein muss. Jetzt oder nie!

Sie atmet tief durch und denkt an Frau Dr. Haller. »Ihr bleibt jetzt hier«, sagt sie zu den Kindern. »Ihr bleibt hier stehen und rührt euch nicht vom Fleck, habt ihr verstanden?«

»Warum?«, will Jan wissen.

»Darum«, sagt Irmchen streng, obwohl Rita ihr mehr als einmal gesagt hat, dass man Kinder nicht so abspeisen darf, wenn sie Fragen stellen. »Egal, was ihr hört oder seht, ihr bleibt hier unten stehen!«, schärft sie ihnen trotzdem ein.

Dann betritt sie den Turm. Kein Aufzug, viele Treppen, aber sie reißt sich zusammen. Sie geht langsam, Stufe für Stufe, jede Stufe ein Wort, Konflikt, Lösung, Übel, Wurzel, denkt sie, Probleme lösen sich nicht von selbst. Messer, Hammer, Beil, denkt sie. Sie ist fast oben, ihre Schulter brennt wie Feuer. Verdammte Tasche, denkt sie, Übel und Wurzel, und auf einmal geht ihr auf, dass zumindest das ein Problem ist, das sie wirklich lösen kann. Es ist ganz leicht. Sie stellt die Tasche ab, einfach so, mitten auf die Stufe. Sofort lässt der Schmerz in der Schulter nach. Geht doch, denkt sie, ist doch gar nicht so schwer. Sie hat es getan. Das Naheliegende, das Logische. Und es ist ein gutes Gefühl. Sie hat ein Problem gelöst. Einfach so. Ganz spontan. Sie kann es. Sie kann es wirklich.

Gustav steht an der Brüstung. Er starrt hinaus in die Landschaft. »Gustav«, sagt Irmchen. Er dreht sich nicht um, grunzt nur unzufrieden. »So geht das nicht weiter«, sagt Irmchen. Keine Reaktion. Das Naheliegende, denkt sie, das Logische. Einfach so. Ganz spontan. Ich kann es, denkt sie, während sie sich seinem massigen Rücken nähert. Sie visualisiert ganz und gar positiv, obwohl sie jetzt sieht, dass die Brüstung ziemlich hoch ist. Ich kann es, denkt sie trotzdem. Jetzt ist sie bei ihm, hebt die Arme. Sie ignoriert den reißenden Schmerz in der Schulter. Dann stößt sie zu, schubst, mit beiden Händen, so fest sie kann.

Gustav wankt ein bisschen, stolpert zur Seite. Er dreht sich um und sieht sie vorwurfsvoll an. »Kannst du nicht aufpassen, du grobmotorische Kuh? Ist doch weiß Gott Platz genug hier oben«, sagt er und schüttelt den Kopf.

Und Irmchen steht da, und ganz von selbst öffnet sich ihr Mund. »Gustav«, sagt sie, »Gustav!« Ihre Stimme klingt rau und sonderbar, sie weiß gar nicht, was sie eigentlich sagen will. Gar nichts, merkt sie dann, sie will nichts sagen, sie will einfach schreien. Und das tut sie, laut, schrill, immer weiter. Völlig sinnlos kreischt sie, übertönt die Stimmen in ihrem Kopf, Ritas Stimme und Gustavs, nutzlos und dumm und alt, sie will das nicht mehr hören.

Gustav starrt sie an, irritiert, dann tippt er sich mit dem Finger an die Stirn. Irmchen schreit noch lauter, schreit, weil sie es doch nicht kann, weil Probleme sich nicht von selbst lösen, schreit wegen Frau Dr. Haller und Übel und Wurzel und Konflikt, schreit nach Messer, Hammer und Beil. Es fühlt sich gut an, unglaublich gut. Und ihr gefällt, was sie jetzt in Gustavs Gesicht sieht. Die Herablassung ist verschwunden, er wirkt fast ängstlich. Irmchens Hals tut ein bisschen weh vom Schreien, aber sie kann trotzdem nicht aufhören, es ist noch jede Menge Schrei übrig.

Jetzt hat Gustav wirklich Angst, das sieht sie. Er weicht zurück, macht einen Bogen um sie, er geht zur Treppe, schnell, jetzt rennt er, sieht über die Schulter, als fürchte er, dass sie ihn verfolgen könnte. Er schaut und rennt und ist an der Treppe, und da steht die Tasche, die verdammte Tasche, denkt Irmchen noch, mitten im Weg, und dann ist es passiert.

Sie sieht ihn fallen, ihr Schrei erstirbt. Das ist gut, denn so hört sie ihn aufschlagen, Stufe um Stufe, Übel, Wurzel, Konflikt – Messer, Hammer, Beil. Am Ende ein hässliches Knacken.

Irmchen nähert sich vorsichtig der Treppe. Sie sieht ihn da liegen. Der Winkel zwischen Kopf und Schulter zeigt deutlich, dass etwas entwurzelt ist. Eine ganz und gar positive Vision, merkt Irmchen, als sie die schwere Tasche hochhebt. Schwer wie ein Betonklotz, die Damenhandtasche, Messer, Hammer und Beil haben sie in eine Stolperfalle verwandelt. Ein Unfall, denkt Irmchen, ein tragischer Unfall. Und obwohl sie sich ein bisschen schämt, freut sie sich, dass Frau Dr. Haller sich geirrt hat. Manche Probleme lösen sich eben doch von selbst.

Der Verlag dankt den Kulturämtern der 18 Städte für die gute und produktive Zusammenarbeit.

Bernhard Aichner wurde 1972 geboren, er lebt als Schriftsteller und Fotograf in Innsbruck. Mehrere Literaturpreise und -stipendien. Zahlreiche Theaterstücke, Hörspiele sowie Veröffentlichungen in Zeitschriften und Anthologien. Nach den Spannungsromanen *Nur Blau, Schnee kommt* und den drei Max-Broll-Krimis erschien im März 2014 sein erster Thriller im btb Verlag: *Totenfrau.* Dieser wird in mehr als zehn Sprachen übersetzt und erscheint unter anderem auch in den USA und in England. www.bernhard-aichner.at

Lucie Flebbe schreibt Kriminalromane, Kurzgeschichten und Sachbücher. Sie ist 1977 geboren und lebt mit ihrer Familie in Bad Pyrmont im Weserbergland. Ihr erster Kriminalroman *Der 13. Brief* (Grafit) wurde in der Kategorie »Romandebüt« 2009 mit dem Friedrich-Glauser-Preis ausgezeichnet. Es folgten die Romane *Hämatom* (Grafit), *Fliege machen* (Grafit), *77 Tage* (Grafit), *Das fünfte Foto* (Grafit), *Tödlicher Kick* (Grafit) und *Das Monster* (ars vivendi). Ihr Kurzkrimi »Weg zur Hölle« (in *He shot me down*, Rotbuch) wurde 2012 für den Friedrich-Glauser-Preis nominiert. www.lucieflebbe.de

Petra Gabriel ist Spross einer rheinisch-schwäbischen Verbindung mit schlesischen Elementen, aufgewachsen am Bodensee, später im südlichen Südbaden und seit 2006 in Berlin angekommen. Diverse Berufe wie Übersetzerin, Hotelkauffrau und rund 15 Jahre Redakteurin, seit 2004 freischaffende Autorin. Sie ist Mitglied im Schriftstellerverband, VS Berlin, und in der Autorenvereinigung »Syndikat«. Bisher sind sieben historische Romane von Petra Gabriel auf den Markt gekommen, dazu fünf Krimis und ein Mystery-Roman sowie verschiedene Kurzgeschichten. www.petra-gabriel.de

Nina George (*1973), Schriftstellerin. Ihr Roman *Das Lavendelzimmer* stand 41 Wochen auf der Spiegelbestsellerliste und wird in 25 Ländern übersetzt. Mit dem Wende-Kurzkrimi *Das Licht von Dahme* war George 2010 für den Friedrich-Glauser-Preis nominiert. Sie gewann ihn 2012 mit *Das Spiel ihres Lebens.* George gründete 2011 mit Angela Eßer »JA zum Urheberrecht«. Sie ist Mitglied im Syndikat, BücherFrauen, VS sowie dem P.E.N. Seit Herbst 2013 erscheint von George und ihrem Ehemann, dem Schriftsteller Jo Kramer, eine Provencekrimiserie unter dem Pseudonym *Jean Bagnol.* www.ninageorge.de, www.jeanbagnol.de

Gunter Gerlach wurde in Leipzig geboren und lebt in Hamburg am Rande der Party-Meile. Trotzdem ist es ihm gelungen, schon einige Bücher zu schreiben und mit mehreren Literaturpreisen ausgezeichnet zu werden. Er half, puristische Schreibregeln ins Leben zu rufen (Hamburger Dogma), nach denen er sich allerdings selbst nicht immer richtet. 2010 erschien sein Kriminalroman *Friedhof der Beziehungen* im *ars vivendi verlag.* Letzte Veröffentlichung ist ein Krimi über einen Krimiautor: *Mohnblumen wie Blutflecke* (2013).
www.gunter-gerlach.de

Peter Godazgar, geboren 1967, studierte in Aachen Germanistik und Geschichte und besuchte unter anderem die Henri-Nannen-Journalistenschule in Hamburg. Er arbeitet als Redakteur bei der *Mitteldeutschen Zeitung* in Halle (Saale) und lebt seine kriminellen Phantasien in Romanen und Kurzgeschichten aus. Zuletzt beteiligte er sich am Projekt *8*, einem Krimi, den er gemeinsam mit sieben Kollegen in nur acht Tagen schrieb. Dass er auch eine romantische Ader hat, bewies Godazgar mit der Liebeskomödie *Willst Du mein Single sein.* www.peter-godazgar.de

Andreas Gruber, geboren 1968 in Wien, studierte an der dortigen Wirtschaftsuniversität, arbeitet halbtags im Büro eines Pharma-Konzerns und lebt mit seiner Familie und vier Katzen in Niederösterreich. Mittlerweile erschienen seine Kurzgeschichten in über hundert Anthologien, wurden als Theaterstück adaptiert oder liegen als Hörspiel oder Graphic Novel vor. Seine Romane erschienen in Übersetzungen u.a. auch in Japan, Korea, Frankreich und Brasilien. Seine letzten Titel waren die Thriller *Rachesommer*, *Todesfrist* und *Herzgrab*. Er liebt Sushi, malt gern, singt in Karaoke-Bars, spielt Schlagzeug und hört beim Autofahren Heavy Metal. www.agruber.com

Renate Klöppel ist promovierte Ärztin für Kinderheilkunde und Diplom-Musiklehrerin. Nach vier Fachbüchern wechselte sie 1999 erfolgreich zur Belletristik und schrieb unter anderem sechs Krimis, in deren Mittelpunkt der Freiburger Professor Alexander Kilian steht. 2003 war sie Stipendiatin des Förderkreises Deutscher Schriftsteller in Baden-Württemberg. Für die bei Rowohlt erschienene Biografie *Die Schattenseite des Mondes – Ein Leben mit Schizophrenie* erhielt sie 2007 den Horst Joachim Rheindorf-Literaturpreis. Renate Klöppel lebt seit 2007 als freie Schriftstellerin in Freiburg. Letzte Buchveröffentlichung: *Blutroter Himmel*, 2013 im Piper Verlag. www.renate-kloeppel.de

Thomas Kowa, geboren im Jahr der ersten Mondlandung, aufgewachsen in Ludwigshafen am Rhein, inzwischen wohnhaft im Wunder von Bern. Er hat Betriebswirtschaft studiert und arbeitet beim größten Blutdiagnostikhersteller Europas. Nebenbei ist er Musikproduzent, manchmal Weltreisender und Mitglied der Schweizer Fußballnationalmannschaft der Autoren. Im Juni 2012 ist sein Debütroman *Das letzte Sakrament* bei Lübbe erschienen. www.thomaskowa.de

Roland Krause wurde in Lindau am Bodensee geboren. Nach einigen Jahren in Nürnberg lebt und arbeitet er heute in München. Die Stadt mit all ihren heiteren, skurrilen und abgründigen Facetten menschlichen Daseins bildet auch den Hintergrund seiner Erzählungen und Romane – schwarzer Humor gepaart mit Milieustudien aus den staubig-finsteren Ecken Münchens. Im Piper Verlag sind bis dato drei Romane erschienen: *Der Sandner und die Ringgeister* (2011), *Fuchsteufelswild* (2012) und *Der Tod kann warten* (2013). www.krimikrause.wordpress.com

Sunil Mann wurde als Sohn indischer Einwanderer im Berner Oberland geboren und lebt in Zürich. Er hat Psychologie und Germanistik studiert, beide Studiengänge wurden erfolgreich abgebrochen. Heute arbeitet er Teilzeit bei Swiss Airlines. Viele seiner Kurzgeschichten wurden ausgezeichnet. Mit seinem Romandebüt *Fangschuss* gewann er den Zürcher Krimipreis 2010. Der fünfte Teil der Serie um den indischstämmigen Privatdetektiv Vijay Kumar wird voraussichtlich im Spätsommer 2014 erscheinen. www.sunilmann.ch

Beate Maxian 1967 in München geborene Österreicherin, die ihre Kindheit in Bayern, Österreich, Afrika, Jordanien und im arabischen Raum verbrachte. Sie lebt als freischaffende Autorin, Moderatorin und Journalistin in Oberösterreich, organisiert das Krimi Literatur Festival.at und leitet Krimi-Workshops für Jugendliche (Talenteakademie OÖ). Sie ist Co-Herausgeberin der Anthologie *Tatort Salzkammergut* und war 2009–2011 Jury-Organisatorin beim Glauser-Preis. 2013 war sie mit *Tod hinter dem Stephansdom* nominiert für den Leo-Perutz Preis. www.maxian.at

Die gebürtige Hamburgerin **Kirsten Püttjer** und der Niederrheiner **Volker Bleeck** sind nicht nur miteinander verheiratet, sondern schreiben in Hamburg auch mit wachsender Begeisterung gemeinsam und getrennt Krimis, Koch-, Dreh- und Sachbücher, kurze und auch längere Geschichten. Zuletzt erschien bei Emons ihr Niederrheinkrimi *Das letzte Hemd*, der zweite Roman um den misanthropischen Ex-Richter Max Rosenmair. Für Herbst 2014 ist ein »Landkrimi« geplant, der im norddeutschen Raum spielt. Beide gehören außerdem zur Krimiautorenband *Hands Up! & The Shooting Stars*. www.zweischreiber.de

Jeff Röckelein arbeitete als Tankwart, Gerichtsreporter, Zeitsoldat, Lektor, unterrichtete Deutsch für Ausländer und war Dozent für Economic Terminology und Regional Studies an einer privaten Hochschule in Stuttgart. Er lebt als freier Autor bei Sigmaringen auf der Schwäbischen Alb. Mit seinem Kurzkrimi »Ja verreck« gewann er 2013 den Fränkischen Krimipreis. 2014 erscheint bei ars vivendi sein Roman *Arme Hunde*.

Barbara Saladin, geboren an einem Freitag, den 13., im Jahr 1976, lebt im Kanton Baselland/Schweiz. Sie arbeitet als Journalistin und Autorin und trägt die Schuld an mehreren Kriminalromanen, zahlreichen Kurzgeschichten und vielfältigen weiteren Verbrechen in Buch- und Filmform. Während eines Krimi-Stipendiums lernte sie die Ostfriesischen Inseln kennen. Seither liebt sie sowohl Wellen, Watt und Weite der Nordseeküste als auch die Wälder und Weiden der Schweizer Jurahügel und ist literarisch gesehen an beiden Orten zu Hause. Seit 2013 ist sie Mitglied des Sprecherteams des Syndikats. www.barbarasaladin.ch

Jutta Siorpaes wurde in Weißenburg/Bay. geboren, studierte an der Uni Innsbruck, ist journalistisch tätig und lebt in Tirol. Bücher: *Als die Welt in Bewegung geriet* (2008) und *Wo ist die Leiche?* (2010, beide Berenkamp Verlag). Kurzkrimis: »Atemberaubend« in *Mords-Zillertal* (Gmeiner Verlag 2012), »Anklöpfler« in *Mords-Bescherung* (Emons Verlag 2012), »Liebe macht blind« in *Schneller als die Angst* (Obelisk Verlag 2013) sowie »Aufgestaut« in *Mords-Wasserkraft* (Gmeiner Verlag 2014).

Sabine Trinkaus wuchs im hohen Norden auf. Das Studium verschlug sie nach Bonn, wo rheinische Lebensart und Karneval sie tief beeindruckten und zu einer raschen Assimilierung führten. Nach internationalen Lehr- und Wanderjahren in den USA und Frankreich kehrte sie daher zurück an den Rhein und lebt mittlerweile mit Schaf und Familie in Alfter. Seit 2007 schreibt sie Kurzgeschichten, für die sie einige Blumentöpfe gewann. Zuletzt war sie 2013 für den Friedrich-Glauser-Preis in der Sparte Kurzkrimi nominiert. 2014 erschien ihr dritter Kriminalroman *Der Zorn der Kommissarin.*
www.sabine-trinkaus.de

Regula Venske, geb. 1955, Dr. phil., lebt als freie Schriftstellerin in Hamburg und »gehört zu Deutschlands ungewöhnlichsten Krimiautoren, deren Romane großen Unterhaltungswert besitzen« (*Literaturmarkt.info*). Für ihre Romane und Erzählungen wurde sie unter anderem mit dem Oldenburger Jugendbuchpreis, dem Deutschen Krimipreis und dem Schriftstellerstipendium des Hamburger Lessingpreises ausgezeichnet. Zuletzt erschienen *Der zweite Stein* (Wittig) und *Die Sandfrau* (ars vivendi) sowie Geschichten um Kommissar Gabriel in: *Blutiger Advent, Meer Morde und Mordsberge (alle Diana).* www.regulavenske.de